BOBBY PALMER

Isaac
und
das Ei

BOBBY PALMER

Isaac und das Ei

Roman

Aus dem Englischen
übersetzt
von Felix Mayer

HEYNE

Titel der englischen Originalausgabe
ISAAC AND THE EGG

FSC
www.fsc.org
MIX
Papier | Fördert gute Waldnutzung
FSC® C014496

Penguin Random House Verlagsgruppe FSC® N001967

Deutsche Erstausgabe 06/2023
Redaktion: Michelle Stöger

Printed in Germany
Umschlaggestaltung: DAS ILLUSTRAT, München, unter Verwendung des Motivs von Andrew Smith
Satz: Schaber Datentechnik, Austria
Druck und Bindung: GGP Media GmbH, Pößneck

ISBN 978-3-453-27416-7

www.heyne.de

Für Nina

»Das habe ich schon erledigt«, sagte die Kröte.
Und sie strich durch:
~~Aufwachen~~

ARNOLD LOBEL

ERSTER
TEIL

DAS
EI

EINS

Isaac Addy steht auf einer Brücke und weiß nicht, ob er springen soll. Er klammert sich an die eiskalte steinerne Brüstung. Sein Atem nimmt ihm die Sicht. Die frühmorgendliche Eisschicht auf dem Pflaster knackt, als er von einem Fuß auf den anderen tritt. Er hat versucht, seinen ganzen Mut zusammenzunehmen, seine durchgefrorenen Beine über die Brüstung zu heben und in die Leere baumeln zu lassen, die sich unter ihm öffnet, aber ohne Erfolg. Er beugt sich vornüber und blickt hinab auf das tosende Wasser des Flusses, das weiß schäumend über das Wehr strömt. Er kneift kurz die Augen zusammen. Er weint nicht, obwohl er in den letzten Wochen einen Strom von Tränen vergossen hat. Vielleicht hat der Wind seine Tränen versiegen lassen. Vielleicht sind sie zu Eis erstarrt, bevor sie über seine Wangen rinnen konnten. Es ist nicht so, dass Isaac nicht in der Lage wäre, etwas zu empfinden. Nur jetzt gerade, angesichts des Wassers und des senkrechten Abgrundes, der sich unter ihm auftut, empfindet er nichts. Seine Gedanken sind bei anderen

Dingen. Seine Seele ist in völlig anderen Regionen. Der Fluss brüllt zu ihm herauf, aber Isaac Addy ist zu weit weg, als dass er antworten könnte.

Er holt Luft, ruckartig und mit einem ratschenden Geräusch, als wäre er plötzlich aus dem Nichts aufgetaucht. Eisige Luft füllt seine Lunge. Er sieht die Brücke entlang, erst in eine Richtung, dann in die andere. Die Kälte hat seinen Körper taub gemacht, aber er ist so taub für diese Taubheit, dass er kaum zittert, während er versucht zu rekonstruieren, wie er hierhergelangt ist. Er zwinkert. Er kennt diesen Ort, und er weiß, dass er nicht zu Fuß hierhergekommen ist. Ausgeschlossen. Er steht mitten im Nichts. Er hat getrunken, und das ist beunruhigend, denn offenkundig ist er Auto gefahren. Dass er getrunken hat, weiß er, weil ein mehrere Stunden alter Geschmack von Alkohol auf seiner Zunge liegt, und dass er gefahren ist, weiß er, weil am Ende der Brücke sein Auto steht, mit brennenden Scheinwerfern und offener Fahrertür. Es steht am Straßenrand, wie ein überfahrenes Tier, der Himmel über ihm bedrohlich lila. Durch das Rauschen des Flusses ist schwach das *ding ding ding* des Warnsignals zu hören. Isaac kann sich nicht daran erinnern, die Tür offen gelassen zu haben. Auch an die Fahrt kann er sich nicht erinnern, ebenso wenig daran, dass es hell wurde, während er von dem Auto dort drüben hierher auf die Brücke gegangen ist. Er kann sich nicht daran erinnern, wie er hierhergekommen ist oder woher er gekommen ist. Er kann sich an kaum noch etwas erinnern.

Isaac blickt wieder hinab auf das Wasser, das ihm einen Windstoß entgegenschickt. Jetzt spürt er die Kälte. Sie schlingt sich um seinen Hals, kriecht unter den Kragen seines schmutzigen Hemdes und schnürt ihm die Rippen zusammen. Sie drückt ihm den Atem aus der Lunge, bis er am ganzen Leib zittert und die Brüstung noch fester umklammert. Obwohl kein Schnee liegt, fühlt Isaac sich wie in den Fängen eines Blizzards. Er stellt sich vor, wie seine Nase und seine Ohren blau anlaufen. Er weiß nicht, wo sein Mantel ist, und der Anzug, den er trägt, bietet so gut wie keinen Schutz vor dem kräftigen Wind, der vom Wasser heraufweht. Seine Hände bleiben reglos, auch wenn er noch so sehr versucht, sie zu heben und sich die fröstelnden Arme zu reiben. Er starrt wie gelähmt auf den Fluss, der über glänzende Steine und abgebrochene Äste strömt, und fragt sich, ob er auch über tote Hunde strömt.

DIE BRÜCKE DER LEBENSMÜDEN HUNDE

Er sieht die Schlagzeile in der Lokalzeitung wieder vor sich. Oder bildet er sie sich nur ein? Er kann sich zwar an kaum noch etwas erinnern, aber das weiß er noch: eine Geschichte, die durch die Medien ging, eine moderne Legende, zusammengeschustert aus ein paar verstreuten Anekdoten. Offenkundig entwickelten Hunde beim Überqueren der Brücke die seltsame Neigung, ins Wasser zu springen. Manche Leute behaupteten, auf der Brücke spuke der Geist einer bösartigen Dogge herum. Andere, die sich etwas besser auskannten, sahen die Ursache in dem Geruch nach Wildtieren im nahe gelegenen Unterholz. Baummarder, so vermuteten sie. Die Hunde erkennen ihren schwerwiegenden Fehler erst, wenn es zu spät ist. Sie springen in den Tod, obwohl sie eigentlich Jagd auf Beute machen. Isaac wünschte, er besäße diese Art von Entschlossenheit.

Unsinn. Er hatte nie vor zu springen. Selbst der Dämon der Perversität, diese leise Stimme in seinem Kopf, die ihn doch dazu ermuntern sollte, sich hinabzustürzen, warnt ihn davor. *Spring nicht!,* sagt sie in leicht spöttischem Ton. *Du hast so viel, wofür es sich zu leben lohnt!* Isaac weiß, dass der Dämon das ironisch meint, aber er weiß auch, dass er seinem Rat folgen wird. Er schließt die Augen, stellt sich auf die Absätze, wiegt sich vor und zurück und beugt den Oberkörper über die Brüstung, als wolle er einen unbeabsichtigten Sturz provozieren. Wenn er jetzt die Hände wegnähme, würde die Schwerkraft den Rest erledigen. Er öffnet die Augen wieder, und im selben Moment öffnet sich vor ihm der Abgrund in seiner ganzen Weite und Tiefe. Isaacs Magen verkrampft sich. Vielleicht der Selbsterhaltungstrieb. Wahrscheinlich aber der Alkohol. Er hustet, spuckt und übergibt sich in die Kluft. Der Inhalt seines Magens befindet sich jetzt im freien Fall und wird vom Wind ins Halbdunkel zerstreut. Mit einem Zwinkern wischt Isaac sich ein paar Tränen aus den Augen, und eine andere Art von Galle steigt ihm die Kehle hoch. Das Wasser unter ihm scheint zu kochen, es ist schwarz wie Teer, und sein leerer Magen kocht im Einklang mit ihm. Eine Ader auf Isaacs Stirn droht zu platzen. Er umklammert die Brüstung so fest, dass der Stein in seine Finger schneidet. Dann endlich schreit er.

Es ist ein schmerzerfüllter Schrei, der die Vögel in der Nähe in die Flucht schlagen würde, wenn da Vögel wären, die ihn hören könnten. Er hallt von den Steinen der Brücke wider, von den Bäumen des Waldes, der den Fluss zu beiden Ufern säumt, von der Oberfläche des Wassers. Selbst das Wehr hört auf zu gurgeln, als hielte es inne, um zu lauschen. Der Wald hält den Atem an. Die Zeit scheint stillzustehen. Dann, wie aus dem Nichts, schreit etwas zurück.

Isaac hängt da also über der Brüstung einer alten Steinbrücke, sein Speichel verfliegt im Wind, er legt den Kopf schief wie ein neugieriger Hund und starrt auf die Bäume am Ufer des Flusses, auf die Stelle, wo er sein Auto zurückgelassen hat. Um ihn herum undurchdringlicher Wald, die schlammige Böschung des Flusses ist mit Wurzeln übersät, die wie Aale ins Wasser gleiten. Dazu ein Geräusch, weder das *ding ding ding* des abgestellten Autos noch das Brüllen des Wassers, sondern ein Schrei, der einem das Blut in den Adern gefrieren lässt, einen Schauer über die Haut jagt und den Magen umdreht und der Isaacs Angst packt und aus dem Wasser schleudert. Es ist kein menschlicher Schrei. Es klingt auch nicht nach einem Baummarder, was auch immer ein Baummarder ist. *So* schreit kein Tier auf der Welt. Es ist weder der Schrei eines Menschen noch der eines Tieres, und auch nichts irgendwo dazwischen. Ein Schrei, bei dem sich ein *ganz* anderer Fluss von düsteren Möglichkeiten auftut. Jeder, der seine Sinne beieinanderhat, würde sich aufrichten, zurück zum Auto gehen und so schnell wie möglich in der Morgendämmerung verschwinden. Aber Isaac ist weit davon entfernt, seine Sinne beieinanderzuhaben; außerdem hat er in dem Schrei etwas gespürt. Hoffnungslosigkeit lag darin. Hilflosigkeit. Noch bevor er sich den Mund abgewischt hat, weiß er, dass er dem Schrei nachgehen wird.

Er wischt sich den Mund ab. Er richtet sich auf. Dann taumelt er einen Schritt zurück und entfernt sich wankend vom Rand der Brücke. Er geht in Richtung seines Autos, das noch immer reglos sein *ding ding ding* von sich gibt, und schlurft dabei mit den Schuhen über den vereisten Asphalt. Am Ende der Brücke biegt er ab, weg von seinem Auto und in den Wald hinein. Unter seinen Füßen knistern vertrocknete Blumen und weggeworfene Plastikhüllen. Am ersten Baum, den er erreicht, hält er sich kurz fest, schöpft Atem und späht dann in die Dunkelheit, die dahinter liegt. Alle guten Kindergeschichten beginnen damit, dass jemand in den Wald geht, aber Isaacs Geschichte ist keine Geschichte für Kinder. Er ist zu alt, um von Wölfen großgezogen zu werden, zu groß, um einen Kaninchenbau hinabzukullern, zu abgestumpft, um sich in ein Lebkuchenhaus locken zu lassen. Sein Happy End ist ein für alle Mal dahin. Er zögert und blickt zurück zu seinem Auto. Als wäre das ein Signal, setzt das Schreien erneut ein. Schmerz spricht aus ihm, und dieser Schmerz ist Isaac schmerzlich vertraut. Ohne weiter nachzudenken, schlägt er sich ins Unterholz.

Moos rutscht ihm von den Schultern seines Sakkos, während er die Böschung der Straße hinabsteigt. Er krabbelt durch feuchtes Laub und drückt tief hängende Äste zur Seite. Dornen und dünne Zweige piken ihn in Unterarme und Hände. Knorrige Wurzeln bemühen sich nach Kräften, ihn ins Stolpern zu bringen. Das gelingt ihnen etliche Male, oft genug, dass die Beine seiner schwarzen Anzughose schon bald triefen und seine einst so eleganten Schuhe schmatzen wie nasse Küchenschwämme. Isaac verschwendet keinen Gedanken an Unterkühlung oder Frostbeulen, er hat nur den Schrei im Kopf, diesen Schrei, der sich so unwirklich anhört in diesem Wald, in dem eine Wand aus Bäumen selbst das Tosen des nahen Flusses dämpft. Wieder zögert er. Vielleicht hält ihn der Wald zum Narren. Isaac dreht sich um, als lugten zwischen den Ästen tausend Augen hervor und beobachteten ihn. Während er sich weiter hin und her dreht, wird er allmählich wieder nüchtern, er späht zurück in Richtung seines Autos, dann nach vorn in Richtung von etwas anderem. Er hat die Orientierung verloren. Er weiß nicht einmal mehr, von wo er gekommen ist. Er überlegt, ebenfalls zu schreien, nach Hilfe zu rufen. Dann greift, wie eine göttliche Macht, die stärker werdende Dämmerung ein. Im Handumdrehen hebt sich die Dunkelheit des Waldes, einem Vorhang gleich, das märchenhafte Licht der Morgensonne dringt durch eine Lücke im Geäst und erhellt den gesamten Waldboden. Und da sieht Isaac es.

Es ist ein Ei. Hell leuchtend steht es in der Mitte einer Lichtung, in ein himmlisches Schimmern getaucht, das der Finsternis der Nacht, die ihm vorausging, die Stirn zu bieten scheint. Doch das Bild, das sich Isaac präsentiert, widerspricht jeder Vernunft. Die Lichtung wirkt künstlich, sie ist kreisrund und makellos, ebenso wie die Öffnung im Astwerk der Bäume, durch die das Licht strahlt, das sie erhellt. Das Ei steht genau in der Mitte, unter einem Baldachin aus Blättern und Zweigen, von denen Wasser tropft, an einer Stelle, an der das Dickicht niedergedrückt ist, das dadurch wie ein riesiges Nest wirkt. Das Ei ist weiß. Es wirkt unheimlich, wie die Perle in der Schale der größten Auster der Welt. Nein, eigentlich noch viel weißer. Es ist so weiß wie sonst nichts. Ein Oval aus purem Weiß, das eine Kinderschere aus einem unberührten Blatt Papier geschnitten hat, oder ein Oval, das aus solch unberührtem

Papier ausgeschnitten und mit Bastelkleber auf die Lichtung geklebt wurde. Nur wegen der Tautropfen, die zitternd auf der weißen Oberfläche des Eis sitzen, kann Isaac sicher sein, dass es wirklich ist und dass es wirklich ein dreidimensionales Objekt ist. Er reibt sich die Augen. Das Ei ist noch immer da. Es ist noch immer dreidimensional. Und es ist noch immer atemberaubend, und das umso mehr, weil es inmitten von stumpfem Schlammbraun und mattem Grün steht und die Tropfen des kondensierten Wassers auf seiner weißen Oberfläche wie Diamanten funkeln. Im Licht, das durch die Öffnung in den Baumkronen fällt, glänzt es wie ein Fabergé-Ei unter dem Punktstrahler einer Vitrine. Nur ist es größer. Viel größer. Dieses Ei muss über einen halben Meter groß sein.

Zum ersten Mal seit Wochen empfindet Isaac etwas anderes als Verzweiflung. Er zwinkert ein paarmal und reibt sich die geröteten Augen. Sieh an, die Neugier kehrt zurück. Mit halb offenem Mund späht er durch das Geäst auf allen Seiten der Lichtung und sucht nach irgendeinem Hinweis darauf, wie das Ei dorthin gekommen ist. Er sieht hinab auf den Boden und sucht nach übergroßen Fußabdrücken. Er sieht hinauf zum Himmel und hält Ausschau nach der Silhouette eines noch viel größeren Tieres. Er denkt an die Szene in *Jurassic Park*, in der das Kräuseln des Wassers in einem Glas das Herannahen eines Tyrannosaurus Rex anzeigt. Aber auf der Lichtung herrscht Totenstille, kein Grashalm regt sich. Isaacs Blick wandert wieder zurück zu dem Ei. Er kann sich seiner Faszination nicht entziehen. Es hat etwas Magnetisches an sich, etwas Allumfassendes, als sauge sein bizarres, reines Weiß alle Farben aus den Pflanzen in seiner Nähe. Kein Fleckchen Schmutz ist auf ihm zu sehen. Und dann die Größe! So ein Ei kann man nicht mit dem Löffel aufklopfen, denkt Isaac. Dazu bräuchte man eine Schaufel oder einen Vorschlaghammer. Isaac schluckt. Ein säuerlicher Geschmack breitet sich in seiner Kehle aus. Unter all den Fragen, die die Gegenwart des Eis aufwirft, hat er noch immer keine Antwort auf die drängendste: Woher kam der Schrei?

Isaac blickt noch einmal über die Lichtung. Nervös tritt er von einem Bein aufs andere, wodurch unter seinen Füßen ein paar Zweige knacken. Das Geräusch erschreckt ihn dermaßen, dass er in die Hocke geht und sich zusammenkauert. Er presst die Augen zusammen und umfasst seine Knie. Doch nichts greift ihn an. Er öffnet erst ein Auge, dann das andere und kriecht dann hinter den nächsten Baum, um sich zu verstecken. Von dort aus sucht er weiter das Halbdunkel nach einer massigen, bedrohlich aufragenden Gestalt ab, nach einem Muttertier, das so gewaltig ist, dass es ein solches Ei legen kann. Doch immer wieder zieht das Ei seinen Blick auf sich. Auf einem Bauernmarkt in der Stadt hat Isaac einmal ein Straußenei gesehen – aber dieses hier ist bestimmt viermal, vielleicht sechsmal oder sogar achtmal so groß. Es ist so groß wie das Ei eines Dinosauriers. Auch ein Dinosaurierei hat er schon einmal gesehen, im Naturgeschichtlichen Museum. Aber das war beige mit teefarbenen Flecken, und nicht Tipp-Ex-weiß. Isaac fragt sich, was im Inneren des Eis wohl versteckt ist und darauf wartet, dass es Zeit zu schlüpfen ist. Der Schrei fällt ihm wieder ein, von dem er noch immer nicht weiß, woher er kam. In seiner Erinnerung klingt er mittlerweile aggressiv und nicht mehr schmerzgeplagt. In einem anderen Leben hätte Isaac sich schon längst in sein Auto geflüchtet. In diesem Leben jedoch erscheint ihm der rasche Tod durch einen Pterodactylus geradezu als Erlösung.

Jeder, der in Isaacs durchnässter Haut stecken würde, würde es genauso empfinden. Was soll er jetzt tun? Das Ei zurücklassen, sodass Füchse und Eulen mit ihren Krallen und Schnäbeln Löcher hineinschlagen und es aufpicken? Als langsam verderbendes Futter für tote Hunde und Baummarder? Isaac hat nicht bemerkt, dass er sich bewegt hat, aber offenkundig haben ihn seine Beine – die ihn vorhin nur widerwillig getragen haben – hinter dem Baum hervorgeschleppt und ihn in der Mitte der Lichtung abgesetzt. Jetzt steht er über das Ei gebeugt, unsicher schwankend, späht blinzelnd in das Dickicht der Bäume und hält Ausschau nach Spuren der Fänge eines Muttervogels, der ihn zur Rechenschaft ziehen will. Er räuspert sich. Nimm das Ei an dich, drängt ihn sein Unterbewusstsein. Also wirft er einen letzten Blick zurück über die Schulter, beugt sich nach unten und hebt das Ei auf. Es ist leichter, als er erwartet hat. Und auch weicher. Sein Äußeres ist nicht hart und kühl wie die Schale eines normalen Eis. Es ist weich und feucht, wie eine Kugel aus Teig, der gerade gegangen ist. Wie ein gekochtes Ei. Ja, so fühlt es sich an, wie ein geschältes Ei. Zwar verströmt das Ei den muffigen Geruch nach nassem Hund, doch dieser Hund riecht alles andere als tot. Trotz seines taufeuchten Äußeren strahlt es eine innere Wärme aus, wie sie nur von einem Lebewesen stammen kann. Diese Wärme entzündet etwas in Isaac, eine Erinnerung, die tief in seinem Körper schlummert. Das Ei fühlt sich in seinen Händen weniger wie ein auf dem Waldboden aufgelesenes Ei an, sondern eher wie eine Wärmflasche mit einem flauschigen Überzug. Wie kommt er darauf? Isaac ist jetzt neunundzwanzig Jahre alt und hat seit mindestens zwanzig dieser Jahre keine flauschige Wärmflasche mehr gebraucht. Warum schleicht sich jetzt plötzlich dieser Gedanke ein? Wegen ihr, natürlich. Es ist immer wegen ihr. Wenn ihm warm wird, wird ihr – *wurde* ihr – kalt. Sie hatte eine Wärmflasche, mit einem flauschigen Überzug. Sie lag zwischen ihnen im Bett.

Ein entsetzliches Gefühl beschleicht Isaac, und er erkennt es sofort wieder. Es fühlt sich an, als gäbe der Waldboden unter seinen Füßen nach, als wären sämtliche Bäume um ihn herum aus der Erde gerissen worden, als wäre die ganze Welt dem Erdboden gleichgemacht, außer ihm, Isaac, und als wäre da nur noch ein grenzenloses Nichts, das mit der Kraft von tausend Winterstürmen, die sich aus tausend eisigen Flüssen erheben, durch sein Inneres bricht. All diese Gewalt, gesammelt in einem einzigen Körper. Es beginnt mit einem Zittern in den Eingeweiden, als hätte sein Magen den höchsten Punkt der obersten Schicht der Atmosphäre erreicht und kenne nur noch eine Richtung: nach unten. Dann saust er mit einem Ruck hinab. Zusammen mit ihm rauscht auch Isaacs Herz in die Tiefe. Alles in ihm stürzt, sein Innerstes fällt in sich zusammen, und er bekommt kaum noch Luft. Die Schwerkraft hat sich gegen ihn verschworen. Er steht in der Mitte der Lichtung, und der Baum, an dem er sich vorhin festgehalten hat, ist zu weit weg. Er ringt nach Atem wie ein Ertrinkender, würgt, als wäre sämtliche Luft aus der Lichtung abgesaugt worden. Er sackt auf die

Knie. Das Ei lässt er dabei nicht fallen. Vielmehr hält er es noch fester umschlossen als zuvor.

Was mache ich hier?, fragt sich Isaac. Sein Atem verfängt sich in seinem Hals, das Blut in seinen Adern verklumpt. Er kniet in einem zerrissenen Anzug auf einer nassen Lichtung in einem seltsamen Wald, hält ein riesiges weißes Ei im Arm, das er auf dem Boden gefunden hat, und kämpft damit, wieder zu Atem zu kommen. Was soll ich jetzt machen?

Für einen kurzen Augenblick war Isaac verloren. Er hat kaum Luft bekommen, hat kaum noch etwas gesehen, hat kaum noch den Weg zurück durchs Unterholz gefunden. Dann haben ihn das in der Ferne tönende *ding ding ding* und die Morgensonne, die durch die Bäume fiel, zurück zur Straße gezogen, zu seinem Auto, in sein wirkliches Leben.

Passanten würde sich ein absurder Anblick bieten: ein offenkundig völlig erschöpfter Mann, der bei Tagesanbruch aus dem Wald gehumpelt kommt und unter Mühen ein Ei im Arm hält, das sonderbar leicht wirkt und doch überraschend unhandlich. Er hält es eingeklemmt zwischen Ellbogen und Nackenbeuge, so wie man eine Einkaufstüte hält, während man in der Hosentasche unbeholfen nach dem Hausschlüssel kramt. Gleichzeitig tastet er mit fahrigen Bewegungen nach dem Griff der Beifahrertür. Es sind keine Passanten in der Nähe, die die Szene beurteilen könnten. Isaac öffnet die Tür, legt die alte Walkers-Shortbread-Blechdose behutsam auf die Rückbank und stellt das Ei auf den Beifahrersitz. Dann setzt er sich auf den Fahrersitz, umfasst das Lenkrad mit beiden Händen und betrachtet sich im Rückspiegel. Seine Haut wird seit einiger Zeit immer grauer. Auch seine Haare werden grau. Nur in seinen müden Augen hat sich noch eine Farbe gehalten, und diese Farbe ist Rot. Sein Hemd ist mit Flecken von Schlamm und Moos gesprenkelt, und sein bester Anzug ist ruiniert. Auch seine Krawatte hat er verloren, wie so vieles andere zuvor. Eines hat er jedoch hinzugewonnen: ein riesiges Ei, gut einen halben Meter groß, mit glatter, weißer Schale und einem stark modrigen Geruch. Er schnallt das Ei an. Er weiß nicht, was es enthält, und er hat keine Lust, den Vormittag damit zu verbringen, literweise Eigelb aus dem Fußraum seines Ford Fiesta zu wischen. Er betrachtet das Ei, betrachtet im Rückspiegel seine blutunterlaufenen Augen, betrachtet den endlosen weißen Himmel, der sich über dem glatten Asphalt erstreckt. Er dreht die Heizung auf, weil er sich vage daran erinnert, wie sie in der Schule Hühnereier unter Wärmelampen gelegt haben. Auch das Eierlaufen fällt ihm wieder ein, der Adrenalinrausch beim Versuch, ein Ei unbeschadet über die Ziellinie zu bringen. Isaac schüttelt den Kopf, legt den ersten Gang ein und fährt los.

Die Brücke liegt außerhalb der Stadt, etwa fünfzehn Minuten von Isaacs Haus entfernt. Schmale Landstraßen führen zu ihr, die zum Glück allesamt kaum befahren sind. Weil außer ihm niemand unterwegs ist, hat Isaac ausreichend Zeit, sich selbst, dem Ei und der Keksdose auf der Rückbank all die Fragen zu stellen, die in seinem rasch wieder nüchtern werdenden Geist umherjagen.

Was ist da drin?
Ist es gefährlich?
Wird es bald schlüpfen?
Hätte ich es im Wald lassen sollen?
Soll ich es wieder dorthin zurückbringen?
Wird alles nur noch schlimmer, wenn ich wieder zurückgehe?
Ist es verboten, ein Ei zu finden und mit nach Hause zu nehmen?
Falls ja, wie wahrscheinlich ist es, dass ich erwischt werde?
Muss ich dafür wirklich ins Gefängnis?
Falls ja, welche Strafe bekomme ich?
Soll ich das Ei wegwerfen?
Soll ich das Ei *zubereiten*?
Gekocht oder gebraten?

Isaacs Gedanken sind so verworren, dass er keine Antworten findet. Auch die Blechdose hat keine. Und ebenso wenig das Ei, das ja ein Ei ist und daher nicht sprechen kann. Dennoch feuert Isaac eine Frage nach der anderen ab, wobei er nicht weiß, ob er sie auch laut ausspricht. Er klopft mit den Handflächen nervös auf das Lenkrad und überprüft dabei immer wieder mit angsterfüllten Blicken den Rückspiegel und die Seitenspiegel, ob sich ein Blaulicht nähert oder das Heulen eines Martinshorns zu hören ist. Möglicherweise enthält das Ei Schmuggelware – Drogen, Waffen oder Schlimmeres. *Tatü-tata, tatü-tata.* Er würde leise fluchen. Der Polizist würde vielleicht ans Fenster klopfen, und Isaac würde es herunterkurbeln müssen. Der Polizist würde möglicherweise sagen: »So früh schon unterwegs, Sir?« Isaac würde ins Schwitzen geraten, und der Polizist würde vielleicht die Stirn runzeln, mit seinem Stift auf den Beifahrersitz deuten und sagen: »Gibt's heute Omelett zum Frühstück?« Und Isaac würde ein bisschen zu laut lachen und dadurch verraten, dass er etwas schmuggelt. Er hat noch immer mehr im Blut, als erlaubt ist. Er würde pusten müssen, dann käme es raus, und was dann? Isaac sieht zu dem Ei auf dem Beifahrersitz hinüber. Er will noch eine weitere Frage stellen. Er will wissen, ob er gerade verrückt wird. Aber bevor er die Frage formulieren kann, bemerkt er, dass er zu Hause angekommen ist.

Isaac steigt aus. Das Auto hat er auf dem Gehsteig geparkt. Egal. Die bleiche Wintersonne geht rasch auf, und mit ihr werden bald auch die Vorhänge hinter den Fenstern der Nachbarn zur Seite geschoben. Dass er so nachlässig geparkt hat und noch weitaus vernachlässigter aussieht, werden sie auf *all das, was in letzter Zeit passiert ist,* zurückführen. Aber das Ei? Sie werden ihm Fragen zu dem Ei stellen, und Isaac hat schon festgestellt, dass er keine Antworten hat. Das Ei ist etwas, das er für sich behalten will. Nehmt mir das nicht auch noch weg, denkt er. Nachdem er sich vergewissert hat, dass sämtliche Vorhänge, die die Straße säumen, noch geschlossen sind, löst er den Gurt, der seinen unkommunikativen Beifahrer sichert, trägt diesen zur Haustür und versucht dabei, ihn zumindest halbwegs unter seinem feuchten Sakko zu verbergen. Wenigstens muss er sich diesmal nicht mit einem Schlüssel herumärgern, ganz einfach, weil er die Tür noch nie abgeschlossen hat. Als er sie aufdrückt, spürt er den Widerstand eines riesigen Haufens aus ungeöffneten Briefen, Rechnungen und Werbeprospekten. Man könnte meinen, das Haus wäre unbewohnt. In gewisser Weise hat Isaac es vor etlichen Wochen verlassen. Er hat hier nicht mehr *gelebt*, sondern nur noch existiert. Aber das Haus besitzt ein Eigenleben, wie die Post zu Isaacs Füßen beweist, die abgestorbenen Blumen mit den hängenden Köpfen auf der Ablage im Flur und der ekelerregende Geruch nach verdorbenem Essen, der durch die angelehnte Küchentür zieht. Irgendwo tropft ein Wasserhahn. Irgendwo anders summt eine Fliege. Einen Augenblick lang steht Isaac, noch immer leicht betrunken, schwankend und schweigend da, hält das Ei im Arm und lauscht. Als warte er darauf, dass jemand ihn willkommen heißt. Niemand ist zu hören. Seine Kehle schnürt sich zu. Seine Augen werden feucht. Im Flur stehen schlichte, edle Holzmöbel, und Isaac läuft es kalt den Rücken hinab. Das Ei in seinen Armen scheint das zu spüren, die Wärme in seinem Inneren sinkt rapide. Wieder denkt Isaac an die Wärmflasche mit der flauschigen Hülle. Sie hatte sie sich immer vorne in die Schlafanzughose gesteckt, damit ihr warm wurde. Das sah nicht besonders toll aus. Er hatte ein Foto davon auf seinem Handy. *Zeig das bloß nicht rum.* Sie hatten Tränen gelacht. Kalte Füße, kalte Hände, die im Bett über seine Haut strichen, wie Eiswürfel, die unter die Bettdecke geschmuggelt worden waren. Sie klemmte ihre nackten Füße zwischen seine nackten Beine, um sie zu wärmen, oder ihre nackte Hand unter seinen nackten Rücken. Dann fluchte er und entwand sich ihr.

»Warum ist dir immer so kalt?«, hatte er sie oft gefragt.

Das ist relativ. Warum ist dir immer so warm?

Isaacs Haus ist so kalt wie der Fluss, von dem er sich jetzt wünscht, er hätte sich hineingestürzt. Die Post liegt wie eine Schneewehe über seinen Füßen, sein Atem bildet Wölkchen in der Luft des Flurs. Er schnieft und blickt auf das Ei hinab. Er reißt die Augen auf. Er flucht. Er lässt das Ei fallen, das auf einem Polster aus Kreditkartenrechnungen und Speisekarten von Lieferdiensten landet. Im selben Moment ist er wieder draußen und rennt zu seinem Auto, an dem noch beide Türen offen stehen. Er schnappt sich die Blechdose von der Rückbank, drückt sich das kalte Metall gegen die Stirn und schließt die Augen. Dann macht er die Autotüren zu und geht zurück ins Haus. Als er wieder in der Schneewehe steht, überlegt er, was er jetzt tun kann. Er sieht hinab auf das Ei, das in dem Haufen aus Briefen zu seinen Füßen sitzt, wie in einem Nest. Das Weiß seiner Schale ist abgeklungen, wie ein Licht, das verlöscht ist. Was soll er jetzt machen? Sie hätte es gewusst. Sie hatte immer eine Antwort. Er geht in Gedanken das Archiv ihrer Gespräche durch und sucht nach etwas, das ihm helfen könnte. Einmal hatte sie ihm eine Geschichte von einem verwaisten Lamm erzählt, das sie auf dem Bauernhof gehabt hatten, auf dem sie aufgewachsen war. Wenn ein Lamm keine Mutter mehr hatte, war es ihre Aufgabe gewesen, es mit der Flasche zu füttern. Aber dieses eine fror einfach andauernd. Sie hatten es in Decken gewickelt, in Handtücher, in die Daunendecke aus ihrem Bett. Nichts hatte geholfen. Dann hatte jemand den genialen Einfall mit dem Ofen. Auf das Risiko hin, zum Mittagessen Lammbraten zu haben, steckten sie das zitternde kleine Ding in den alten gusseisernen Ofen, um es zu wärmen. Es funktionierte. Das Lamm war gerettet. Isaac, der schon fast zwanzig war, als er zum ersten Mal einen echten Bauernhof zu Gesicht bekommen hat, hatte gelacht, den Kopf geschüttelt und zu ihr gesagt, sie sei in einer Geschichte von Beatrix Potter aufgewachsen. Kein Mensch hatte noch einen gusseisernen Ofen. Kein Mensch fütterte Lämmer mit der Flasche. Sie hatte mit den Achseln gezuckt und erwidert, er bräuchte nur hinauszugehen und die Augen aufzumachen; dann würde sich ihm eine ganze Welt auftun, die ihm jetzt noch verschlossen sei.

Isaac verriegelt die Haustür. Er geht ins Wohnzimmer und stellt die Keksdose behutsam auf den Kaminsims. Dann holt er das Ei von seinem Ruheplatz auf dem Posthaufen. Das Haus ist klein und beengt, und in der Küche steht kein alter gusseiserner Ofen, aber in so einem hätte das Ei auch gar keinen Platz. Doch die Feuerstelle unter dem

Kaminsims ist halbwegs brauchbar, also bringt Isaac das Ei dorthin. Die Sonne dringt erst allmählich durch die Lamellen der Jalousien, aber Isaac hält den Blick gesenkt und schaltet das Licht nicht ein. Mit langsamen, angestrengten Bewegungen macht er sich am Kamin zu schaffen. Aus einer alten Zeitung, ein paar Holzscheiten und Resten von Kienspänen schichtet er ein schlichtes Feuer auf. Er zündet es an und bläst das Streichholz rasch wieder aus, um nicht irgendetwas im Raum zu erhellen, das er nicht sehen will. Aus allen Ecken des Raumes rafft er Kissen und Decken zusammen und baut daraus auf dem Boden vor dem Kamin ein improvisiertes Nest. Er setzt das Ei hinein und facht das Feuer an, das dahinter brennt. Die Flammen lodern auf. Isaac kniet sich hin und betrachtet das Ei. Wie es da so vor dem Feuer auf dem Wohnzimmerboden steht, strahlt seine weiße Schale so hell wie noch nie. Aber da ist noch etwas anderes. Jetzt, wo es nicht mehr auf der kalten, feuchten Lichtung steht, sondern vor einem knisternden Feuer, fängt sein Äußeres endlich an zu trocknen. Und während es trocknet, erblüht es. Einige Stellen, die zuvor flach waren, richten sich jetzt auf und strecken sich in alle Richtungen. Isaac steht der Mund offen. Sein Atem wird langsamer, die Haare auf seinen Armen stellen sich auf, und er erkennt, dass die Schale des Eis überhaupt keine Schale ist. Sondern ein Pelz. Gerade eben noch vom Morgentau geglättet, plustert er sich jetzt auf, wie die Wolle des verwaisten Lamms im wärmenden Ofen. Isaac traut seinen Augen nicht. Das Ei ist von einem zotteligen weißen Fell umhüllt.

»Was bist du?«, flüstert er.

Aber das Ei ist noch immer zu sehr Ei, um zu antworten. Wie gebannt starrt Isaac es an und verliert dabei jedes Zeitgefühl. Das Feuer brennt, das Ei schweigt, und Isaac starrt. Als ihm irgendwann die Knie wehtun und das Feuer nachlässt, werden ihm die Augen schwer. Vielleicht wegen der Wärme des Feuers. Vielleicht weil er seit gestern Morgen nicht geschlafen hat. Gähnend geht er zu dem Sofa am anderen Ende des Raumes. Von dort aus betrachtet er das Ei noch ein paar Minuten lang und breitet sich dann eine der Reservedecken über den Schoß. Er hat nie verstanden, warum man so viele Decken braucht – ihm war warm, ihr war kalt –, aber jetzt ist er dankbar dafür, dass so viele da sind. Schon bald kann er die Augen nicht mehr offen halten, dann streckt er sich aus und fängt an zu schnarchen und gleitet zum ersten Mal seit Anfang Januar in einen ordentlichen Schlaf. Während er wegdämmert, bekommt er nur entfernt mit, wie die Kinder am Haus vorbei zur Schule gehen, wie das Licht der Morgensonne durch die Jalousien hereinfällt, wie sich im Feuer etwas rührt und knackt. Er ist in tiefem Schlaf versunken, als das Ei anfängt, sich zu bewegen.

Es beginnt mit einer Drehung; ein Teil des zotteligen Pelzes löst sich und gleitet zur Seite, wie ein Element eines vertrackten Schlosses. Dann löst sich ein weiterer Teil und gleitet in die andere Richtung. Schließlich ist das gesamte Äußere des Eis in Bewegung, die Ringe seiner haarigen Hülle drehen sich im Kreis, wie ein Tornado in einem Comic, der über eine sandige Ebene jagt. Kaum hat diese sonderbare Vorführung begonnen, ist sie auch schon wieder vorbei. Überall auf dem Ei ballen sich weiße Kringel. Was sich hinter ihnen verbirgt, hat zwar noch immer die Form eines Eis, ist aber alles andere als ein Ei.

Im Kamin bricht knackend und zischend ein Scheit entzwei. Wie zur Antwort öffnet das Ei die Augen.

ZWEI

»Sitzt du?«

Und damit war, einfach so, alles in die Brüche gegangen. Auf diese Frage folgt immer eine schlechte Nachricht. Und wenn es die eigene Schwiegermutter ist, die einem am Telefon diese Frage stellt, hat man vielleicht schon eine Ahnung, was das für eine schlechte Nachricht sein könnte. Ihre Tochter hatte ohnehin schon vor Jahren alles verraten, beim Morgenkaffee im Bett. Sie hatten einander von den Schrullen ihrer Eltern erzählt. Isaacs Vater schrieb Textnachrichten ausnahmslos in Großbuchstaben. Seine Mutter hatte eine ausgeprägte Angst vor Hunden, hatte aber jeder Katze in der Siedlung einen Namen gegeben. Sein Schwiegervater konnte nichts erledigen – ob kleinen Handgriff oder großes Projekt –, ohne dabei vor sich hin zu summen, auch wenn die Melodien, die er summte, genau genommen keine Lieder waren, sondern ein Missklang aus nicht zusammenpassenden Tönen. Und seine Schwiegermutter? Sie konnte schlechte Nachrichten niemals unumwunden übermitteln, wie schwerwiegend die Angelegenheit auch war. Ob der Hund der Familie eine Ohrenentzündung hatte oder ob ein ehemaliger Klassenkamerad, den man seit siebzehn Jahren nicht gesehen hatte, sich scheiden ließ, immer musste sie zuerst fragen, ob ihr Gesprächspartner saß.

»Sitzt du?«

Alles, was nach diesem Anruf geschah, ist in Issacs Erinnerung wie erstarrt, aber die Augenblicke davor sieht er noch kristallklar vor sich. Er hatte den Lautsprecher voll aufgedreht und eine Playlist mit dem Titel »Italo-Kochsongs« laufen, mit der er sich gerne anfeuerte, wenn er in der Küche herumexperimentierte. Er hatte an der Küchentheke gestanden und versucht, in einer Fantasiesprache mitzusingen, während er Lammhackfleisch, Zwiebeln und Koriander zu Bällchen formte und auf Holzspieße steckte. Es sollten Köfte-Spieße werden. Draußen war es dunkel, es hatte Minusgrade, und die Soße, die auf dem Ofen vor sich hin köchelte, ließ die Fensterscheiben anlaufen. Isaac hatte sich vorgenommen, die Jalousien herabzulassen, sobald er sich das rohe Fleisch von den Fingern gewaschen hatte. Doch dazu kam es nicht. Er war gerade mit dem dritten Fleischbällchen fertig, als die Musik aussetzte und an ihrer Stelle ein Klingelton ertönte, dieselbe Melodie, mit der er sich morgens wecken ließ. Vielleicht war er deshalb schon genervt, bevor er überhaupt ranging. Vielleicht auch wegen seiner schmutzigen Finger, an denen noch Zwiebelwürfel und rohes Lammfleisch klebten und die er sich unter dem heißen Wasser aus dem Hahn fast verbrühte, während das Telefon weiterläutete. Als er sie mit einem Geschirrtuch getrocknet hatte und zum Tisch gehastet war, hatte das Läuten aufgehört. Isaac entspannte sich ein wenig. Doch kaum war das Läuten verklungen, setzte es wieder ein. Isaac sah auf das Display.

Esther Moray

Der Name löste in ihm die erste Welle von Panik aus. Warum rief Esther *ihn* an? Warum nicht ihre Tochter?

»Hi, Esther. Alles in Ordnung?«

»Sitzt du?«

Kein »Hallo, Isaac«. Kein »Wie geht's dir, Isaac?«. Kein »Wie war dein Wochenende?«. Nur diese zwei Worte.

Isaac saß nicht. Er machte Köfte. Er hätte sich setzen *können*. Vielleicht wäre das besser gewesen. Ab diesem Zeitpunkt verschwimmen die Dinge, als wäre der Anruf eine List gewesen, wie man sie aus alten Spionagefilmen kennt, und als hätte Isaac, indem er ihn annahm, ein betäubendes Gas freigesetzt. Sobald Esther zu reden anfing, drangen die unsichtbaren Schwaden durch die Fensterschlitze, unter den Türen hindurch, aus dem Ofen und aus dem Kühlschrank. Isaac weiß noch, dass er mit unsicherem Griff einen Stuhl heranzog und sich mit wackligen Beinen setzte. Er hielt sich am Tisch fest, als schwanke der Raum und als drohe er selbst vom Stuhl zu kippen. Sein Mund war trocken. In seiner Brust, seinem Hals und seinem Kopf dröhnte das Wummern seines Herzschlags.

»Ja, ich sitze.«

Er erkannte seine eigene Stimme nicht wieder. Auch Esthers Stimme erkannte er nicht wieder.

»Etwas Entsetzliches ist passiert«, sagte sie. Was genau, brauchte sie ihm gar nicht mehr zu sagen. Isaac wusste im selben Moment, dass Mary tot war.

Isaac Addy liegt auf dem Sofa, halb schlafend, halb wach, und weiß nicht, ob seine Frau tot ist oder nicht. Aus einem beruhigenden Traum aufzuwachen und sich in einer albtraumartigen Wirklichkeit wiederzufinden, ist ein Zustand, der seine eigenen Gesetze hat. Isaac hält die Augen geschlossen, solange es geht. Er hofft, dass die Wirklichkeit der böse Traum ist und er sich ein anderes Leben herbeiimaginieren kann. In der Welt, die er hinter seinen Augenlidern erschafft, sagt ihm der Dämon, den er schon auf der Brücke gehört hat, dass Mary oben ist, im ersten Stock. *Ihr habt euch nur gestritten,* sagt der Dämon. *Mach Kaffee und entschuldige dich bei ihr, und dann ist alles wieder wie vorher.* Isaac wünschte, er wäre wegen eines Streits auf dem Sofa gelandet. Er wünschte, sie hätten sich so schlimm gestritten wie noch nie. Manchmal haben sie einander angeschrien. Er wünschte, sie könnten einander auch jetzt anschreien. *Werd endlich erwachsen.* Das hat sie oft gesagt. *Warum kannst du dich nicht ausnahmsweise mal wie ein Erwachsener benehmen?* Er denkt daran zurück, dass ihm nichts zu blöd war, um sie zum Lachen zu bringen. Wie er sie dazu brachte, ein berufliches Telefonat zu unterbrechen, damit er ihr »die Aale im Bad« zeigen konnte, und wie sie genervt die Augen verdrehte, als sie die »Ahle« dann sah. Er denkt zurück an die Streitereien darüber, dass er niemals bügelte oder den Herd putzte und nicht lernen wollte, den intelligenten Stromzähler zu bedienen, und daran, wie er, wenn er sich mit solcher Kritik konfrontiert sah, nur lachte, die Zunge herausstreckte oder die Kritik mit einem »Sehr wohl, Mum« beiseite wischte. Dinge ernst zu nehmen, war nie Isaacs Stärke gewesen. Wie sehr sich das geändert hatte. Noch schlaftrunken, kehrt er allmählich in die Wirklichkeit zurück. Er erinnert sich wieder daran, was passiert ist. Währenddessen rutscht er langsam über den Rand des Sofas. Mit einem *Fump!* schickt ihn seine Erinnerung zu Boden.

Isaac liegt da, mit geschlossenen Augen, das Gesicht auf dem Boden, noch immer im Anzug und in eine Decke gewickelt, und spürt, wie ihm etwas die Brust zusammenschnürt. Er drückt die Stirn in den Teppichboden, und es schaudert ihn, als ihm klar wird, warum er nicht oben geschlafen hat, in ihrem gemeinsamen Bett, mit ihr. Allein schon der Gedanke lässt ihn aufschluchzen. Er ist auf dem Sofa eingeschlafen, und Mary ist tot. Jetzt liegt er auf dem Boden, und Mary ist tot. Sein Kopf tut weh, und Mary ist tot. Nachdem ihm die eine große schlimme Sache wieder eingefallen ist, kommen ihm auch die kleineren, aber ebenfalls schlimmen Sachen wieder in den Sinn. Wie zum Beispiel sein Kater. Jedes Mal, wenn er eine Träne verdrückt und schluckt, fängt sein Kopf zu hämmern an, und seine Haut fühlt sich gespannt an und seine Kehle ganz hölzern vor Trockenheit. Der Geschmack in seinem Mund erinnert an das Innere eines Staubsaugerbeutels, und seine sandige Zunge drückt gegen Zähne, die so trocken sind wie der Teppich, auf dem er liegt. Wenn seine Erinnerung ihn nicht trügt – was sie jedoch ziemlich oft tut –, dann hat man ihm in den letzten

Wochen immer wieder nahegelegt, mit dem Trinken aufzuhören. Er schade sich selbst damit. Er schade anderen damit. Sein Körper ist zerschunden, sein Ego weniger lädiert als vielmehr in tausend Stücke zersprungen. Aber niemand leidet so sehr wie er, und nichts tut so weh wie der Umstand, dass sie nicht da ist. Auch wenn er nicht mit dem Gesicht hier auf dem Teppich läge, sondern auf dem Linoleumboden eines Krankenhausflurs oder auf dem Betonboden der Zelle auf einer Polizeiwache – der Schmerz wäre immer derselbe.

Die Polizei. Isaac kann sich vage daran erinnern, dass er sich vorhin irgendwelche Sorgen wegen der Polizei gemacht hat. Er weiß auch noch, dass er Feuer gemacht hat. Obwohl es schon längst erloschen ist, kann er noch immer das Knistern der Glut hören. Und obwohl es in dem Zimmer wieder so kalt ist wie zuvor, fühlt Isaac sich, eingehüllt in Anzug, Teppichboden und Decke, als würde er am Spieß gebraten. Warum hat er Feuer gemacht? Unwillkürlich kommt ihm der große Ofen in den Sinn, das Krematorium. Da ist sie wieder. Mary ist tot, wie kann er da an etwas anderes denken? Er windet sich, zieht eine Hand unter der Decke hervor und beißt sich in einen schmutzverkrusteten Knöchel. Wie er so auf dem Boden seines Wohnzimmers liegt, weinend, bibbernd und in der Erwartung, dass ihn jemand aus seinem Elend herausholt, sieht er wahrscheinlich aus wie ein Wildtier, das in eine Falle gegangen ist. Jedenfalls hört er sich so an. Er hat die Augen geschlossen, schabt mit dem Gesicht über den Teppich und macht dabei das Geräusch, das er jetzt immer macht, wenn er aufwacht. Jedenfalls soweit er sich erinnern kann. Es ist ein entsetzliches, ersticktes Geräusch, so ähnlich wie das, das er auf der Brücke von sich gegeben hat. Es beginnt ebenfalls mit einem Schluchzen, klein und bemitleidenswert, und schwillt dann zu einem lautstarken Klagelaut an, grauenhaft, grässlich und Gänsehaut auslösend. Der Schrei eines Mannes, der alles verloren hat, der vollkommen allein ist. Deshalb ist es umso überraschender, dass jetzt etwas zurückschreit.

Isaac öffnet die Augen. Er nimmt die Hand aus dem Mund, starrt auf den Boden und zwinkert, um eine Träne wegzuwischen. Gerade hat etwas geschrien. Sehr laut. Sehr nah. Jetzt, wo er aufgehört hat zu heulen, spürt Isaac plötzlich, dass da irgendetwas in seiner Nähe ist, er spürt die muffige Wärme von Atemluft und die feuchte Hitze eines kleinen Körpers. Noch immer in die Decke gewickelt, überlegt er ganz genau, was er als Nächstes tun soll. Er drückt sich mit der Stirn vom Boden ab, als wolle er einen Kopfstand machen. Aus dieser verkehrten Perspektive sieht er sein schmutziges Hemd, das mit kleinen Rissen von Dornen und abgebrochenen Zweigen übersät ist. Seine zerfetzte und ausgebeulte Anzughose, deren Knie von Schlamm und Moos bedeckt sind. Jetzt fällt es ihm wieder ein. Der Wald. Die Lichtung. Er hat ein Feuer gemacht, ein Nest gebaut. Etwas hineingelegt. Das … nein, ganz sicher nicht. Rechts von sich hört er ein neugieriges Schnüffeln. Eigentlich würde ihn jetzt schaudern, aber er liegt wie erstarrt da. Langsam zieht er seine zerkratzten Hände unter der Decke hervor und legt sie neben seiner Brust auf den Boden, als wolle er einen Liegestütz machen. Dann nimmt er all seine Kraft zusammen, holt rasch Luft und drückt sich vom Boden ab.

Er dreht sich um, um den Eindringling zu stellen. Er stößt mit den Füßen die Decke weg. Dann sitzt er wie festgenagelt an das Sofa gelehnt und blickt mit weit aufgerissenen Augen auf den Ursprung des Schreis.

Seine Augen sind schwarz

Es ist das Ei. Aber dieses Ei ist nicht »ein Ei«. Jetzt, wo es nicht mehr in seinem Nest sitzt, sondern zwischen Isaacs ausgestreckten Beinen steht, wirkt es vollkommen verwandelt. Es zwinkert Isaac aus Augen an, die vorhin definitiv noch nicht da waren, und Isaac zwinkert zurück, aus seinen Augen, die noch vom Schlaf vernebelt sind und in denen noch die Tränen stehen. Was sieht er? Das Erste, was ihm einfällt, ist die Szene aus *E. T.*, in der der Junge im Wald dem fremdartigen kleinen Wesen zum ersten Mal begegnet. Aber Isaac ist nicht mehr im Wald. Er sitzt in seinem Wohnzimmer auf dem Boden und starrt auf zwei plumpe, gelbe Füße, die im Teppich versinken, und auf zwei riesige schwarze Augen, die ihn anzwinkern. Isaac denkt nicht an *E. T.*, weil er glaubt, einen Außerirdischen vor sich zu haben, oder weil er diesen Außerirdischen im Wald in der Nähe seines Hauses gefunden hat. Sondern wegen des Schreis. Isaac und Mary hatten ihre Wochenenden besonders gern damit verbracht, gemeinsam Wohlfühlfilme zu schauen. Schon früh war daraus eine Art Tradition entstanden. *Dirty Dancing* am Valentinstag, *Ghostbusters* an Halloween, nebenher gekuckt, auf dem Tisch dampfende Teetassen und ein Puzzle. Mary hatte als Kind nur wenige der Klassiker gesehen – sie war eher ein Bücherwurm als eine Kinofanatikerin gewesen –, Isaac dagegen schon, und er hatte es sich zur Aufgabe gemacht, ihr das Versäumte nahezubringen. Sie fingen mit *Ein Schweinchen namens Babe* an, einem naheliegenden Auftakt für ein Mädchen, das auf einem Bauernhof aufgewachsen war, und arbeiteten sich dann durch eine Liste von Filmen, von solchen, die von der Kritik gefeiert worden waren, bis zu solchen, die man nur mit einer Portion Ironie genießen konnte, von *Ferris macht blau* bis zu *Flashdance*. Als Isaac ein Kind war, war *E. T.* einer seiner Lieblingsfilme gewesen. Er weiß noch, wie er begeistert bestimmte Szenen nachgespielt hat, auch als er schon viel zu alt für so etwas war. Er hatte, in eine Decke gewickelt, den Außerirdischen gespielt, während seine Schwester widerwillig auf ihrem Fahrrad saß und Elliott mimte. *Isaac nach Hause telefonieren.* Er weiß noch, wie er die VHS-Kassette mit dem Film wieder und wieder abgespielt hat. Wie er gelacht hat, als Elliott im Wald auf E.T. trifft und aufschreit. Wie er noch lauter gelacht hat, als E.T. zurückschreit, weil er, der Außerirdische, das Menschenkind genauso abstoßend findet wie das Menschenkind ihn, den Außerirdischen. Jetzt sieht Isaac sich selbst einem hässlichen und glupschäugigen, fremdartigen Geschöpf gegenüber, und jetzt schreit auch er.

Isaac schreit. Das Ei schreit zurück. Das Ei schreit, und dann schreit Isaac zurück. So geht das eine geschlagene Minute lang, Isaac reißt die Augen auf und schreit laut, das Geschöpf reißt die Augen noch weiter auf und schreit noch lauter. Das Schreien macht Isaac heiser, er spürt den Druck in seinen blutunterlaufenen Augen, und sein trockener Mund wird noch trockener. Das hier ist ganz anders, als wenn er und Mary einander angeschrien haben. Ihre Schreie waren von Gefühlen befeuert. Jetzt schreit Isaac nur, weil er glaubt, dass es angemessen ist. Und das Ei, das schreit, wenn Isaac schreit, und aufhört, wenn er aufhört, scheint nur zu schreien, weil Isaac schreit.

Sein Fell ist weiß

Isaac hört auf zu schreien. Das Ei hört auch auf zu schreien. Es starrt Isaac an. Isaac starrt zurück. Der Schrei im Wald kam also nicht von der Mutter des Eis, sondern von dem Ei selbst. Das Ei ist also überhaupt kein Ei. Während Isaac insgeheim damit gerechnet hat, dass die pelzige weiße Hülle aufbricht und irgendeine grauenerregende Kreatur freilässt, scheint die Hülle selbst zu einer grauenerregenden Kreatur zu gehören. Dabei sieht das Ei noch immer aus wie ein Ei. Nur jetzt pochiert. Mitten in dem zuvor makellos weißen Oval sitzt jetzt ein hellgelber Dotter. Wobei, das ist kein Dotter. Es ist ein Gesicht, das aussieht wie ein halbgarer Dotter, mit einer rauen Haut von exakt derselben Farbe und Beschaffenheit wie die Schale einer Zitrone.

Isaacs Blick fällt auf die pelzigen Haufen neben der Kreatur. Haufen, die Arme sind. Es sind nur zwei Gliedmaßen, die aber schätzungsweise fünf Mal so lang sind, wie das Ei groß ist. Wahrscheinlich hat es damit am Anfang sein Gesicht verdeckt. Jetzt sind sie ausgerollt, fallen auf beiden Seiten des Eis zu Boden und türmen sich auf dem Teppich wie hingeworfene Wäsche. Ellbogen sind keine zu sehen. Auch kein einziger Knochen. Isaac könnte sie für weiße Federboas halten, wenn sie nicht am Ende jeweils in drei Fingern ausliefen, die die Form von Würstchen und die Farbe von Vanillecreme haben. Abgesehen von diesen Fingern, dem Gesicht und den gelben Stummelzehen, die unter seinem Bauch hervorragen, ist an dem Ei nur glänzendes, weißes Fell zu sehen. Ein weißer Bart unterhalb des Mundes, ein weißes Feuerwerk oberhalb der Augen. Und dann diese Augen, riesig und schwarz, um die herum sich die gummiartige gelbe Haut spannt. Unterhalb dieser eulenartigen Augen kräuselt sich die Haut zu einer kleinen, zusammengekniffenen Schnauze, die an einen Mops erinnert, mit zwei nadeldünnen Nasenlöchern und einem herabhängenden Mund. Obwohl das Ei den Mund zu einer Grimasse verzieht, spricht aus seinen Augen die pure Neugier.

Sein Gesicht ist gelb

Dann verschwindet das Geschöpf. Jedoch nicht im Nichts, sondern im Flur, es wackelt in aller Ruhe davon, wie ein Aufziehspielzeug. Es biegt um die Wohnzimmertür und ist weg, und dass es nicht aus der Welt ist, ist nur noch an seinen langen, schlaffen Armen zu erkennen, die es hinter sich her schleift. Ein paar Augenblicke vergehen, dann verschwinden auch seine gelben Finger hinter der Tür. Jetzt ist Isaac allein. Er starrt auf die Lücke, die das Ei hinterlassen hat, auf die Leere zwischen sich und dem Kamin, auf dessen Sims die Keksdose steht. Mit einem leisen Rasseln atmet er durch den leicht geöffneten Mund aus. Er weiß, dass das nicht möglich ist. Er weiß, dass das *nicht wirklich* ist. Er weiß, dass in der Realität nicht einfach so kleine Eiermonster auftauchen, sich auf dem Teppich in seinem Wohnzimmer entfalten und davonschlurfen, um sich ein bisschen umzusehen.

Aber Isaacs Realität steht schon seit Langem kopf. Und in *seinem* Kopf – der sich noch immer geschwollen anfühlt und hämmert – kann er das, was gerade passiert, nicht verarbeiten und nimmt es daher bereitwillig hin, dass er gerade eine dieser absurden Geschichten erlebt, wie sie Männern widerfahren, deren Leben ohnehin schon in Scherben liegt.

Isaac lässt sich gegen das Sofa fallen und reibt sich das Gesicht. Von dissoziativen Bewusstseinsstörungen und kognitiven Fehlleistungen hat er schon gehört, aber er hat nie damit gerechnet, etwas Derartiges selbst zu erleben. *Er ist verrückt geworden,* hätte man früher hinter vorgehaltener Hand gesagt. *Die Trauer hat ihn verrückt gemacht.* Das wäre nicht unzutreffend. Er hat seine geistige Gesundheit eingebüßt, wie ein Ei, das auf einer einsamen Waldlichtung seine Mutter eingebüßt hat. Er hat sich so weit von seinem normalen Selbst entfernt, dass er nicht weiß, ob er jemals den Weg zurück finden wird. Er weiß auch nicht, ob er das will. Er malt sich die Alternative aus – dieses sehr wirkliche Ereignis, das in seiner sehr wirklichen Welt passiert ist, zu akzeptieren –, und die Vorstellung entlockt ihm ein Wimmern. Wieder beißt er sich in die Fingerknöchel und dämpft dadurch den vertrauten Klang. Diesmal ist er ruhiger, kommt eher von innen. Einen Moment später richtet Isaac sich auf. Er reibt sich die Augen. Er schnieft. Er sieht an sich selbst hinab, wie er mit tränennassem Gesicht und taunasser Kleidung, in einem ruinierten Hemd und einer schlammverkrusteten Hose auf dem einst tadellosen Teppich sitzt. Dann blickt er zu der Tür hinüber, die in den Flur führt und hinter der jetzt ein anderes merkwürdiges Geräusch zu hören ist. *Glom glom glom.* Isaac schluckt und reibt sich die eingefallenen Wangen. Wenn er verrückt wird, verspricht das vielleicht zumindest ein wenig Zerstreuung. Wenn der Irrsinn ihm etwas präsentiert, das ihn ablenkt, dann heißt er ihn mit offenen Armen willkommen.

Glom glom glom. Da ist es wieder. Ein leises, schmatzendes und grummelndes Geräusch, das aus dem Flur kommt. Das unzweideutige Geräusch von Nahrungsaufnahme. Früher wäre Isaac bei so einem Geräusch vor Schreck erstarrt, aber Angst zu haben, ist ihm mittlerweile so fremd wie Lächeln, Lachen oder das Gute in der Welt zu sehen. Daher ist er nur leicht irritiert, schluckt noch einmal und rappelt sich auf. Er geht, als sei er verletzt, und muss sich andauernd irgendwo abstützen. Erst am Couchtisch, dann an der Rückenlehne des Sofas, dann an der Zimmertür. Als er den Flur erreicht, lässt ein *fnap fnap fnap* wie von kleinen, entenartigen Füßen erahnen, dass die Kreatur ausreichend Zeit hatte, sich davonzumachen. Die Küchentür schließt sich mit einem Quietschen. Im Licht der Nachmittagssonne, das durch die Milchglasscheibe in der Haustür fällt, offenbart sich eine Spur der Verwüstung, die die Kreatur hinterlassen hat. Sie hat sich an dem Posthaufen gütlich getan. Einige Umschläge sind zerfetzt, andere sind zur Hälfte weggefressen und triefen noch vor Speichel. Isaac wendet den Blick ab, um nicht das ganze Ausmaß der Zerstörung sehen zu müssen, aber auch, um nicht zu sehen, was konkret zerstört wurde. Die Umschläge, auf denen Marys Name steht, die Karten, die tief empfundenes Mitgefühl und aufrichtiges Beileid ausdrücken, und auch die lästigen Schreiben vom Finanzamt, zu deren Beantwortung Mary, wenn sie noch leben und atmen würde, ihn gedrängt hätte. Isaacs Augen schwellen an, aber wieder lenkt ihn ein Geräusch ab. Hinter der Küchentür ist ein dröhnendes, metallisches *bläng* zu hören. Dann eine kurze Stille. Dann wieder *glom glom glom*. Vorsichtig macht Isaac einen Schritt und stößt dabei einen wackligen Haufen Umschläge um, die sich daraufhin schlitternd über dem Boden verbreiten. Er sieht weiter geradeaus und wendet den Blick nicht von der Küchentür. Dann geht er los, mit steifen Bewegungen und Halt an der Wand suchend. Nach den vier Schritten, die er bis zur Küche gebraucht hat, stützt er sich gegen den Türrahmen und holt Luft. Er atmet noch einmal mit letzter Kraft tief durch und drückt die Tür auf.

Ist er seit jenem Abend noch einmal hier gewesen? Seine Erinnerung ist zwar verschwommen, aber der Raum wirkt unverändert. Die Jalousien sind noch immer hochgezogen, weshalb Isaac, der nicht mehr an Sonnenlicht gewöhnt ist, zusammenzuckt und sich zum Schutz die Hände vors Gesicht hält. Während sich seine Augen allmählich an die Helligkeit gewöhnen, hat er den Eindruck, als würde sich vor ihm ein Foto aus seiner Vergangenheit entwickeln. Ein Negativ. *Sitzt du?* Er hatte geglaubt, sich nur eingebildet zu haben, dass der Stuhl hinter ihm polternd umfiel, wie in einer Szene aus einem Melodrama. Aber der Stuhl liegt tatsächlich umgekippt auf dem Küchenboden. Der Tisch daneben ist noch immer halb gedeckt, zwei Teller, daneben jeweils ein Messer, aber noch keine Gabeln. Am Kühlschrank hängen noch immer Überbleibsel seines früheren Lebens. Ein Bündel abgelaufene Pizzagutscheine, die Mary nicht hatte wegwerfen wollen. Ein nichtssagender Magnet, den ihm seine Schwester von einem Anwaltskongress mitgebracht hat. Eine Einkaufsliste in Marys Handschrift. *Spülmaschinentabs, Erdnussbutter, Bananen, Milch.* Die Alltäglichkeit dieses Anblicks lähmt Isaac und raubt ihm den Atem. Vielleicht ist es aber auch der Geruch. Der ekelerregende Gestank, der durch die offene Küchentür dringt, überlagert selbst den strengen Geruch seines Hemdes und den noch strengeren Geruch seines Atems. Auf dem Herd steht ein Topf mit irgendetwas Halbgarem, Verschimmeltem, aber selbst das wirkt noch appetitlich im Vergleich zu dem, was sich auf dem Boden befindet. Ein Backblech liegt verkehrt herum da, und was einmal darauf platziert war, wurde offenbar über die Fliesen geschleudert. Ein verstreutes Arsenal roher Köftebällchen, in verschiedenen Stadien der Zubereitung, aber alle im selben widerlichen Stadium der Verwesung. Sie riechen nach – nun, sie riechen nach drei Wochen altem rohem Fleisch, das in einer unbenutzten, verdreckten Küche zurückgelassen wurde und jetzt eine verfaulte Mahlzeit für Maden ist. Der Kreatur, die das verschimmelte Fleisch futtert, scheint das egal zu sein.

Isaac würgt. In seinen Augen sammelt sich das Wasser. Er drückt sich die Nase zu, um den Gestank nicht mehr zu riechen. Das Ei sieht ihm zu, isst aber weiter. Seine Arme sind ständig in Bewegung, sie sausen hinab, bilden Haufen auf dem Boden und richten sich wieder auf wie die Greifschwänze zweier hyperaktiver Affen, und mit seinen gelben Wurstfingern stopft es sich eifrig eine Handvoll verdorbenes Fleisch nach der anderen in seinen unablässig kauenden Mund. Die Bewegungen wären anmutig, wenn sie nicht so grobschlächtig wären. *Glom glom glom.* Entsetzt sieht Isaac zu und reibt sich immer wieder die Augen, damit das Ei verschwindet. Es verschwindet nicht. Entweder hat Isaac Wahnvorstellungen, was schlimm wäre, oder in seiner Küche sitzt wahrhaftig ein Monster, was noch schlimmer wäre. Er ohrfeigt sich und kneift sich und versucht sogar, das Bild zu vertreiben, indem er sich mit der flachen Hand auf den Kopf schlägt. Doch jedes Mal ist das Ei noch immer da. Es sieht ihm interessiert zu und schaufelt sich dabei weiterhin portionsweise verfaultes rohes Fleisch in den Mund, wie Popcorn bei einem Kinobesuch. Heute auf dem Spielplan: Isaac Addy.

Glom glom glom. Was geht diesem Wesen durch den Kopf, während es vor sich hin mampft und Isaac mit diesem forschenden Blick aus seinen grapefruitgroßen Augen ansieht? Wenn es noch nie einen Menschen gesehen hat, muss es genauso angewidert sein wie E.T. von Elliott: diese Menschennase, diese Menschenohren, das Fell, das nur in schmalen Büscheln über den kleinen Augen wächst und in Stacheln über der faltigen Stirn. Vielleicht wirkt Isaac in den Augen des Eis nackt, wie ein gerupftes Hühnchen. Vielleicht weiß das Ei nicht, was ein »Hühnchen« ist. Es lässt sich nichts anmerken. Was auch immer diesem Wesen durch den Kopf geht, sein kleines, zerknautschtes Gesicht – falls das denn ein Gesicht ist – bleibt ausdruckslos, und das Ei starrt Isaac weiterhin unverwandt an.

»W-Was …«, stammelt Isaac, hält dann aber inne. »Wie …« Wieder hält er inne, setzt dann aber noch einmal an. »Was bist du?«

Sein Name ist ________

Das Ei hört kurz auf, auf dem verwesten Fleisch herumzukauen, und denkt über die Frage nach. Die Antwort ist ein erstaunlich lautes Rülpsen. Dann setzt es sich hin und her wackelnd wieder in Bewegung und lässt seine Füße auf den Fliesenboden klatschen. *Fnap fnap fnap.* Erneut verschwindet es, diesmal hinter der Tür zum Wohnzimmer, und lässt dabei seine Arme hinter sich her über die Fliesen schleifen wie Seile über den Boden einer Turnhalle. Isaac sieht ihm nach und starrt dann auf die Wohnzimmertür, hinter der jetzt wieder das *glom glom glom* zu hören ist. Er blickt zum Kühlschrank und auf die Einkaufsliste und empfindet plötzlich Schmerz. Er blickt zum Wasserhahn und auf die schmutzigen Gläser in der Spüle und verspürt einen rasenden Durst. Er will sich etwas zu trinken holen, sich ausweinen und sich auf dem mit Fäulnis überzogenen Küchenboden zusammenrollen, doch etwas lässt ihn innehalten. Ein Knarren, das aus dem Wohnzimmer kommt. Er dreht sich um. Das Ei ist wieder da. Oder zumindest eine Hälfte von ihm. Es streckt seinen wuscheligen Kopf hinter der Wohnzimmertür hervor und starrt Isaac mit seinen großen Augen an. Isaac zwinkert dem Ei zu, und das Ei zwinkert zurück. Isaac braucht einen Moment, um zu verstehen, was vor sich geht. Das Ei will, dass er zu ihm kommt, dass sie einander fangen. Das Ei will spielen.

»Ich …«, setzt Isaac an, ohne zu wissen, was er eigentlich sagen will.

Aber er braucht gar nichts zu sagen. Dass er überhaupt reagiert hat, genügt schon. Das Ei ist wieder verschwunden. Und wieder ist das *glom glom glom* zu hören. Isaac seufzt und schüttelt den Kopf, schlurft aber dennoch in Richtung

Wohnzimmer. Er öffnet die Tür. Dasselbe Zimmer wie vorhin, dieselbe Unordnung. Auf dem Boden fleckige Decken, im Kamin erkaltete Asche. Aber vor dem Kamin steht jetzt das Ei und versinkt mit seinen hackfleischbesprenkelten gelben Zehen in dem Nest aus zerknautschten Kissen und Decken. Seine Arme liegen auf dem Teppichboden, und mit den Händen stopft es sich eine der Weihnachtskarten, die auf dem Kaminsims stehen, in den Mund. Ruckartig dreht es sich zu Isaac, stiert ihn an und kaut schneller, offenbar weil er jetzt vor ihm steht. Als hätte es Angst, er wolle ihm die Karte wegnehmen. Nachdem Isaac sich ruhig verhält, rülpst das Ei erneut, wendet sich wieder dem Kamin zu und betrachtet die restlichen Karten auf dem Sims, als treffe es eine Auswahl aus einer Käseplatte. Wie eine Puppe hält es die Arme über dem Kopf. Es wackelt mit seinen pummeligen gelben Fingern. Es gibt einen Laut von sich, ein *uuuuuuu*, das zugleich wie ein schrilles Kreischen und ein tiefes Grummeln klingt. Dann passieren mehrere Dinge gleichzeitig. Das Ei trifft seine Wahl und greift mit den Händen, die über dem Kaminsims schweben, nach einer der dort aufgestellten Weihnachtskarten. Vor lauter Aufregung stößt es dabei gegen die Keksdose in der Mitte des Simses, die sich daraufhin einmal um sich selbst dreht und wie eine tanzende Münze über die Kante zu rutschen droht. Isaac, in dessen Miene sich jetzt nicht mehr Elend und Überdruss abzeichnen, sondern die Erkenntnis, dass hier gerade etwas Entsetzliches passiert, stürzt nach vorne.

»Nein!«, schreit er.

Er bewegt sich so schnell wie schon seit Wochen nicht mehr, durchquert das Wohnzimmer mit drei großen Schritten und schlittert auf den Knien über den Teppich in den Kissenhaufen vor dem Kamin. Mit dem Schwung seiner Bewegung stößt er das Ei um, das daraufhin über den Boden rollt und an dem Sofa am anderen Ende des Zimmers abprallt wie ein mit Wucht getretener Rugbyball. Isaac schafft es. Die Keksdose, die vom Kaminsims geschleudert wurde, landet sicher in seinen ausgestreckten Händen. Das verängstigte Ei rappelt sich auf und flüchtet quiekend in den Flur. Isaac beachtet es nicht. Er kauert zusammengekrümmt auf dem Boden, hat die Augen geschlossen, sein Herz hämmert, und er ringt nach Luft. Er hat wieder das Gefühl, inmitten eines Blizzards zu sein; der eisige Wind hat die Fenster aufgestoßen und die Jalousien herausgerissen, er weht brüllend herein und beraubt Isaac jeder Fähigkeit zu sprechen oder zu denken. Er versucht, etwas zu rufen, aber vergebens. Er versucht zu atmen, aber auch das gelingt ihm nicht. Nein, das ist kein Blizzard. Sondern das Gegenteil. Isaac verbrennt. Er kniet schweißüberströmt vor dem Kamin, aber es fühlt sich an, als kniete er in einem Feuer und als loderten um ihn herum die Flammen. Er ist in der Hölle, aber er weiß, dass es die Hölle nicht gibt. Er sieht hinauf zum Himmel, aber er weiß, dass es auch so etwas wie einen Himmel nicht gibt. Wenn es so einen Ort gäbe, würde er spüren, dass sie dort ist. Aber er spürt nichts dergleichen. Er kann sie nicht spüren. Weder dort noch hier, noch sonst irgendwo.

Welchen Sinn hat es zu beten, wenn man nicht gläubig ist? Isaac überlegt, ob er versuchen soll, mit ihr zu sprechen, oder mit Gott, oder mit irgendjemandem, der ihm vielleicht zuhört. Um ihr eine Botschaft zu übermitteln, um irgendeinen Hinweis darauf zu bekommen, dass er sie eines Tages wiedersehen könnte. Er weiß, dass das aussichtslos ist. Steht nicht in der Bibel, dass abtrünnige Christen der Verdammnis anheimfallen? Mary hatte nicht die geringste Chance zu bereuen. Beide hatten sie ihre Familien in einem fort enttäuscht; Mary war die Tochter überzeugter schottischer Presbyterianer, Isaac wurde während seiner gesamten Kindheit jedes Wochenende in unerträgliche Gottesdienste geschleppt. Und was hatte das bewirkt? Er war dennoch zum Agnostiker geworden. Mary war eine kämpferische Atheistin gewesen und hatte nun ein christliches Begräbnis bekommen, weil sie keine bestimmten Wünsche hinterlassen hatte, abgesehen davon, wo ihre Asche verstreut werden sollte. Schon das war für eine Dreißigjährige erstaunlich konkret. Die feierliche Messe mitsamt Gebeten und Gesängen hätte sie abgeschreckt, und jetzt würde sie lauthals lachen, wenn sie Isaac sehen könnte, wie er vor dem Altar auf dem Kaminsims in ihrem Wohnzimmer kniet und nach Erlösung sucht. Die Leute hatten immer gesagt, Isaac sei der Selbstbewusstere von ihnen beiden, aber an Marys Unerschütterlichkeit hatte er nie herangereicht. Sie besaß die stille Gewissheit eines Menschen, der keiner höheren Macht als sich selbst etwas beweisen muss. Diese Haltung brachte ihre Eltern auf die Palme, ihre Brüder und manchmal auch ihren Ehemann. Aber war nicht Isaacs Verhalten ungleich nervenaufreibender? Die Unentschlossenheit, das andauernde *Sag niemals nie*, die Ungreifbarkeit, die Unfähigkeit, entweder an alles oder an gar nichts zu glauben. Oder sich einzugestehen, dass Mary zu Staub und nur zu Staub geworden war. In ihren Augen war Religion immer etwas Lächerliches gewesen. *Eine Ausrede, um mit allen möglichen Sünden davonzukommen.* Aber für Isaac gab es nichts Lächerlicheres als die Aussicht auf ein Leben ohne sie. Isaac schluchzt. Weil Gott ihm nicht zuhört, wendet er den Blick zu Boden und spricht stattdessen zu der Blechdose.

»Was soll ich denn jetzt machen?«, fragt er. »Bitte sag mir, was ich machen soll.«

Die Antwort ist ein Quieken. Es kommt nicht aus der Keksdose, aber auch nicht aus himmlischen Höhen. Sondern aus dem Flur. Das verängstigte Ei hat seinen Kopf wieder durch die Tür gesteckt und blickt jetzt aus dem Halbdunkel still ins Wohnzimmer. Es sieht aus wie ein Kleinkind, das gerade geschimpft wurde. Isaac schnieft, wischt sich die Tränen aus den Augen und drückt sich die Keksdose ein wenig fester an die Brust. Das Ei war verlassen worden. Er hat es zu sich nach Hause geholt. Was um alles in der Welt kann er jetzt tun? Er ist nicht dafür gemacht, sich um andere Lebewesen zu kümmern. Bei ihm würde sogar ein Kaktus eingehen, und zum Babysitten bei den Nachbarn ist er immer nur gegangen, wenn auch Mary mitkam. Sie war diejenige, die gut mit Kindern konnte. Kein Wunder, sie schrieb ja auch Kinderbücher. Isaac kann sich an eine Lesung in einer Bücherei erinnern, bei der er sie vom Eingang aus beobachtet hatte. Die Kinder waren wie hypnotisiert und saßen reglos und wie gebannt da. Mary konnte Menschen regelrecht verzaubern, während er im Umgang mit Kindern immer verkrampft war und vor der Verantwortung zurückschreckte. Er ist ja im Grunde selbst noch ein Kind. Wenn er sich selbst überlassen ist, macht er Sachen kaputt, wirft Gläser um und bringt überhaupt alles durcheinander. Als

Mary das letzte Mal weggefahren war, hatte er den Trockner zu heiß eingestellt, sodass sämtliche Bettlaken eingegangen waren. *Warum kannst du dich nicht ausnahmsweise mal wie ein Erwachsener benehmen?* Jetzt sitzt er allein zu Hause, zusammen mit einem kleinkindhaften Monster, und keine Mary ist da, die ihn bei der Hand nehmen könnte. Isaac sieht zu dem Ei hinüber, das, einen halben Meter groß, reglos wie eine Statue dasteht und dessen weißes Fell im Halbdunkel leuchtet. Seine riesigen Augen schimmern wie polierte Glaskugeln, und es zwinkert erwartungsvoll. Isaac fragt sich, ob es von ihm erwartet, dass er die Rolle seiner Mutter einnimmt. Er schüttelt den Kopf. Seine Mutter hat immer gesagt, dass nur Idioten sich ernsthaft fragen *Was wäre, wenn?* Doch als ihn das Ei vom Flur aus erwartungsvoll anblickt, kann sich Isaac dieser Frage nicht erwehren. Was wäre, wenn?

»Hallo«, sagt er.

Das Ei erwidert seinen Blick. Dann schreit es. Isaac zuckt zusammen, aber das Geräusch hat weder etwas Beängstigendes noch etwas Angsterfülltes an sich.

Das Ei schreit zwar. Aber es schreit, um *»Hallo«* zu sagen.

DREI

Isaac Addy könnte auch ein Roboter sein. Wie er so im Energiesparmodus auf dem Sofa liegt, wirkt es, als wäre er entführt und durch eine gefühllose Maschine ersetzt worden. Vielleicht hat das Ding, das auf dem anderen Sofa liegt, etwas damit zu tun. Früher hat Isaac sein Leben als romantische Komödie angesehen, dann als Tragödie, und jetzt weiß er, dass es ein Monsterfilm ist. Aber ein Blick hinüber zu den unschuldigen Augen jenseits des dreckigen Couchtisches genügt, um ihm zu versichern, dass das Monster dieses Films nicht in böser Absicht gekommen ist. Es ist … einfach nur da. Isaac verspürt kein Bedürfnis, es nach dem Grund dafür zu fragen. Er vegetiert nur weiter auf dem Sofa vor sich hin, mit einem gleichbleibenden Akkustand von einem Prozent. Hinter den noch immer heruntergelassenen Jalousien geht die Sonne auf und unter, auf und unter. Isaac weiß nicht, ob gerade ein Wochentag oder Wochenende ist, ob Vormittag oder Nachmittag. Ein Roboter hat keine innere Uhr, und der Computer in Isaac, der seine Stunden zählt, funktioniert nicht richtig, so wie alles andere.

Der Beweis dafür, dass Isaac kein Roboter ist, ist sein Gesicht: eine straffe, graue Maske mit geröteten Augen und einer eingefrorenen Grimasse, mit der er aussieht wie eine Mischung aus dem Blechmann aus *Der Zauberer von Oz* und dem Giganten aus dem All. Ein weiterer Beweis: Er weint nicht mehr. Noch letzte Woche war er ein heulendes und schluchzendes Häufchen Elend, doch als er heute Morgen aufgewacht ist, hat er keine einzige Gefühlsregung mehr verspürt. Als wären die Tränen auf seine Platine getropft und hätten dort in sämtlichen Schaltkreisen Kurzschlüsse verursacht. Zuvor hat er jedes Mal losgeheult, wenn er Marys Schuhe in Reih und Glied neben der Haustür hat stehen sehen oder Marys Parfüm auf dem Waschbecken im oberen Bad. Selbst die Messerspuren in der Butter im Kühlschrank haben ihm die Tränen in die Augen getrieben, ein fossilienartiger Abdruck, den sie hinterlassen hat. Es hatte sie nie gestört, wenn überall Krümel herumlagen. Wie der Blechmann spürt auch Isaac eine schmerzliche Leere in der Brust, einen Hohlraum, der ausgekratzt wurde wie das Stück Butter und dann mit Galle, Natron und Batteriesäure gefüllt wurde. Anders als dem Blechmann kann man ihm kein neues Herz einsetzen. Als das Ei gestern in die Küche kam, lag Isaac zusammengebrochen auf dem Boden vor dem Kühlschrank und vergoss seine Tränen über der Butter. Selbsthass und Scham hatten seine Schaltkreise durchbrennen lassen. Jetzt hat Isaac beschlossen, seine Gefühle unter Verschluss zu halten, und indem er das tut, schaltet er sich ab. Also wurde Isaac Addy tatsächlich durch einen Roboter ersetzt. Aber das war ganz allein sein Werk.

Isaac hat sich angewöhnt, ganz ruhig dazusitzen. Wenn er sich so gut wie nicht bewegt, sich nur von altem Brot ernährt und nichtssagende Filme guckt, kann er sich fast einreden, nichts mehr zu empfinden. Das fühlt sich dann an, als gäbe es ihn gar nicht. Und wären da nicht das strahlend weiße Fell, das andauernd am Rand seines Sichtfelds herumhuscht, und das Schnaufen, das an einen Mops mit platter Schnauze erinnert, könnte Isaac sich sogar einreden, dass das Ei ebenfalls nicht existiert. Als erahne es diesen Gedanken, versucht das Ei mit wachsendem Eifer, auf sich aufmerksam zu machen. Selbst wenn Isaac aufs Klo geht, bleibt ihm das neugierige kleine Geschöpf auf den Fersen. Es kündigt sich stets mit dem *fnap fnap fnap* an, das Isaac nun schon vertraut ist und das lauter wird, wenn das Ei aus einem angrenzenden Zimmer kommt, bis es dann plötzlich heftig atmend in der Tür steht. Dann schreit es. Seit dem ersten Mal, als es in der Wohnzimmertür stand, schreit es jedes Mal, um *»Hallo«* zu sagen, und Isaac kann nicht anders, als es dazu zu ermutigen. Selbst wenn er hört, dass sich das *fnap fnap fnap* wieder einmal nähert, erschrickt er jedes Mal zu Tode, wenn das Ei dann in der Tür steht und sich seine kleine Seele aus dem Leib schreit. Dann dreht er das, was er gerade in der Hand hat, nervös hin und her, sei es eine Zahnbürste, ein Handtuch oder eine Dose mit kalten Bohnen. Und noch immer schreit er jedes Mal zurück, was das Ei schlicht als Entgegnung seines Grußes auffasst. Isaac hat versucht, das Schreien zu unterdrücken, wie er auch seine Tränen unterdrückt hat, doch ohne rechten

Erfolg. Der Gigant aus dem All würde sich von einem Wesen, das gerade mal einen halben Meter groß ist, niemals Angst einjagen lassen, doch Isaac ist ganz entschieden nicht so ein harter Bursche.

Heute gucken Isaac und das Ei *Der Zauberer von Oz*. Während auf dem Bildschirm die Munchkins herumtoben, versucht Isaac, sich zu erinnern, wann er zuletzt geduscht hat. Er hat Kopfschmerzen und zuckt jedes Mal zusammen, wenn auch nur ein schwacher Lichtstrahl durch die Ritzen zwischen den Jalousien hereinfällt. Die Sonne brennt auf seiner Haut. Er pickt eine kalte gebackene Bohne vom Aufschlag seines Morgenmantels und isst sie, dann putzt er sich mit einem gebrauchten Taschentuch die Nase und wirft es auf den Couchtisch. In seinem früheren Leben lagen dort ausschließlich jeweils die Teile des halb fertigen Puzzles, an dem er und Mary gerade herumpfriemelten. Jetzt liegen dort ausschließlich schmutziges Geschirr und zusammengeknüllte Kleenex. Ein kleiner Tellerstapel ist sogar auf das andere Ende des Sofas hinübergeschwappt, vermutlich weil auf dem Couchtisch kein Platz mehr war. Isaac kann sich nicht erinnern, ihn dort abgestellt zu haben. Wenigstens ist das Sofa des Eis sauber. Zwar hat er heute Morgen sein Frühstück mit dem Ei geteilt, doch anders als auf seinem Kinn findet sich auf dem des Eis erstaunlicherweise kein eingetrockneter Saft von gebackenen Bohnen. Isaac blickt wieder auf die schmutzigen Teller auf seinem Sofa und schämt sich. Er erstickt die Scham unter einer metaphorischen Decke – seine übliche Reaktion auf alle seine Gefühlsregungen. Das Ei starrt wie gebannt auf den Fernseher. Isaac schnieft, wirft eine echte Decke über das schmutzige

Geschirr und wendet seine Aufmerksamkeit wieder dem Bildschirm zu.

Während Isaac sich in gewisser Weise dem Blechmann verwandt fühlt, ist das Ei offenbar besonders von den geflügelten Affen fasziniert. Als sie heulend durch den Wald laufen, verzieht das Ei seine runzlige kleine Schnauze, als versuche es, in ihr Geheul einzustimmen. Isaac sieht zu ihm hinüber. Er legt den Kopf zur Seite und stellt sich vor, wie die Bewegung von einem mechanischen Surren begleitet wird. Er sieht zu den Affen auf dem Bildschirm, dann wieder zu dem Ei. Affen, Ei. Ei, Affen. Das Ei hat unbestreitbar etwas Affenartiges. Ist es möglicherweise ein exotisches Tier, das aus der privaten Menagerie eines exzentrischen Sammlers entlaufen ist? Schließlich ähnelt es weitaus mehr einem Primaten als einer Zygote. Mit der abgeflachten Stelle auf dem Kopf und den unordentlichen Büscheln an den Seiten erinnert seine Frisur an die eines Büschelaffen. Es hat das schneeweiße Fell eines Albino-Gorillas, die an Untertassen erinnernden Augen eines Koboldmakis und eine Art zu grüßen wie die Brüllaffen, die einem das Trommelfell zerreißt. Isaac weiß, dass Mary ihn dafür schimpfen würde, dass er Affen und Menschenaffen in einen Topf wirft. Er weiß auch, dass das Ei keiner einzigen dieser Arten angehört. Dazu ist es zu winzig und zu rundlich. Von zu nervenaufreibendem Gelb, von zu blendendem Weiß. Es sieht aus wie ein widerwärtiger Schneemann, allerdings wie einer, den ein Kind auf einem Dorffest auf ein hart gekochtes Ei gepinselt hat. Seine Arme erscheinen Isaac wie schlingernde weiße Pfeifenreiniger, die es sich manchmal unordentlich in die Seiten stopft.

Gibbons sind irgendwie die Underdogs unter den Primaten, findest du nicht?

Isaac neigt den Kopf noch ein wenig weiter. Wie bei dem Ei sind auch bei Gibbons die Arme im Verhältnis zum Körper so lang, dass es ulkig aussieht. Und wenn ein Gibbon sich hinhockt, hat er – mit den hängenden Schultern, den hochgezogenen Knien und den gekreuzten Armen – ein bisschen die Form eines Eis. Aber mit Gibbons kennt Isaac sich aus, und er weiß, dass das Ei keiner ist. Gibbons verbringen ihr gesamtes Leben in den Baumkronen. Das Ei verbringt sein gesamtes Leben auf dem Sofa. Gibbons können sich mit über fünfzig Stundenkilometern vorwärtsbewegen, so schnell wie keine andere auf Bäumen lebende Art. Das Ei ist nicht annähernd so schnell – es hat im Grunde keine Beine, und allein schon vom Sofa hinabzuklettern, scheint geradezu ein Kraftakt zu sein. Außerdem sind Gibbons soziale Tiere. Sie halten ihrem Partner lebenslang die Treue. Sie leben in Familienverbünden. Sie singen gemeinsam, komplexe mehrstimmige Gesänge, die meilenweit durch das dichte Blätterwerk des Waldes zu hören sind. Wenn das Ei schreit, ist Isaac der Einzige, der zurückschreit.

Isaac betrachtet das Ei und fragt sich, ob es weiß, dass es das einzige seiner Art ist. Vermisst es irgendjemanden? Vermisst irgendjemand das Ei? Isaac denkt über das Alleinsein nach, und das Mitleid, das er für das Ei empfindet, verwandelt sich in Selbstmitleid. Aus dem Selbstmitleid wird schon bald Selbsthass, dafür, dass sich seine Gedanken immer nur um ihn selbst drehen. Dann Panik. Dann Verzweiflung. Er hätte nicht an Gibbons denken sollen. Wieder spürt er, wie seine Schaltkreise durchbrennen, und das Kreischen der Affen weicht schon bald einem druckvollen Hämmern in seinen Ohren, dem Blubbern der Galle in seinem Hals, in dem es brodelt wie im Kessel der Hexe. Es ist wie das weit entfernte Schlagen einer Trommel, einer Trommel, deren jeder einzelne dumpfe Ton ruft: MARY IST TOT MARY IST TOT MARY IST TOT MARY IST TOT MARY IST TOT MARY IST TOT MARY IST TOT MARY IST TOT.

Das erdbebenartige Poltern wird immer heftiger, sowohl in Isaacs Bauchhöhle als auch unter dem Sofa, auf dem er sitzt. Er schwankt. Er schluckt. Er ballt die Hände zu Fäusten und presst sie gegen die Schläfen. Und dann, als das Schlagen der Trommel seinen Höhepunkt erreicht, versagt der Roboter Isaac. Er fängt an zu winseln, und Tränen rinnen ihm aus den zusammengedrückten Augen. Mechanisch hebt er einen Arm, lässt ihn wie einen Hebel hinabsausen und zertrümmert irgendetwas, das direkt neben ihm liegt.

KNACK

Isaac reißt die Augen auf. Die Panik lässt nach. Der Film hat wieder die normale Lautstärke, das Zimmer ist wieder so ruhig wie sonst auch. Isaac schluckt. Er weiß, er hat gerade etwas kaputt geschlagen, und fürchtet jetzt, es könnte das Ei gewesen sein. Hatte es sich neben ihn gesetzt? Falls ja, hat Isaac es nicht bemerkt. Er wimmert leise und hebt die Hand. Keine Dotterspuren. Nur eine Schramme. Er sieht nach rechts, auf das Kissen, das dort liegt. Keine Eierschalen. Nur die Scherben eines Tellers, die unter einer Decke hervorstehen. Er blickt zum anderen Sofa und spürt bereits, wie sich von dort aus zwei schwarze Augen in seinen Körper bohren. Kein Ei. Nur eine eiartige, gibbonartige Kreatur, die ihn anstarrt. Erst jetzt bemerkt Isaac, dass ihm Tränen über die Wangen rinnen, sein Schluchzen klingt erstickt und ist fast nicht zu hören. Von wegen er weint nicht mehr. Er fragt sich, ob diese Kreatur wohl weiß, was es bedeutet zu weinen. Das Ei schneidet zwar in einem fort eine Grimasse, zeigt aber kaum Gefühle. Isaac hat an seinen Augen keine Tränenkanäle entdecken können. Aber der Anblick, den es jetzt bietet – so klein und winterweiß in den Weiten des großen Sofas –, reicht aus, damit Isaac die Einsamkeit des Eis spürt. Er fragt sich, warum es hier ist, vermutlich sehr weit weg von seiner Heimat. Wenn es auf einer Expeditionsreise ist, hat es sich den falschen Gastgeber ausgesucht. Es hat nur ein einziges Forschungsobjekt, und noch dazu ein völlig defizitäres. Isaac ist kein typischer Vertreter der Gattung Mensch. Seine Tränen sind von anderer Art als die, die das Ei im Fernsehen sieht. Im Fernsehen weinen die Leute, weil sie sich am Bahnhof voneinander verabschieden, weil ein Kind zur Welt kommt oder weil ein geliebter Mensch in einem Krankenhausbett im Koma liegt. Hier in der wirklichen Welt weinen die Leute beim Anblick von Schuhen, die aufgereiht vor der Tür stehen, von Butterstücken und von Wäldern, die von geflügelten Affen bevölkert sind.

Als Isaac aufwacht, sitzt er auf einer Parkbank. Würde das einem Roboter passieren? Dass Isaac sich oft irgendwo wiederfindet, ohne zu wissen, wie er dorthin gelangt ist, ist viel zu planlos für so ein vorprogrammiertes und sorgfältig zusammenmontiertes Ding. Auf der Brücke erging es ihm so, und jetzt ergeht es ihm ständig so. Manchmal liegt er in seinem leeren Badezimmer oder im hohen Gras hinten im Garten, oder er steht schwankend vor der verschlossenen Tür oben im Haus. Manchmal verschlägt es ihn auch an öffentliche Orte. Letzte Woche stand er in einem sterilen weißen Krankenhausflur. Vor drei Tagen fand er sich, bekleidet nur mit einer Schlafanzughose und einem Morgenmantel, zitternd vor dem Salon seines Friseurs wieder. Tommy, der Friseur, klopfte von innen gegen das Fenster. Isaac starrte durch die Scheibe, mit dem glasigen Blick eines Menschen, der sich weder in seinem Inneren noch in der Welt um sich herum auskennt. Heute findet er sich im Stadtpark wieder, nur halb angezogen und noch halb im Schlaf, und ist so sehr eins mit der Bank geworden, dass schon die Tauben auf ihm landen. Er wacht wie üblich auf, weil er diesen Schrei loslässt, der einem das Blut in den Adern gefrieren lässt und sich anhört, als würde Isaac hingemetzelt, als wäre er ein Stück Schlachtvieh, dem eine Betäubungspistole auf die Stirn gesetzt wird. Jedes Mal schreit er so, jedes Mal schnappt er nach Luft, jedes Mal hechelt er, kommt aber jedes Mal letztlich wieder zu Sinnen. Du warst weggetreten, denkt er sich, als wäre er frühzeitig gealtert. Er schämt sich, sein Verhalten ist ihm peinlich, er empfindet es als widernatürlich. Er sitzt auf der Parkbank und schreit, und die Tauben, die ihm Gesellschaft geleistet haben, flattern verängstigt auf. Dann steht er auf und geht auf wackeligen Beinen nach Hause, jetzt wieder ganz allein.

Als er zu Hause ankommt, ist er mit Schnittwunden, Beulen und blauen Flecken übersät. Immer wieder ist er gestolpert und gestürzt, wie ein Kind, das versucht zu rennen, bevor es überhaupt laufen kann. Bei den meisten Verletzungen weiß er nicht mehr, wie er sie sich zugezogen hat. Er hat das Gefühl, zusammen mit Mary noch etwas anderes verloren zu haben, ein wesentliches Element seines Körpers, einen Teil der Funktionsfähigkeit seines Innenohrs, die ihm geholfen hat, die Balance zu halten. Jetzt ist alles aus dem Lot geraten. Er will Mary davon erzählen, von dieser absonderlichen Erfahrung, dieser eigenartigen Folge ihres Verschwindens, von der sie nie erfahren wird. Manchmal ertappt er sich dabei, wie er ihr Nachrichten schreibt. Wenn er diese Geisternachrichten dann wieder gelöscht hat, stöbert er aufs Geratewohl in ihren Unterhaltungen von früher, um das Gefühl zu haben, ihre Stimme zu hören.

Isaac ich muss dir was sagen

Oh Gott
Los, raus damit

Ich hab eine Heizdecke bestellt

...
Eine was

Eine Heizdecke
Ich hatte früher schon mal eine aber die ist kaputtgegangen

Das ist ein Scherz oder

Davon träum ich schon lange
Wart ab bis du sie ausprobiert hast

Klingt wie eine potenzielle Brandursache

Klar fangen die manchmal zu brennen an
Aber das ist halb so wild

Hast du auch einen Rollator bestellt

Jetzt machst du noch Witze
Aber wenn du auf dem Sofa schläfst wirst du frieren xxx

Isaac kommt nicht damit klar, dass Mary ihm nicht mehr zurückschreibt. Noch immer spürt er manchmal sein Handy vibrieren und redet sich dann ein, dass sie das ist, als wäre sie da drüben auf der anderen Seite auf irgendetwas gestoßen, das so witzig ist, dass sie es ihm einfach mitteilen muss. Noch immer sieht er sie am Rand seines Sichtfelds, erhascht einen Blick auf sie in einem Türrahmen oder im Hintergrund seines Spiegelbildes im Flur. Er klopft mitten in der Nacht schlaftrunken an die Badezimmertür und ruft nach ihr. Aber nie ist sie da. Sein einziger Hausgenosse ist ein halbmeterhohes, eiförmiges Geschöpf, das schweigend dabei zusieht, wie sein Verstand aus den Fugen gerät.

Seitdem Isaac bei *Der Zauberer von Oz* geweint hat, verfolgt das Ei ihn mit gesteigerter Aufmerksamkeit. Es wirkt dabei wie ein alter Teddybär mit einer Kamera hinter den Augen, diesen riesigen Augäpfeln mit dem unverwandten Blick, denen nichts entgeht. Dass Isaac immer wieder verschwindet, ist zwar auch ihm selbst ein Rätsel, aber das Ei zieht daraus sicher seine eigenen Schlüsse. Denn es sieht ja, wie Isaac das Haus verlässt und erst nach Stunden oder Tagen zurückkehrt. Es sieht, wie er eine Zahnbürste in eine hastig gepackte Reisetasche steckt und dann mit dem Auto im Dunkel der Nacht verschwindet. Es sieht, wie er am nächsten Morgen durch die Haustür hereinschleicht, wobei er verlegen wirkt und nach der Seife eines anderen Menschen riecht. Es sieht das Schuldbewusstsein, das fortwährend aus seinen Augen spricht, das Schuldbewusstsein, das seit dem Abend, an dem er Mary verloren hat, sein ganzes Wesen beherrscht. Vielleicht verbringt er deshalb nach jedem seiner heimlichen Ausflüge die Nacht mit der Keksdose im Arm, die normalerweise auf dem Kaminsims steht, oder liegt weinend in seinem Schlafzimmer, wenn er glaubt, dass das Ei schon schläft. Vielleicht spricht er deshalb mit niemandem außer mit dem Ei, auch wenn die Silhouetten von Menschen hinter den Jalousien vorüberziehen oder Leute heftig an die Haustür klopfen. Vielleicht spricht Isaac mit dem Ei nur deshalb, weil er weiß, dass das Ei nichts entgegnen kann. Das Ei kann ihm keine Fragen stellen, die er nicht beantworten will.

Was würden Isaacs Kumpel wohl sagen, wenn sie ihn jetzt sehen könnten? Welche Fragen würden Marys Freundinnen ihm stellen, wenn er ihnen gegenüberstehen würde? Isaac kann sich nichts Schlimmeres vorstellen, als den anderen Pärchen, mit denen sie sich zu feuchtfröhlichen Abendessen oder zum Kaffee im Park getroffen haben, zu erklären, wie es ihm geht. Natürlich hatte er früher einmal Freunde, aus Schulzeiten, von der Uni oder den ein, zwei Bürojobs, die er mit Anfang zwanzig hatte. Aber Isaac steht jetzt an der Klippe seines dreißigsten Lebensjahres, und er ist nicht gut darin, den Kontakt zu seinen alten Freunden zu halten, und diese sind es ebenso wenig. Sie haben jetzt alle ihr eigenes Leben. Auch Isaac hatte sein eigenes Leben. Zwar redet er sich gerne ein, Marys Tod habe ihn in die Isolation getrieben, aber dass er zum Witwer wurde, war nur der letzte Schubser, der ihn gänzlich von der Welt abgeschnitten hat. *Meld dich, wenn du was brauchst,* schreiben ihm seine Freunde. Aber Isaac weiß nicht, was er braucht. *Lust auf ein Bier?,* fragen sie. Aber Isaac trinkt nicht mehr. Seine kleine Schwester hat ein sehr scharfes Auge darauf. Andere Jungs treffen sich im Pub und reden über ihre Jobs, ihre Ehefrauen, ihre Hobby-Fußballmannschaften. Isaac und seine Kumpel reden über Filme mit Superhelden, dämliche Verletzungen, die sie sich als Teenager zugezogen haben, und die Frage *Wer gewinnt in diesem Kampf: eine Ente, so groß wie ein Bär, oder hundert Bären, die so groß sind wie eine Ente?* Dass man überlegt, sich von der Brücke zu stürzen, oder in einem öffentlichen Park vor Angst unvermittelt losgeschrien hat, sind nicht gerade die passenden Themen für eine launige Unterhaltung bei Bier und Erdnüssen.

Isaac lässt sich auf dem Sofa nieder. Er schaltet den Fernseher ein und lässt *Dirty Dancing* laufen. Er ignoriert sein

Handy, das umgedreht auf dem Couchtisch liegt, und das Ei, das ihm auf dem anderen Sofa gegenübersitzt. Seine Eltern hat Isaac seit über einem Monat nicht mehr gesehen, obwohl sie ihn andauernd anrufen. Auch zu Marys Mutter hat er den Kontakt fast gänzlich abgebrochen; ihre ohnehin schon angespannte Beziehung war durch die Keksdose auf dem Kaminsims noch angespannter geworden. Der einzige Mensch, den er noch sieht, ist seine Schwester Joy, wenngleich sie einander nur durch den Spalt der ansonsten verriegelten Haustür flüchtige Blicke zuwerfen, wenn Isaac sich die Einkaufstüten schnappt, die sie davor abgestellt hat. Joy hat sich immer schon erwachsener benommen als Isaac. Oder nein, Isaac hat sich schon immer unreifer benommen als Joy – sie hat lange vor ihm aufgehört, sich zu verstellen. Schon bevor er zum Tod verurteilt wurde, konnte Isaac als Erwachsener kaum für sich sorgen, und jetzt hat er nicht einmal mehr die Kraft, sich zu dem Sainsbury's Local am Ende der Straße zu schleppen. Als Anwältin kommt Joy oft nicht einmal zu einer Mittagspause, aber sie findet dennoch die Zeit, ihm einmal pro Woche Lebensmittel zu bringen. Mehr Schuldgefühle, mehr Scham. Mary würde Isaac ohrfeigen, wenn sie wüsste, dass er Joy alle seine Einkäufe erledigen lässt. Aber Mary ist nicht da, und Isaac empfindet nichts. Er ist ein Roboter, und sich bei Joy zu bedanken, hieße, einen Ausbruch menschlicher Emotionen zu riskieren. Außerdem sitzt ein kleines, fremdartiges, eiförmiges Geschöpf auf seinem Sofa, und Isaac will nicht, dass Joy das erfährt. Isaac hat eine gewisse Zuneigung zu dem Ei entwickelt und kann nicht riskieren, dass man es ihm wegnimmt.

Während Jennifer Grey von der Bühne steigt und sich Patrick Swayze in die Arme wirft, versucht Isaac, sich von seiner körperlichen Hülle zu lösen. Noch immer weicht er dem Blick des Eis aus, weil er Sorge hat, dass es, wenn er Kontakt aufnimmt, die Hebefigur ausprobieren will, an die er und Mary sich gewagt haben, wenn sie betrunken waren, was jedes Mal damit endete, dass sie in einem Knäuel auf dem Boden landeten. Isaac stellt das Ei in eine Ecke, bildlich gesprochen, aber sein Telefon zu ignorieren, gelingt ihm nicht so gut. Es klingelt. Er kann nicht anders, als es umzudrehen und den Namen auf dem Display zu lesen.

Esther Moray

Was hat er denn erwartet? Seit dem Abend auf der Brücke ruft sie täglich zweimal an. Nervös sieht Isaac zu der Keksdose. Er schluckt, und eines seiner Augen zuckt. Kein Mensch macht ihn so hibbelig wie seine schottische Schwiegermutter mit ihrem strengen und aggressiven Ton. Nicht, dass sie ihm jemals unhöflich gekommen wäre, aber wenn Mary nicht zugegen war, versandete jedes Gespräch zwischen ihnen früher oder später in Schweigen. Isaac hatte immer das Gefühl, dass Esther ihm Vorwürfe machte: weil er Mary aus Schottland entführt hatte, weil er dafür gesorgt hatte, dass sie nicht zurückging, weil Esther sechzehn Stunden lang unterwegs sein musste, um die besondere Ehre zu genießen, an der Hochzeit ihrer eigenen Tochter teilzunehmen. Das Aufeinandertreffen der beiden Familien bei der Hochzeit war in etwa so vergnüglich gewesen wie die Schlacht von Stirling Bridge. Der Addy-Clan gegen den Moray-Clan.

Isaac hatte schon immer versucht, sich mit Witzeleien zu verteidigen, und so war auch seine Rede ausgefallen, die er mit schwitzenden Händen und voller Befangenheit gehalten hatte. Diese grässliche Anspielung auf *Braveheart. Ihr könnt mir meine Frau nehmen, aber niemals meine Freiheit.* Noch immer vergeht Isaac vor Peinlichkeit, wenn er daran denkt. Zumindest Mary hatte gelacht. Esther hatte ein Gesicht gemacht wie eine Streitaxt. Aber Mary hatte ihm gesagt, er bilde sich das alles nur ein, und sein Lieblingshobby sei es, sich einzureden, die Leute fänden ihn unsympathisch. *Der Einzige, der dich nicht leiden kann, bist du,* sagte sie immer wieder und meinte es nur halb im Scherz. Isaac stimmte ihr in gewisser Hinsicht zu. Er hatte immer geglaubt, seine größte Angst sei die Angst davor, dass die anderen ihn nicht mochten. Aber wie er erfahren musste, gab es noch eine größere.

Isaac lässt das Telefon läuten, bis es irgendwann aufhört und das Vibrieren, das den Couchtisch hat erzittern lassen, von den Saxofonklängen des Nachbarn abgelöst wird, der sich warm spielt. Seitdem Isaac und Mary dieses Haus gekauft haben, hat er jeden Tag geübt, doch sie haben ihn noch nie zu Gesicht bekommen, und auch sein Spiel hat sich nicht verbessert. Vor über drei Jahren sind sie eingezogen, und seither ertönt jeden Tag dasselbe Repertoire. Erst *Baker Street*, dann *Careless Whisper*, gefolgt vom *Pink Panther Theme*, einem geradezu blasphemisch schlechten Chet-Baker-Medley und als krönendem Abschluss *What the World Needs Now is Love*. Jede dieser Melodien spielt er immer eine Winzigkeit zu schnell oder zu langsam, die Quinten sind allesamt falsch und die Sexten einen Halbton zu tief. Mary fand das *schräg*. Sie sagte oft, dass es ihr gefalle, tat gern so, als wäre dieses Gedudel ein rührseliger Soundtrack zu ihrem gemeinsamen Leben. Das macht es nur umso schlimmer, es jetzt zu hören. Die bloße Existenz eines Nachbarn erinnert Isaac auf schmerzliche Weise daran, dass es eine Welt außerhalb seiner vier Wände gibt. Und obwohl Anna und Adam, die Nachbarn auf der anderen Seite, unfassbar liebenswürdig waren, stressen Isaac die Hilfspakete, die sie ihm vor die Tür gelegt haben, in gewisser Weise mehr als der Saxofonspieler. *Was für eine entzückende Familie,* hatten er und Mary oft gesagt, wenn sie die beiden gesehen hatten, zusammen mit ihren kleinen Zwillingen wie aus dem Bilderbuch. *Wenn wir auch mal Kinder haben, werden wir uns wahrscheinlich näher mit ihnen anfreunden.* Jetzt gehören die beiden zu den befreundeten Pärchen, von denen Isaac sich so weit wie möglich fernhält.

Wut steigt in Isaac auf. Er starrt auf die Wand, auf die Stelle, hinter der er in etwa den Saxofonspieler vermutet. Dann schleudert er die Fernbedienung gegen die Wand. Sie verfehlt die Keksdose nur knapp, und Isaacs Herz setzt für einen Moment aus. Als er sich zu dem anderen Sofa wendet, wie um seiner Erleichterung Ausdruck zu verleihen, stellt er überrascht fest, dass das Ei verschwunden ist. Er verfällt kurz in Panik, aber dann entdeckt er es links neben dem Couchtisch. Seine Arme liegen aufgerollt auf dem Boden, und es blickt auf die Tür zur Küche. Es sieht nicht glücklich aus.

»Der Geruch?«, fragt Isaac.

Die Tür ist geschlossen, was aber nicht verhindert, dass der immer schlimmer werdende Gestank nach altem, verfaultem Fleisch durch den unteren Spalt hereinzieht. Erst jetzt, als das Ei ihn wieder darauf aufmerksam gemacht hat, spürt Isaac die ganze Wucht des Gestanks. Er fragt sich, wie er ihn hat ausblenden können, wie er in der Küche etwas essen konnte, ohne es auf der Stelle in der Spüle wieder von sich zu geben. Das Ei nickt zustimmend und kräuselt die Nase. Sein Mienenspiel ist überraschend menschlich.

»Okay«, sagt Isaac. »Ich beseitige den Gestank.«

Langsam steht er auf und schleppt sich mühsam zur Küchentür, als hätte er im Sofa Wurzeln geschlagen. Mit kraftlosen Fingern dreht er den Knauf. Er hat damit gerechnet, dass es schlimm wird, aber die ekelerregenden Schwaden von Gestank, die ihm jetzt entgegenschlagen, werfen ihn fast zu Boden. Hustend und spuckend hält er sich am Türrahmen fest. Das Ei, das hinter ihm hergehoppelt ist, stößt gegen die Rückseite seiner Beine und liegt dann rücklings auf dem Boden, wie ein Käfer. Während Isaac weiter würgt, rappelt sich das Ei auf und schiebt ihn in die Küche. Mit Händen und Armen schützt er sich vor dem hellen Licht, das durch das Fenster dringt, vor der Wand aus Fliegen und dem Gestank nach verfaultem Fleisch. Das Ei tappt derweil in der Küche herum, schnappt sich die herumschwirrenden Schmeißfliegen, immer zwei auf einmal, und stopft sie sich in den Mund.

Isaac greift auf seine roboterhaften Züge zurück. Schwungvoll öffnet er das Schränkchen unter der Spüle, bewaffnet sich mit einem Schwamm und einer Flasche Scheuermilch und macht sich ans Schrubben. Er wischt sich über die Stirn, würgt erneut und schrubbt weiter. Mit seinen Fingern, die in Gummihandschuhen stecken, kratzt er die Fleischreste vom Boden und versenkt jedes einzelne der grauen Stückchen in den Tiefen eines schwarzen Müllsacks, den er, sicher ist sicher, mit einem vierfachen Knoten zubindet. Er schiebt dem Ei den Müllsack hin und weist mit einer Kopfbewegung auf die Haustür. Dann wirft er das Backblech in die Spüle und dreht das heiße Wasser auf. Als er sich wieder umdreht, verschwinden gerade die letzten Fetzen des schwarzen Müllsacks im mahlenden Mund des Eis. Kopfschüttelnd holt er aus dem Schrank unter der Treppe den Wischmopp und macht sich seufzend daran, den Boden zu wischen. Das Ei sieht ihm nun wieder zu, und das hohle Saxofongedudel hinter der Wand liefert den Soundtrack zu seinen Heldentaten. Das Ei sieht ihm zu, wie er zum Klang von *Careless Whisper* die Arbeitsfläche scheuert. Es sieht ihm zu, wie er zum Klang des *Pink Panther Theme* die Spülmaschine einräumt. Und als schließlich Chet Baker zu spielen anfängt, sieht es Isaac zu, wie er den umgestürzten Stuhl vom Boden aufhebt, ihn zurück an den Küchentisch stellt und sich darauffallen lässt. Isaac reibt sich die müden Augen. Das Ei klettert auf einen Stuhl ihm gegenüber. Isaac betrachtet die Kreatur und gähnt. Das Ei überlegt kurz und gähnt dann zurück. Isaac erkennt, dass es ihn nachmacht.

»Woher kommst du?«, fragt Isaac.

Er rechnet nicht mit einer Antwort. Ihm ist auch nicht bewusst, dass er zum ersten Mal seit dem Tag ihrer Begegnung das Ei etwas über es selbst fragt. Das Geschöpf verzieht den kleinen gelben Mund und sieht dadurch wieder aus wie ein Affe, der gleich losschreit. Seine dicken, gummiartigen Lippen schließen sich, es scheint sich zu konzentrieren, dann spritzt eine Speichelblase hervor. Isaac öffnet seinerseits den Mund, und seine Augen weiten sich ein wenig. Jetzt versteht er, was passiert. Das Ei formt sein erstes Wort.

»*Wawuuu*«, sagt das Ei.

Das Sprechen scheint ihm schwerzufallen, und seine Stimme ist rau, wie die eines Frosches aus einem Zeichentrickfilm. Isaac sieht es verdutzt an. Seine eigene Stimme zittert leicht.

»Wawuuu?«

»*Wawuuu.*«

»Du kommst also aus …« Isaac gerät ins Stocken. »Wa-Wawuuu?«

»*Wawuuu.*«

Isaac zwinkert und denkt kurz nach. Das Ei wartet ab.

»Wo ist dieses ›Wawuuu‹?«

Das Ei sieht ihn mit zusammengekniffenen Augen an und atmet mit seinem typischen feuchten Kollern, einer Art Schnarchen im Wachzustand. Entweder versteht es die Frage nicht, oder es hat das Interesse an dem Gespräch verloren. Es glotzt Isaac einfach nur an, wobei über der Tischkante nur die obere Hälfte seines Gesichts zu sehen ist. Im Glanz der frisch geputzten Küche wirkt es nicht mehr wie eine Zeichentrickfigur, sondern greifbarer. Sein weißes Fell breitet sich wie Zuckerwatte über seinen Kopf, seine Haut ist gesprenkelt und narbig wie reifer Käse. Wegen seiner Größe und seines tollpatschigen Gebarens hat Isaac bislang geglaubt, es sei noch jung. Aber jetzt wird ihm klar, dass das Ei ohne Weiteres älter als er selbst sein könnte. Wie Yoda. Der Blick, mit dem es Isaac jetzt mustert, aus Augen, die größer sind als die beiden vertrockneten Grapefruits in der Obstschale, die zwischen ihnen steht, wirkt mit einem Mal weise. Augen wie schwarze Löcher.

Auch das Ei hat die Grapefruits bemerkt. Seine biegsamen Arme schweben jetzt über dem Tisch, und die Finger trippeln wie ein Erkundungstrupp aus kleinen gelben Soldaten in Richtung der Früchte. Joy hat sie besorgt, sie versucht stets eifrig, ihrem Bruder, einem ausgemachten Stubenhocker, ihre eigene gesunde Ernährungsweise aufzudrängen. Das ideale Frühstück besteht ihr zufolge aus einer halben Grapefruit, einer Tasse Matchatee und einem Gläschen Kurkuma-Ingwer-Extrakt. Isaac hat am liebsten immer Coco Shreddies gefrühstückt, weil sie die Milch schokobraun färben, aber jetzt besteht sein morgendliches Standardmenü aus gefährlich schwarzem Kaffee und kalten gebackenen Bohnen, die er direkt aus der Dose isst. So oder so, Grapefruit fand er schon immer scheußlich.

»Hast du noch Hunger?«, fragt Isaac und schiebt dem Geschöpf die Obstschale hin. »Bedien dich.«

Das Ei lässt die Finger in die Schale gleiten und packt die Grapefruits. Es hebt sie hoch und hält sie sich fasziniert vor die Augen, die genauso groß sind wie die Früchte. Aus Isaacs Blickwinkel sieht es aus, als trüge das Ei eine Schutzbrille.

»Die kann man essen«, sagt Isaac und tut so, als würde er sich mit den Fingern etwas zu essen in den Mund stecken.

»*Wawuuu*«, sagt das Ei desinteressiert.

Bevor Isaac fragen kann, warum Grapefruits ebenfalls *wawuuu* sind, klingelt sein Telefon erneut. Ohne sich dessen bewusst zu sein, hat er es mit in die Küche genommen. Jetzt liegt es verkehrt herum auf dem Tisch und schlägt vibrierend auf das Holz. Isaac starrt es an. Das Ei starrt die Grapefruits an, legt eine zurück in die Schale und dreht die andere in seinen kleinen Händen hin und her. Isaac wird unruhig, schaut das Ei an, die Grapefruit, das Telefon. Er dreht es um und liest, was auf dem Display steht. Dann ist er weg. Er stürmt aus der Küche, um das Gespräch anzunehmen, und macht die Tür hinter sich zu. Das Ei starrt weiter auf die Grapefruit, während im Flur ein knapp gehaltenes Gespräch beginnt. Durch die hölzerne Tür und den Lärm des Saxofons sind nur einzelne Wörter zu hören.

Am Apparat
zu bedeuten?
Ich einfach?
möglich?
Was
mein
sterben?
schreie nicht
heute?
will heute
morgen

Isaac beendet das Gespräch. Er spielt mit dem Gedanken, das Telefon auf dem Holzboden des Flurs zu zerschmettern. Stattdessen steckt er es in die Tasche seines Morgenmantels und drückt die Stirn gegen den kühlen Spiegel. Er richtet sich auf und beschließt, nicht die Fassung zu verlieren. Mit zusammengebissenen Zähnen und weißen Fingerknöcheln durchquert er den Flur und öffnet die Küchentür.

Dem Zustand der Küche nach zu urteilen, mag das Ei ebenfalls keine Grapefruit. Denn anstatt sie zu essen, hat es sie offenbar hochgehoben und mit aller Kraft, die es in seinen Armen aufbringen konnte, wiederholt gegen die Tischplatte geschlagen. Als die Grapefruit dann schon einigermaßen platt war, hat es mit seinen kleinen gelben Fäustchen weiter darauf eingehämmert. Ganz offenkundig war die Grapefruit bei Weitem noch nicht so trocken, wie sie ausgesehen hatte, jedenfalls lassen das die labberigen, feuchten Schalenstückchen auf dem Tisch erahnen, ebenso wie die gesamte Küche, deren Boden, Wände und Schränke mit Saftspritzern und Fetzen von weißer Haut überzogen sind. Isaac mustert die Küche. Er atmet langsam durch die Nase und reißt sich zusammen, um nicht loszubrüllen. Er presst die Lippen aufeinander. Er ballt die Fäuste. Vorsichtig stapft er zwischen Stückchen von Grapefruitfleisch und kleinen Lachen von Grapefruitsaft hindurch, bis er den Tisch erreicht. Das Ei, von dem gerade einmal die Augen oberhalb der Tischkante zu sehen sind, blickt ihn trotzig an.

»*Wawuuu.*«

»Magst du keine Grapefruit?«

»*Wawuuu.*«

»Das hättest du doch sagen können.«

Issac geht langsam zu einem der Küchenschränke, und seine Stimmung lässt sich am Zittern seiner Hände ablesen sowie an der Wucht, mit der er die Tür öffnet. Der Knall lässt sogar den Saxofonspieler innehalten, wenn auch nur für einen Augenblick. Während die Tür vom Abprall noch immer wackelt, greift Isaac in den Schrank und schiebt Gläser und Dosen zur Seite, auf der Suche nach etwas, das dem Ei vielleicht schmecken könnte. Er entscheidet sich für eine halb volle Packung halb vertrockneter Kekse.

»Hier«, sagt er, als er wieder vor dem Ei steht und die Kekspackung auf den Tisch schmettert. »Hobnobs. Jeder mag Hobnobs.«

Das Ei sieht zu Isaac hoch und zwinkert ihn an. Dann steckt es sich die Packung in den Mund, als wollte es Isaacs Behauptung überprüfen. Isaac kann das Ei noch zurückhalten, bevor es zubeißt, drückt ihm die feuchten Kiefer auseinander und macht ihm die Packung auf. Er gibt dem Ei einen Keks. Das Ei hält den Keks gegen das Licht, so wie vorhin die Grapefruit. Der Hobnob schwebt einen kurzen Augenblick in der Luft, in einer gelben Hand am Ende eines sich schlängelnden, leicht schwankenden Arms, so wie eine Marionette an ihren Fäden. Noch bevor das Ei ausholt, begreift Isaac, was gleich passieren wird.

»Nein …«

»*Wawuuu!*«

Es passiert. Das Ei hämmert den Keks auf den Tisch, wie ein Pokerspieler, der ein unschlagbares Blatt auf der Hand hat. Dann zermahlt es den Keks mit seiner freien Hand auf der schon mit Grapefruitsaft vollgesogenen Tischplatte. Seine Fäuste prasseln nieder, und Wolken von Haferflocken bestäuben die Vorderseite von Isaacs Morgenmantel. Noch nicht zufrieden, schnappt sich das Ei einen zweiten Keks und wiederholt die Prozedur. Dann noch einen. Dann noch einen. Isaac sieht ihm die ganze Zeit zu, und auf seinem Gesicht braut sich eine stürmische Miene zusammen.

»Bist du jetzt fertig?«, fragt er nach einer Weile. Er schreit noch immer nicht, aber eines seiner Augen zuckt heftig.

Zusammen mit der vor Wut hervortretenden Ader auf seiner Schläfe verleiht ihm das ein besonders verstörtes Aussehen.

»D'ei«, sagt das Ei.

»›D'ei‹?«, wiederholt Isaac. Sinnlos zu rätseln, was das nun wieder heißen soll. »In Ordnung. Also keine Hobnobs.«

Isaac geht zur Arbeitsfläche neben dem Herd. Klappernd öffnet er den Brotkasten, schiebt den harten Laib Weißbrot zur Seite und entdeckt in der hinteren Ecke ein vertrocknetes Croissant. Er packt es, stapft zurück zum Tisch und gibt es dem Ei.

»Dann das hier.«

Das Ei schnuppert an dem Croissant und betrachtet es misstrauisch von allen Seiten. Dann fängt es an zu essen. Anstatt das ganze Stück in einem Happen zu verschlingen, knabbert es vom einen spitzen Ende zum anderen und mampft sich mit seinem offenbar zahnlosen Mund durch den Blätterteig. Wiederum sieht Isaac ihm dabei zu. Und obwohl seine frisch geputzte Küche ohnehin schon wieder versaut ist, führt die Art, wie diese Kreatur isst – und dabei eine Lawine von Bröseln aus ihren Mundwinkeln ausstößt, die sich über ihren pelzigen Bauch, über den Stuhl und auf den Fliesenboden darunter ergießt –, dazu, dass er sich noch mehr ärgert. Weil er kein Lätzchen hat, schnappt Isaac sich einen Teller aus dem Regal und stellt ihn mit solcher Wucht vor dem Ei auf den Tisch, dass er fast zerbricht. Das Ei hält im Essen inne und sieht zu ihm auf. Isaac deutet auf den Teller, und die Muskeln in seinem Hals spannen sich an, während er versucht, einen gemäßigten Ton zu bewahren.

»Leg es da drauf«, befiehlt er dem Ei und macht mit den Händen wieder die Bewegung des Essens. Er kreuzt die Hände übereinander. »Keine Krümel.«

Das Ei betrachtet den Teller. Dann sieht es zu Isaac auf. Isaacs Augen sind geweitet und gerötet, und sie treten, falls das möglich ist, noch stärker hervor als die Augen der Kreatur, die da vor ihm sitzt und ihn anglotzt. Das Ei blickt wieder auf den Teller. Einen hoffnungsvollen Augenblick lang sieht es so aus, als würde es ihn benutzen. Dann legt es das Croissant auf den Tisch und nimmt stattdessen den Teller in die Hand.

»Nein«, sagt Isaac, der das Unausweichliche kommen sieht.

Zwinker, zwinker.

Der Teller steigt nach oben und schwebt jetzt über dem Kopf des Eis.

»Denk nicht mal dran.«

Der Teller steigt noch höher, bis er sogar über Isaacs Kopf ist. Isaac starrt das Ei an und sagt in schulmeisterlich nüchternem Ton:

»Wenn du auch nur …«

Seine Stimme wird von dem Geräusch überlagert, das der Teller macht, als er auf dem Fliesenboden zwischen ihnen in hundert Stücke zerspringt. Porzellansplitter schießen in alle Richtungen und prallen von den Stuhlbeinen und Isaacs Schienbeinen ab, von den Schränken, der Arbeitsfläche und der Kühlschranktür. Ungläubig starrt Isaac auf die Stelle mitten in der Luft, wo gerade eben noch der Teller war. Das Ei hat nicht einen Moment lang den Blick von Isaac gewendet.

»*Wawuuu.*« Das Ei zieht eine Schnute und setzt damit einen nonverbalen Punkt hinter seine Aussage.

Isaac, der jetzt ebenfalls kurz vorm Zerspringen ist, kann sich nur mit Mühe zusammenreißen. Er kickt ein Bruchstück des bunt gefleckten Porzellans zur Seite, als wollte er sich vergewissern, dass das, was er da sieht, wirklich ist. Der Teller ist nicht mehr zusammenzukleben, was normalerweise kein größeres Problem wäre, in diesem Fall aber eine mittlere Katastrophe darstellt. Es ist einer von Marys Tellern. Es sind alles Marys Teller. Sie hatte sie in einem kleinen Laden auf der Hauptstraße entdeckt, und sie stammen aus einem kleinen Designstudio in Kopenhagen, in das sie regelrecht vernarrt war. Was wird Isaac jetzt tun? Teller nachkaufen? Es war Mary, die diese Teller ausgesucht hatte. Selbst wenn er denselben Teller kaufen würde, wäre es nicht *derselbe* Teller. Und wenn er andere Teller kaufen würde, was dann? Dann müsste er die anderen zerschlagen. Und was ist mit den dazu passenden Schüsseln? Den Beilagentellern? Und, mein Gott, mit der Servierplatte? Mary hatte das ganze Service aufeinander abgestimmt. Jetzt muss Isaac das alles loswerden. Er muss von vorn anfangen. Wie soll er das machen, von vorn anfangen? Der Gedanke trifft ihn plötzlich und mit voller Wucht, als wäre der Teller auf seinem Kopf zerschellt und nicht auf den Bodenfliesen. Wie soll er denn die Becher wegwerfen, aus denen nur Mary getrunken hat? Wie soll er weiterhin jeden Morgen nur eine Tasse Kaffee machen, in einer Küche, in der er immer zwei Tassen gemacht hat? Sein Herz hämmert in seiner Brust, sein Mund wird trocken, er presst die Kiefer aufeinander und kann kaum noch atmen. Sie hatten immer davon gesprochen, sich einen Hund anzuschaffen. Das werden sie jetzt nicht tun. Sie hatten immer davon gesprochen, einen

Bauernhof zu kaufen. Das können sie jetzt nicht tun. Sie hatten immer »immer« gesagt, und jetzt ist das einzige »immer« in Isaacs Leben die Tatsache, dass Mary für immer weg ist und er für immer ohne sie wird leben müssen. Wie soll er weiterleben, wo er weiß, dass der Grund zu leben, den er einmal hatte, ein für alle Mal dahin ist?

Stille breitet sich in der Küche aus, wie im Auge eines Wirbelsturms. Dann gleitet das Saxofon hinter der Wand in die ersten Töne der großen Burt-Bacharach-Schlussnummer, und Isaac schreit.

aaAaaAAAaaAAaaAAA

ARRG
C

Das Saxofon verstummt. Wieder geht Porzellan zu Bruch. Isaac sieht das Ei vorwurfsvoll an, doch das Ei blickt auf Isaacs Hand. Noch sind sämtliche Muskeln seines Körpers angespannt, als Isaac begreift, was gerade passiert ist. Er hat einen Teller aus dem Tellerregal genommen. Er hat ihn hochgehoben, bis über seinen Kopf. Und mit dieser Hand, die er jetzt zitternd hochhält und anstarrt, hat er den Teller mit einem Klirren, das noch lauter dröhnte als das zuvor, auf den Küchenboden geschleudert. Eigentlich würde er den Dämon der Perversität dafür verantwortlich machen, aber das Ei hat damit angefangen. Isaac sieht das Ei an. Das Ei sieht Isaac an. Dann lässt Isaac los, und damit bricht das Inferno aus.

Er greift wieder in das Tellerregal. Wieder schreit er. Diesmal fällt das Ei in sein Schreien ein. Wie ein Gibbon hüpft es vom Tisch zur Arbeitsfläche neben dem Herd, schnappt sich einen Holzlöffel und schlägt damit auf die Unterseite eines Stieltopfes aus Metall. Isaac greift derweil den Teller, der ganz oben im Regal steht, und zerrt ihn mit aller Kraft heraus. Dadurch lösen sich alle anderen Teller im Regal und krachen wie ein gewaltiger Wasserfall auf die Fliesen. Während die Teller herabstürzen, fängt Isaac an, die Beilagenteller wie Frisbeescheiben gegen die Kühlschranktür zu schleudern, wo sie einer nach dem anderen zerschellen. Das Ei hat inzwischen die Tür des Schränkchens geöffnet, aus dem Isaac die Hobnobs geholt hat, und sie mit seinen affenschwanzartigen Armen aus den Angeln gehoben. Es schleudert die Holztür zu Boden und lässt einen Schwall Soßen und getrockneter Kräuter folgen. Zwetschgenmus, hier sind die Küchenfliesen. Erdnussbutter, schönen Gruß an die gegenüberliegende Wand. Senfpulver, darf ich vorstellen: Küchenboden. Letzteres geht explosionsartig in einer Wolke aus gelbem Rauch auf, der die ganze Küche einnimmt und sie beide zum Niesen bringt. Während neben seinem linken Fuß Paprika aufstiebt wie ein rotes Leuchtsignal und neben seinem rechten in einer dunkelgelben Woge Kreuzkümmel aufwallt, erreicht Isaac den Tisch und stößt ihn um, wie ein rasender Wikinger bei einem heidnischen Fest. Das Geräusch des umstürzenden Tisches ist inmitten von Isaacs Schreien und der Kakofonie, die das Ei durch sein Hämmern auf die Töpfe verursacht, kaum zu hören.

Dann folgt ein einziges Tohuwabohu. Isaac schmiert sich Pesto ins Gesicht, wie ein Soldat eines Sonderkommandos. Das Ei tanzt auf dem Weinregal und zerschlägt mit einem Nudelholz eine Flasche nach der anderen. Rotwein ergießt sich in einem mächtigen Schwall auf den Boden, während Isaac die Kühlschranktür öffnet und sich die Lippen leckt. Dann beginnt, inmitten einer bunten Staubwolke, ein improvisiertes Baseballspiel. Isaac bringt sich in Position und wirft dem Ei ein Glas Mayonnaise entgegen. Letzte Woche hat er ihm *Feld der Träume* gezeigt, also weiß es ganz genau, was es jetzt tun muss. Es schwingt das Nudelholz, trifft das Mayonnaiseglas und ist kurz darauf von Kopf bis Fuß mit der weißen Schmiere überzogen. Dem darauf folgenden *uuuuuuu* nach zu urteilen, betrachtet es seinen Schlag als Erfolg. Isaac wirft eine Flasche Ketchup, und das Ei erzielt einen Homerun. Das Spiel geht mit eingelegten Zwiebeln weiter, mit eingemachten Zitronen und dem Inhalt einer besonders alten Tüte Kartoffeln, die eine nach der anderen beim Aufprall zerplatzen wie Wasserbomben. Erst als ein Wurf mit einer weichen alten Limone zu einer Saftexplosion führt, die die Sehkraft beider Spieler gefährdet, verliert Isaac die Kontrolle über das Spiel.

Er dreht sich um. Das Ei sieht ihm zu, wie er sich umdreht. Er schreit. Das Ei fällt in sein Schreien ein. Doch als Isaac anfängt, gegen die Wand zu schlagen, macht das Ei nicht mit. Jetzt, wo keine Lebensmittel mehr da sind, die er pulverisieren kann, keine Weinflaschen mehr, die er zerschmettern kann, lässt Isaac seine Wut an sich selbst aus. Seine rechte Faust landet mit einem erstaunlich heftigen *Dwack* auf dem Putz. Auf der aufgeplatzten Oberfläche bleibt ein tropfenförmiger roter Fleck zurück, aber Isaac empfindet nichts. Er schlägt noch einmal gegen die Wand. *Dwack.* Und noch einmal. *Dwack.* Immer wieder hämmert er auf dieselbe Stelle ein, und das Spinnennetz aus abbröckelnder Farbe und Blutstropfen breitet sich immer weiter aus, während er hämmert, schreit und weiter hämmert. *Dwack. Dwack. Dwack.* Noch immer hämmert er, und noch immer empfindet er nichts, seine lädierten Fingerknöchel schwellen an, und die Delle in der Wand wird unter seinen ruinierten Fingern immer tiefer. *Dwack. Dwack. Dwack.* Erst als er ahnt, dass gleich entweder die Wand oder sein Handgelenk bricht, hört er auf. Ihm ist schlecht. Er taumelt rückwärts. Dann stürzt er, mit einer gebrochenen Hand, die bereits anschwillt, auf den mit Marmite und Merlot verschmierten Boden.

In der Küche herrscht wieder Stille. Die Geräusche mutwilliger Zerstörung haben den Saxofonspieler offenbar so verstört, dass er aufgehört hat. Isaac sitzt auf dem Boden, an den Kühlschrank gelehnt, von Kopf bis Fuß beschmiert, seine Hand zittert, an seinen mit geschwollenen Blasen übersäten Fingern klebt geronnenes Blut. Er lässt den Blick über die Wände schweifen, die mit Klecksen von Soßen und Streifen von Gewürzen übersät sind, sodass die Küche wie ein Gemälde von Jackson Pollock aussieht. Dann betrachtet er das Ei, das durch eine Pfütze aus Essig und Wein, in der es mit den Füßen versinkt, auf ihn zuwatet, wie ein Priester bei einer Flusstaufe. Sein Blick ist frei von jedem Urteil. Erstaunlicherweise – angesichts des Rotweins, der Heidelbeeren und des Tomatenketchups – hat sein Fell keinen einzigen Fleck davongetragen. Und es scheint weniger durch die klebrige Flüssigkeit zu stapfen, sondern sein schlaffer Bauch scheint vielmehr darüber hinwegzugleiten. Der Anblick erinnert Isaac an Jesus; ein halbmeterhohes Jesus-Ei, mit Armen wie Pfeifenreiniger, und Isaac würde lachen, wenn er nicht solche Schmerzen hätte. Immerhin denkt er nicht mehr an das Telefonat, und das ist schon einmal etwas.

»Jetzt müssen wir die Küche noch mal putzen«, murmelt Isaac.

Das Ei hat ihn erreicht und bleibt neben ihm stehen. Seine schlaffen Arme treiben wie Schwimmnudeln auf einem Ozean aus Passata und Pinot Noir. Isaac hat das Gefühl, er müsse sich entschuldigen oder sich bedanken. Aber in beiden Fällen weiß er nicht, wofür. Stattdessen beschließt er, dem Ei das Haar zu zerzausen, indem er unbeholfen seine kaputte Hand ausstreckt und sie dem Geschöpf zitternd auf den Kopf legt. Mit ein wenig Mühe schafft er es, mit seinen kribbelnden Fingern das weiße Fell des Eis zu verwuscheln. In diesem Moment geschieht etwas Merkwürdiges.

Das Ei gibt keinen Laut von sich. Es schließt nur die Augen, und zum ersten Mal sieht Isaac, wie seine breiten, gelben Lider herabfallen und zwei vorgewölbte Dotter an die Stelle der Augen treten. Einen Moment lang glaubt Isaac, das Ei sei eingeschlafen. Dann spürt er einen Ruck, und der feuchte Boden unter ihnen beiden gibt nach. Der Rand von Isaacs Sichtfeld färbt sich schwarz. Die Küche fängt an sich zu drehen und stürzt ins Nichts, und Isaacs gesamtes Bewusstsein scheint durch eine Luftschleuse in ein jenseitiges Vakuum gesaugt zu werden. Und obwohl er noch das kalte Metall der Kühlschranktür an seinem Rücken und das weiche Fell des Schopfes des Eis unter seinen verletzten Fingern spürt, sind seine Augen an einem völlig anderen Ort. Er schwebt in einer Leere. Über ihm in der Dunkelheit ragt eine gewaltige, klaffende Metallkonstruktion auf. Das Ding muss an die fünfzehn Meter hoch sein, an seinem oberen Rand blinken Lichter, darunter flackern Scheinwerfer in alle möglichen Richtungen. An der Vorderseite befindet sich etwas, das wie eine Glaspyramide aussieht, hinter deren Scheiben vage Bewegungen zu erahnen sind. Darüber und dahinter ragt die große Gestalt des eigentlichen Ungeheuers auf, ein enormer Würfel aus schimmerndem Obsidian und Eisen, der über und über mit blinkenden Lichtern übersät ist. Ein Klang wird hörbar, der an den Gesang von Walen erinnert und alles zu überwölben scheint, während die mächtige Apparatur Isaac zu verschlucken droht. Aber er hat bereits voller Schreck die Hand vom Kopf des Eis genommen, wurde zurück in die Küche gewirbelt und auf den Boden geschleudert und liegt jetzt zwischen dem Kühlschrank, der seinen Inhalt eingebüßt hat, und einem Wesen aus einer anderen Welt. Er keucht, sammelt sich und starrt das Ei an, das seine riesigen schwarzen Augen wieder öffnet.

»Was war das?«, fragt Isaac. Seine Haut kribbelt unter den Ärmeln seines Morgenmantels.

Das Ei zwinkert ihn nur an. Isaac zwinkert zurück, und sein Kopf, der gerade erst aus dieser Leere zurückgekommen ist, füllt sich mit Schuldgefühlen, weil er so vieles noch nicht erfahren hat, weil er über seinen Besucher rein gar nichts weiß.

»Woher kommst du?«, fragt Isaac. Seine Stimme ist kaum mehr als ein Flüstern.

»Wawuuu«, sagt das Ei.

VIER

Wenn Isaac jetzt an Mary denkt, sieht er sie immer inmitten einer Menschenmenge.

Das Bild ist eine Erinnerung. Aber warum kommt ihm immer wieder genau diese? Mary hasste Menschenmengen. Wenn sie Gesellschaft brauchte, suchte sie sich Bücher. Oder Tiere. Oder Isaac. Aber dieses eine Bild von ihr wird Isaac einfach nicht los. Es ist ihr drittes oder viertes Treffen. Isaac fährt die Rolltreppe der U-Bahn-Station Brixton hinauf. Dann steht er auf dem weiten Vorplatz, aber weil es halb sieben ist, ist er dort nicht allein. Menschen, die eilig in die Pubs streben oder nach Hause hetzen, drängen sich an ihm vorbei. Jemand predigt durch ein Megafon, jemand anders spielt, in der Hoffnung auf Geld, ein Konzert für Violine solo. Die beiden Geräusche rivalisieren miteinander um Aufmerksamkeit und kämpfen dabei gegen das Gelächter eines Grüppchens, das weiß, dass das Wochenende bevorsteht, und den Lärm der Busse und Taxis, die wissen, dass noch Donnerstag ist und Rushhour. An einem Stand verbrennt jemand

Weihrauch, und der intensive, süßliche Geruch überlagert die Abgase der Doppeldeckerbusse und den Rauch von Zigaretten. Jemand in einer roten Jacke mit einem Logo darauf drückt Isaac eine Ausgabe von *Time Out* in die Hand. Isaac will sie nicht. Er braucht keine Zeitschrift. Er hat eine Verabredung. Er trifft gleich Mary.

Und da ist sie. Als er von der Zeitschrift aufblickt, entdeckt er sie. Sie taucht so unvermittelt und so gleichmütig auf wie eine göttliche Erscheinung, hebt sich von der Menge der dahineilenden Menschen ab, als würde vom Himmel aus ein Scheinwerfer auf sie gerichtet. In Wirklichkeit sticht sie durch ihre Größe hervor – mit rund eins fünfundachtzig ist sie einen ganzen Kopf größer als jede von Isaacs Ex-Freundinnen. Nicht, dass sie seine Freundin wäre. Noch nicht. Sie kommt ihm entgegen, ist noch rund fünfzig Meter entfernt, und mit ihren kühlen, grün schimmernden Augen und ihrem Haar mit dem warmen rötlichen Ton leuchtet sie aus der Menge der grauen Gesichter hervor wie eine Blume in den Ritzen des Straßenpflasters. Sie hält nach ihm Ausschau, und Isaac macht sich nicht bemerkbar. Er steht auf dem wuselnden Vorplatz, ihm fällt kaum auf, dass er angerempelt wird, und es kümmert ihn auch nicht, dass es zu regnen anfängt. Er hält sich die Zeitschrift über den Kopf, betrachtet Mary und lächelt. Diesen Augenblick will er nie wieder vergessen. In Gedanken stellt er sie sich als die Venus von Botticelli vor. Ihre breite Stirn, ihr schmales Kinn, ihre Augen, die sich leuchtend von der Menge abheben, während sie ihn suchen. Ihre Mundwinkel, die sich heben werden, wenn sie ihn gleich entdeckt. Vielleicht kommt Isaac dieser Moment immer wieder in den Sinn, weil er damals ohne jeden Zweifel wusste, dass es für ihn nie jemand anderen geben würde. Und es wird wirklich niemand anderen geben, nicht jetzt. Es wird nie eine zweite Mary geben. Und Mary wird nie etwas anderes sein als dieses Bild, ein Gemälde von Mary, das Gemälde eines Gemäldes, das in die Innenseite von Isaacs Augenlidern geritzt ist und das er jedes Mal vor sich sieht, wenn er die Augen schließt. Manchmal fragt er sich, ob dieses Bild jemals verblassen wird. Oder, schlimmer noch, ob es sich verfälschen wird, ob sich seine Erinnerung an Mary mit jedem Tag, jeder Woche und jedem Jahr weiter wandeln wird, bis die Mary in seiner Vorstellung überhaupt nichts mehr mit dem zu tun hat, wie Mary wirklich war. Wie sollte er das erkennen? Mittlerweile ist sie nur noch ein Produkt seiner Einbildungskraft. Mary, groß gewachsen und blass, ihr rotbraunes Haar, das sich vom grauen Himmel abhebt, wie sie inmitten eines Meeres aus grauen Regenschirmen und grauen Gesichtern den Kopf reckt und nicht weiß, dass sie beobachtet wird.

Mary war anders als Isaac. An belebten Orten fühlte sie sich nie wohl. Sie liebte London, aber sie war immer lieber zu Hause in Schottland. Saß lieber auf der Brücke über den Fluss in der Nähe des Hofes, auf dem sie aufgewachsen war, und atmete unter dem hohen Himmel in vollen Zügen die Luft ein. Das ist kurios, denn wenn Isaac auf dem Land war, sehnte er sich immer nach dem Gewimmel der großen Stadt. Sie waren in vielerlei Hinsicht uneins, aber wegen einer Frage stritten sie andauernd und besonders heftig: wie ländlich ihr gemeinsames Leben sein sollte. Zwar sah sich Isaac nicht als eingefleischten Städter, aber ein Leben nördlich des Hadrianswalls konnte er sich nicht vorstellen. Ihr gemeinsames Haus war ein Kompromiss gewesen: in einem Städtchen, das ausreichend Grün bot sowie ausreichend Zugverbindungen, die Isaac direkt in die Hauptstadt bringen würden, falls er jemals Heimweh bekäme. Der Bauernhof würde dann später kommen.

Den Hof ihrer Familie, der stets von einer Generation an die nächste weitergegeben worden war, würde Mary nicht erben. Diese Ehre wurde ihren Zwillingsbrüdern Duncan und Dennis zuteil, die Mary Tweedle-Dun und Tweedle-Den nannte, weil sie unzertrennlich waren und beide eine Statur wie ein Stück Hochlandvieh hatten. Sie hatten diese Spitznamen nie richtig verstanden, so wie sie auch ihre Schwester nie richtig verstanden hatten, obwohl sie ihr stets freundlich lächelnd begegneten. Keiner von beiden hatte die Aufzucht von Lämmern je für die leuchtende Weltstadt London verlassen, also waren sie, obgleich jünger als Mary, die natürlichen Nachfolger auf dem Gut der Morays. Doch auch hier in der Stadt trat Mary als stolze Schottin auf. Sie konnte ihre Herkunft auch nur schwer verbergen, mit ihrem rostbraunen Haar, das in der Sonne oft fuchsbraun schimmerte, und ihrer Haut, die so weiß wie ein Bettlaken war und in der Sonne verbrannte, wenn sie nicht in einer Creme mit Lichtschutzfaktor 50 ertränkt wurde. Isaac, der ein Londoner durch und durch war und daher allem auf der Welt mit dem typischen Londoner Zynismus begegnete, hatte seine Freude daran, sie damit zu triezen. Du bist mit achtzehn hierhergekommen und wirst nie zurückgehen, sagte er oft. Deine Brüder sind Schotten – aber du? Du bist jetzt nicht einmal mehr eine aus dem Norden, geschweige denn eine von nördlich der Grenze.

Du bist ein eejit, *ein Idiot.*

»*Eejit?* Das ist irisch.« Damit zog er sie besonders gern auf.

In Schottland sagt man das auch.

»Aber du bist keine Schottin mehr.«

Immer noch schottischer als du, du eejit.

Mary war für ihr Leben gern in der Natur unterwegs, aber alles andere als die geborene Bäuerin. Zu viel schwere Arbeit für jemanden, der sich lieber in Büchern vergrub. Und Isaac? Er hatte kaum je einen Spaten in der Hand gehabt, geschweige denn einen Traktor gefahren oder eine Ziege gemolken. Ihrer beider Bauernhof war eher ideeller Natur, eher die Vorstellung von dem perfekten Leben, das sie führen würden, wenn sie sich einmal niedergelassen hätten. Zugegeben, er würde lernen müssen, wie man Schafe schert, aber Mary hatte gesagt, sie würde im Hühnerstall die Eier einsammeln und die Tröge mit Futter füllen. »Okay – wenn wir alt sind«, hatte Isaac anfangs gesagt. Dann: »Okay – wenn wir reich sind.« Dann: »Okay – wenn wir vierzig sind.« Mary war nicht die Dame aus dem Renaissancegemälde, für die Isaac sie hielt. Ihre Willensstärke konnte sich zu Starrsinn auswachsen, ihre idealistischen Vorstellungen kippten leicht ins Unrealistische. Und obwohl der eigene Hof ein Traum blieb, der in weiter Ferne lag, glaubte sie weiterhin aufrichtig daran, was weniger einem Mangel an praktischem Denken entsprang, sondern eher der Ungeduld, mit der sie besseren Zeiten entgegensah. Isaac war für gewöhnlich im selben Maß gefallsüchtig wie wankelmütig, doch mit jedem turbulenten Jahr, das verging, fand er immer mehr Gefallen an Marys Vorstellung von einem rustikalen, unverputzten Backsteinhaus, in dem er nur mit seiner Frau, den Kindern, fünf Kühen und vierzig Hühnern leben würde. Ach ja, und einem Hund. Auf dem Hof, auf dem Mary aufgewachsen war, hatte immer ein Border Collie zur Familie gehört. In ihren dreißig Lebensjahren hatte sie vier dieser Hunde kommen und gehen sehen. Kirsty, Clodagh, Bonnie und Clyde. Jetzt war nur noch Clyde da, und das war mehr, als man von Mary sagen konnte. Sie würden sich ebenfalls einen Hund anschaffen, vielleicht nächstes Jahr. Immer hatten sie gesagt: nächstes Jahr. Jetzt liegt Isaac allein im Bett, in einer Stadt, in der er allein ist, weit weg von London, und denkt, dass er tausend Kühe kaufen würde, wenn ihm das Mary zurückbringen würde.

Hallo, Stalker. Hast du schon geglaubt, du hättest mich verloren?

Das hatte sie gesagt, im echten Leben, auf dem Platz vor dem U-Bahnhof Brixton. Und er hatte sie tatsächlich aus den Augen verloren. Sie hatte ihn entdeckt und die Mundwinkel nach oben gezogen, zu diesem leicht dämlichen Lächeln, das ihm so vertraut werden sollte und das er später so lieben sollte. Aber die Menge der Pendler bewegte sich wie eine Viehherde, wie bockende und drängelnde Tiere, die ihn in Richtungen schoben, in die er nicht wollte. Hier eine erhobene Zeitung, dort ein Blumenstand, dann ein großer Mann in einem Trenchcoat und eine kleine Frau mit einem ausladenden Regenschirm, und plötzlich war Mary nicht mehr zu sehen. Isaac war das Herz stehen geblieben. Wo ist sie? Wohin ist sie verschwunden? Es war, als wäre sie von Außerirdischen entführt worden; erst bildet sich um sie herum in der Menge eine Lücke, dann verschwindet sie, aber die Lücke bleibt. Vielleicht war das Scheinwerferlicht aus dem Himmel ein Traktorstrahl eines Raumschiffs gewesen, das ihm Mary entführt hatte, für immer. Aber was sollten Außerirdische von Mary wollen? Und wa…

Hallo, Stalker. Ein Zupfen am Arm, und Isaacs Puls wurde langsamer. Seine Miene musste ihn verraten haben, denn Mary sah ihn mit einem wissenden Lächeln an. Ihre grünlich grauen Augen funkeln in seiner Erinnerung. *Hast du schon geglaubt, du hättest mich verloren?*

Isaac hatte noch nie jemanden verloren. Er hatte zahllose Geldbeutel, Handys und Schlüsselbunde verloren. Als er einmal beruflich in Frankfurt gewesen war, hatte er seine Lieblingsjeansjacke verloren, er hatte ein paar Partien Poker mit geringem Einsatz verloren, mehr Socken, als er zählen konnte, und einmal sogar, sehr zu Marys Verblüffung, einen einzelnen Schuh. Aber er hatte noch nie einen *Menschen* verloren. Seine Schwester, ihr Mann, Isaacs Kollegen, seine Freunde, selbst die besten Lehrer aus seiner Schulzeit – alle waren sie noch fit wie ein Turnschuh. Seine Eltern waren, obwohl sie auf die siebzig zugingen, nie besser in Form gewesen. Er hatte zwei hochbetagte Großmütter und zwei Großväter, die verstorben waren, bevor er sie hatte kennenlernen können. Er hatte nie ein Haustier besessen und daher nie damit rechnen müssen, es zu verlieren. Isaac Addy konnte von Glück reden, dass er nie einen Menschen verloren hatte, dass sein Leben frei von Trauerfällen geblieben war. Jetzt sieht er die Dinge jedoch anders. Jetzt fragt er sich, ob all die Todesfälle, die nie eingetreten sind, gebündelt und irgendwo unter Verschluss gehalten wurden, von einer höheren Macht, die es auf ihn abgesehen hat. Isaac fragt sich, ob nicht jeder einzelne Verlust, der ihm nicht widerfahren ist, eine kleine Welle war, die auf eine weitere kleine Welle traf. Welle auf Welle auf Welle, die sich dann zu dem Tsunami vereint hatten, der sein gesamtes Leben fortgespült hatte. Mary zu verlieren, bedeutete für Isaac, alle Menschen zu verlieren. Und auch wenn er das nie gegenüber irgendjemandem zugab, hätte er lieber alle anderen Menschen verloren, wenn er dafür Mary hätte behalten können.

Im wirklichen Leben hatte Mary ihn gefunden. Aber in Isaacs Träumen findet sie ihn nie. Und wenn er jede Nacht den immer gleichen Traum hat, bedeutet das, dass er sie jede Nacht aufs Neue verliert, wieder und wieder. Er sieht Mary vor sich, als wolle ein himmlischer Lichtstrahl sie herausstellen. Er steht vor den Türen des U-Bahnhofs Brixton, aber es fühlt sich nicht so an wie das Brixton, das er kennt. Irgendetwas fehlt. Er ruft Marys Namen, aber sie kann ihn nicht sehen. Sie hat ihre Brille nicht auf. Außerdem fängt es zu regnen an, und Mary muss ihre Augen mit der Hand schützen. Sie wirkt verzweifelt. Isaac muss sie erreichen, ihr sagen, dass alles gut werden wird. Auch er schützt jetzt seine Augen, aber die Menge der Pendler bewegt sich wie eine Viehherde. Sie bocken. Sie drängeln. Schieben ihn in Richtungen, in die er nicht will. Isaac ruft immer lauter und streckt den Arm über das Gewühl hinweg, doch vergebens. Hier eine erhobene Zeitung, dort ein Blumenstand, dann ein großer Mann in einem Trenchcoat und eine kleine Frau mit einem ausladenden Regenschirm, und plötzlich ist Mary nicht mehr zu sehen. Isaacs Herz bleibt stehen und fängt nicht wieder an zu schlagen. Er ruft Marys Namen, bekommt jedoch keine Antwort. Er hämmert mit den Fäusten auf graue Mäntel und graue Regenschirme und versucht wie ein moderner Moses, dieses Meer aus grauen Gesichtern zu teilen. Er kommt zu der Stelle, an der Mary zuvor gestanden hat, aber die Lücke in der Menge bleibt einfach eine Lücke. Niemand zupft Isaac am Ärmel. Der Regen geht jetzt in Schwaden nieder, der Wasserschwall ist so reißend, dass Isaac zu ertrinken glaubt. Er ruft ihren Namen, aber Mary ist nirgendwo zu sehen. Er weiß, diesmal hat er sie endgültig verloren.

DING DONG

Isaacs Augen schnappen auf. Im ersten Moment steht er noch mit einem Bein auf dem Platz vor der U-Bahn und weiß nicht, wo er ist. Als er dann das Kissen unter seinem Kopf und die Decke auf seinem Körper spürt, lässt er den quälenden Traum hinter sich und kehrt zurück in seine albtraumartige Wirklichkeit. Nur mit Mühe, wie ein Bär, der aus dem Winterschlaf erwacht, kommt er wieder zu Bewusstsein. Sein Kopf ist so schwer und so vernebelt, dass er glaubt, einen Kater zu haben, aber ein Teil von ihm weiß, dass er gestern Abend nichts getrunken hat. Dennoch tut ihm der Kopf weh – und auch die Hand, und zwar gewaltig. Er hat keine Ahnung, warum ihm die Hand wehtut, warum alles vom Handgelenk abwärts pocht. Er versucht, sich die schmerzende Hand zu halten, aber das macht es nur noch schlimmer. Er gibt den Laut von sich, den er beim Aufwachen immer von sich gibt – eine Mischung aus Wimmern und Heulen –, und dann läutet es erneut an der Tür, und Isaac, der kaum bei Bewusstsein ist, beschließt, sich nach unten zu schleppen und aufzumachen.

»Ja?«, knurrt er, als er die Haustür öffnet.

Er weiß nicht mehr, wann Joy ihm das letzte Mal Einkäufe gebracht hat, aber er will sie auf keinen Fall hereinlassen. Er nimmt die Kette nicht von der Tür, aber auch durch den schmalen Spalt blendet ihn die Morgensonne. Erst als er die Antwort hört, erkennt er, dass er nicht mit seiner Schwester spricht.

»Oh, hi«, sagt Anna, die Nachbarin von nebenan.

Isaac kann undeutlich die Besorgnis in ihrer Miene erkennen, die Bewegung, mit der sie sich verlegen einen Arm reibt. Er macht einen Schritt zurück ins Halbdunkel.

»Ich hab so lautes … Geschrei gehört. Und Geräusche, als würde etwas zu Bruch gehen. Ein paar Leute in der Straße machen sich Sorgen. Ich wollte nur mal nachsehen, ob alles in Ordnung ist. Und fragen, ob wir …«

Sie hält inne. Obwohl der Flur im Dunkeln liegt, kann sie sehen, was Isaac mit seiner Hand gemacht hat. Und sie hat es geschafft, nicht aufzuschreien, was man ihr zugutehalten muss. Aber sie schwankt und hält sich eine Hand vor den Mund. Erst aufgrund dieser Reaktion hält Isaac seine Hand in das grelle Sonnenlicht und nimmt die Verletzung in Augenschein. Annas Reaktion war nicht übertrieben. Isaacs rechte Hand, die so irrsinnig schmerzt, dass er das Gefühl hat, sie sei kein Teil seines Körpers mehr, bietet einen beeindruckenden Anblick. Sämtliche Finger sind verbogen und gequetscht, an den Fingerknöcheln, die von getrocknetem Blut überzogen sind, hängt die Haut in Fetzen, und das ganze Gebilde – Finger, Hand, Handgelenk – ist lilarot angelaufen und auf das Doppelte seiner normalen Größe angeschwollen. Es sieht aus, als würde Isaac eine Hummerschere wachsen.

»Oh mein …«

Anna kann den Satz nicht beenden, weil Isaac ihr die Tür vor der Nase zuschlägt. Er stellt sicher, dass die Kette fest eingerastet ist, und versteckt dann die Hand unter dem Morgenmantel, um so zu tun, als gäbe es sie nicht. Er dreht sich um und stapft die Treppe wieder hinauf. Im Bad schluckt er zwei Schmerztabletten. Er geht ins Schlafzimmer, schließt die Tür hinter sich, schlüpft unter die Decke und wickelt sich ein Kissen um den Kopf, um den ohrenbetäubenden Lärm der Welt außerhalb seines Hauses zu ersticken.

DING DONG

Er meint zu hören, wie Adam, Annas Mann, durch den Briefkasten nach ihm ruft. Er ignoriert ihn. Das Schmerzmittel hilft ihm dabei. Er schafft es sogar, wieder einzudösen. So muss es gewesen sein, denn als er die Augen wieder aufschlägt, tönt die Klingel nicht mehr, und Adam ruft nicht mehr. Kein einziges Geräusch ist mehr zu hören. Aber ein Geruch zieht durch die Tür herein. Der Geruch nach Verbranntem. Das Zimmer ist dunkel, die Vorhänge sind zugezogen, und auch die Tür ist zu, aber ganz ohne Zweifel ist da dieser Geruch. Irgendjemand lässt das Frühstück anbrennen. Erst denkt Isaac, es ist Mary, die Kartoffelpuffer brät und dabei wie immer mit ihrer Anti-Midasgabe alles, was sie auf den Herd stellt, zu Asche werden lässt. Dann erhebt die Wirklichkeit ihr grässliches Haupt, und Isaac wird klar, dass es nicht Mary sein kann. Deshalb hat er bis jetzt das Schlafzimmer gemieden. Der überwinternde Bär steht am Eingang seiner Höhle und stellt fest, dass der Winter gerade erst begonnen hat. Isaac atmet tief durch und blickt auf die Seite des Bettes, auf der früher Mary geschlafen hat. Es überrascht ihn nicht, dass sie nicht da ist.

Die Matratze weist keinen Abdruck in Form von Marys Körper auf. Das Bett hat sie schneller vergessen, als alles andere auf der Welt sie vergessen hat. Von ihrer Seite des Bettes geht eine gewisse Kälte aus, doch an vielen anderen Stellen im Zimmer finden sich Spuren, die sie hinterlassen hat. Auf ihrem Nachtkästchen, mit einem Lesezeichen zwischen den Seiten, ein Roman, der auf der Longlist für den Booker-Preis stand und den sie jetzt nie zu Ende lesen wird. In der Lücke zwischen den Kissen ein Teddybär aus ihrer Kindheit, den zu verlieren sie immer Angst hatte und der sie jetzt überlebt hat. Auf dem Boden neben dem Bett ein zusammengeknülltes Schlafanzugoberteil, das nie wieder getragen, gewaschen oder gebügelt werden wird. Mit dreizehn war sie einen Kopf größer als alle ihre Klassenkameradinnen, und wegen ihrer knubbeligen Knie und ihrer rotbraunen Zöpfe wurde sie Pippi Langstrumpf genannt. Als Erwachsene zog sie zum Schlafen alte T-Shirts aus ihrer Teenagerzeit an, die öffentlich zu tragen ihr peinlich gewesen wäre, an denen sie aber zu sehr hing, um sie wegzuwerfen. Passend zu Marys Art prangte auf jedem ein Spruch, der mit *Ich liebe* begann, jeder mit einem anderen Maß an Ironie: *Ich liebe mein Bett, Ich liebe New York, Ich liebe Ziegen.* Das letzte hatte sie erst kürzlich gekauft, auf dem Bauernhof vor den Toren der Stadt, an dem Wochenende, an dem sie ihr erstes gemeinsames Haus besichtigt hatten. Isaac hebt es hoch und versenkt sein Gesicht darin. Dann sieht er auf den Gegenstand auf dem Boden, neben dem das T-Shirt lag: die Wärmflasche mit dem flauschigen Überzug. Dann runzelt er die Stirn. Er schnuppert. Plötzlich wird ihm klar, wer gerade das Frühstück anbrennen lässt.

Szenen von gestern Abend stürzen in Isaacs Bewusstsein wie Ziegelsteine durch das Schlafzimmerfenster. Sein Magen schlägt Purzelbäume, als ihm alles wieder einfällt: der Anruf, die Grapefruit, das Saxofon. Dann zieht sich sein Magen zusammen, als er sich daran erinnert, wie er mithilfe des Eis, das er im Wald gefunden hat, seine gesamte Küche ruiniert hat. Wenigstens weiß er jetzt wieder, was er mit seiner Hand gemacht hat. Nicht zum ersten Mal fragt er sich, ob er den Verstand verliert. Er wünschte, dem wäre so. Er weiß sehr wohl, dass das alles wirklich passiert ist, und er weiß sehr wohl, welches Chaos er auf dem Boden, an den Wänden und wahrscheinlich auch an der Decke vorfinden wird, wenn er aus dem Bett aufsteht und nach unten geht. Er hat den Küchentisch umgestoßen, oder? Das Ei hat mit dem Inhalt des Kühlschranks Baseball gespielt, und er selbst hat ein Loch von beträchtlicher Größe in die Wand gehämmert. Was noch? Issac kann sich vage daran erinnern, wie zwei lange, sich schlängelnde Arme ihm die Treppe hinaufgeholfen haben, ihm geholfen haben, seine weingetränkte Jogginghose auszuziehen und in eine saubere Schlafanzughose zu schlüpfen, und wie sie ihn ins Bett gesteckt und zugedeckt haben. Möglicherweise hat er das geträumt. Das Letzte, woran er sich mit Gewissheit erinnert, ist, wie er sich gegen den Kühlschrank hat fallen lassen, übermannt von grenzenloser Erschöpfung. Er hat dem Ei die Hand auf den Kopf gelegt und … ja, genau. Dann hat er etwas gesehen. Er blättert durch die Filmenzyklopädie in seinem Kopf. Kann Spock nicht spüren, welche Schmerzen jemand hat, indem er mit vier Fingern dessen Gesicht berührt? Haben nicht E.T.s glühende Fingerspitzen heilende Wirkung? Da wäre es nur folgerichtig, wenn man sich in der wirklichen Welt Zugang zu den Gedanken eines Eis aus einer anderen Welt verschaffen könnte, indem man ihm die Hand auf die Stirn legt. Angesichts der Schmerzen, die sich jetzt in seiner Hand ausbreiten, wäre Isaac die E.T.-Nummer lieber gewesen.

Isaac versucht, sich zu vergegenwärtigen, was er da gesehen hat. Ein enormes Gebilde in einer weiten Leere, davor eine Glaspyramide, hinter deren Scheiben sich schattenartige Gestalten abzeichneten. Ein riesiges Ding aus Metall, das im leeren Raum schwebte. Es würde ins Bild passen, wenn das Ei im Wald eine Bruchlandung hingelegt hätte. Aber war es dabei allein? Vielleicht schwebt dieses riesige Gebilde, so groß wie die Stadt, in diesem Augenblick *Independence-Day*-mäßig über ihnen. Vielleicht ist es schon wieder Lichtjahre entfernt. Vielleicht wurde es zerstört, vernichtet, und das Ei ist wirklich, wie es den Eindruck macht, gestrandet. Als ihm dieser Gedanke kommt, schüttelt Isaac den Kopf und verscheucht die Vorstellung. Er weiß, dass er nicht mehr bei Sinnen ist, aber jetzt dreht er vollkommen durch. Dennoch wundert er sich, dass er sich noch nie ernsthaft Gedanken über das Ei gemacht hat, darüber, wo es herkommt und warum es hier ist. Mit einem Mal verspürt er ein brennendes Verlangen, diesen Fragen auf den Grund zu gehen … sobald er herausgefunden hat, was das Ei gerade anbrennen lässt. Er saugt den Geruch ein und meint, gebackene Bohnen zu riechen. Das ist einleuchtend, denn fast alle anderen Lebensmittel, die er im Haus hatte, wurden gestern Abend zu Brei geschlagen. Die Konservendosen hatten Mary und er in dem Schrank unter der Treppe gelagert, ganze in Folie eingeschweißte Kisten, die sie in rauen Mengen bei Costco gekauft hatten. Das Geschöpf hat also die Bohnen entdeckt. Das Geschöpf versucht also, die Bohnen zu erhitzen, wie es das bei Isaac schon mehrmals hat beobachten können. Der Geruch nach Verbranntem, der Rauch sowie der Feuermelder, der gerade losgegangen ist, lassen darauf schließen, dass es damit keinen Erfolg hat. Mit schmerzverzerrtem Gesicht und unter Mühen hievt Isaac seine steifen Beine unter der Decke hervor und will sich aufmachen, um das Problem zu untersuchen. Aber das braucht er gar nicht. Das Problem kommt zu ihm.

Quietschend geht die Schlafzimmertür auf. Eine dichte Rauchwolke wallt herein. Das Ei taucht auf, wie von Trockeneis umwogt. Isaac hustet und spuckt, fächelt den Rauch beiseite und versucht, die kleine Gestalt in dem dunklen Türrahmen genauer zu erkennen. Der Feuermelder lässt weiter sein schrilles *piep piep piep* hören. Das Ei blickt Isaac aus seinen großen, feuchten Augen erwartungsvoll an und lässt sich von dem Rauch kein bisschen stören. Es hat etwas in der Hand, und offenbar will es Isaac dieses Etwas geben. Isaac traut seinen Augen nicht, aber es sieht danach aus, als würde das Ei ihm das Frühstück ans Bett bringen. Oder so etwas Ähnliches wie ein Frühstück. Hätte Isaac für das Ei

Toast mit Bohnen gemacht, dann hätte er wahrscheinlich das Brot getoastet, die Bohnen erhitzt, dann die Bohnen auf dem Toast verteilt und das Ganze auf einen Teller gegeben. Eine Prise Salz, einen Hauch Pfeffer, vielleicht eine Handvoll geriebenen Käse. Aber das Ei hat es nicht so gemacht, wie Isaac es gemacht hätte, vor allem, weil es heute Morgen wohl zum ersten Mal überhaupt etwas zu essen zubereitet hat. Das Wenige, was es darüber weiß, wie Menschen sich ernähren, hat es Isaac abgeschaut, während dieser sich verheult und unbeholfen versorgt hat – daher die Mahlzeit, die es ihm jetzt präsentiert. Man muss ihm allerdings zugutehalten, dass es sich an ein paar Details erinnert. Offenkundig hat es sich gemerkt, dass der Toaster mit im Spiel ist. Es hat auch die Bohnen entdeckt. Und dass die Bestandteile übereinandergelegt werden, hat es auch verstanden. Das Problem ist, dass es Bohnen und Toastbrot zusammen in den Toaster gesteckt und das Ganze dann ein paarmal hintereinander getoastet hat. Und weil nach dem improvisierten Geschirr-Frisbee-Match keine Teller mehr im Haus sind, hat das Ei anschließend den Toaster ausgesteckt und die ganze Katastrophe nach oben gezerrt, wie ein Kind, das einen Spielzeughund an einer Leine hinter sich herzieht. Es sieht selbst wie ein Plüschtier aus. Wie ein Furby. Oder wie Gizmo. Das Ei steht also in der Tür von Isaacs Schlafzimmer und präsentiert in seinen Händen voller Stolz den Toaster, den es aus der Küche entführt hat und in dem kohlrabenschwarze Brotscheiben stecken, die dick mit brauner, blubbernder Bohnenpampe überzogen sind. Einzelne Bohnen rutschen schlierig über die wulstigen gelben Finger des Eis, die Außenseite des Toasters hinab und tröpfeln auf den cremefarbenen Teppichboden des Schlafzimmers. Isaac starrt die Bohnen an, dann das Ei. Der Lärm des Feuermelders ist ohrenbetäubend, aber zumindest gibt das Ei nicht mehr sein schreiendes *»Hallo«* von sich.

»Guten Morgen«, sagt Isaac zaghaft.

Das Geschöpf zwinkert ihn verständnislos an. Dann kommt es auf ihn zugewatschelt, durchquert das Schlafzimmer, umrundet das Bett und wiegt dabei den ruinierten Toaster in den Armen, als würde es Isaac am Weihnachtsmorgen ein Geschenk überbringen. Hinter sich schleift es das Kabel des Toasters mitsamt Stecker über den Teppichboden. Neben Isaac bleibt es stehen, zwischen dem Einbauschrank und dem Bett. Dann entrollt es, mit demselben erwartungsvollen Blick wie zuvor, die Arme und hält Isaac den Toaster vors Gesicht. Jetzt, wo er das Gerät direkt vor Augen hat, erkennt er das ganze Ausmaß des Schadens. Das Brot ist pechschwarz und glüht stellenweise noch, und die Bohnen knacken und platzen wie Popcorn. Der Toaster wurde offenbar so stark erhitzt, dass sein silbernes Gehäuse jetzt bronzefarben schimmert. Der Apparat stößt puffend Rauchwölkchen aus, wie eine Dampfmaschine, die in ihrem abgeschalteten Zustand nichts mehr antreibt außer den Feuermelder an der Decke, der weiterhin sein nervtötendes Geräusch von sich gibt. Jetzt versteht Isaac, dass das Ei will, dass er den glühend heißen Toaster an sich nimmt. Sein Blick wandert von dem Gerät zu den Asbestfingern, in denen das kleine Monster ihn hält. Dann hebt er die Hände, von denen eine ihre normale Größe hat und die andere definitiv nicht. Er schüttelt den Kopf.

»Das geht nicht«, sagt er. »Zu heiß.«

Das Ei nickt wissend. Dann lässt es den Toaster in Isaacs Schoß fallen. Isaac kreischt, die Hitze schießt durch die Bettdecke, mit einer ruckartigen Bewegung der Hüfte schickt er den Toaster in die Luft und schiebt, bevor er wieder landet, ein Kissen unter. Zwar hat ihm das heiße Metall möglicherweise die Oberschenkel verbrannt, seine größere Sorge gilt jedoch der Frage, ob das Kissen in Flammen aufgegangen ist. Isaac wimmert und fächelt dem Toaster Luft zu. Nichts hat Feuer gefangen. Er hebt erst ein Augenlid, dann das andere. Das Gerät scheint sich abzukühlen, allerdings fließt jetzt die Bohnenschmiere über das Kissen. Es ist keines von Marys Kissen, also verfällt er nicht in Panik. Der Feueralarm hat aufgehört, und der Rauch scheint sich endlich zu verziehen. Isaac seufzt erleichtert auf und blickt dann hinab auf das Ei. Eigentlich wollte er es schimpfen, aber wie es ihn jetzt aus seinen Welpenaugen ansieht, zögert er. Mit einer Kopfbewegung weist es auf den Toaster. Dann macht es mit der Hand, die vom Bett gerutscht ist, die Geste des Essens. Die Bewegung ist exakt dieselbe, die Isaac gestern Abend in der Küche gemacht hat. Isaac muss sich eingestehen, dass ihn das beeindruckt.

»Wab wob«, sagt das Ei.

»Danke«, sagt Isaac. »Es sieht wirklich lecker aus, aber …«

»Wab wob.«

»Ich habe eigentlich gar keinen Hung…«

»Wab wob.«

Isaac ahnt jetzt schon, dass das Ei ein Nein nicht akzeptieren wird.

»Ich will ni…«

»Wab wob.«

»Ich kann ni…«

»Wab wob.«

»Ich …«

Diesmal wird Isaac nicht von einem *»Wab wob«* unterbrochen, sondern dadurch, dass das Ei eine der schwarzen, mit Bohnenschmiere getränkten Brotscheiben packt und sie ihm mithilfe seines langen Arms ins Gesicht klatscht. Der brüchige Toast zerbröselt auf seiner Wange, und glitschiger, warmer Bohnensaft läuft ihm über Nase und Lippen. Um dieses erbärmliche Schauspiel zu beenden, macht Isaac den Mund auf und nimmt die angebotene Gabe an. Sie ist zugleich auf unangenehme Weise matschig und unfassbar trocken, und Isaac braucht eine Weile, bis er sie gekaut und geschluckt hat. Der Brocken bleibt ihm fast im Hals stecken, aber er zwingt ihn hinab. Als es vollbracht ist, wischt er sich mit der gesunden Hand über das Gesicht und reibt sich den Bauch.

»Lecker«, sagt er, obwohl das gelogen ist. »Sehr lecker.«

»Wab wob.«

»Noch viel besser, als es aussieht.«

»Wab wob.«

Isaac erkennt, dass das Ei von ihm erwartet, dass er einen weiteren Bissen nimmt. Schuldbewusst fügt er sich. Dieser zweite Bissen ist kleiner, vor allem, weil Isaac fürchtet, dass ihm der verkohlte Toast Stücke aus den Zähnen bricht. Vorsichtig fängt er an zu kauen.

»Mmm-hmm«, sagt er mit einem Schaudern, das das Gegenteil ausdrückt.

Das Ei wirkt zufrieden. Seine Aufgabe hier ist erledigt. Mit einem abschließenden *»Wab wob«* und einer Miene, die nach

»Gern geschehen« aussieht, dreht es sich auf den Fersen um – wenn es denn Fersen hat – und wackelt davon. Aber nicht zur Tür, sondern um das Bett herum und zum Fenster. Dann öffnet es tatsächlich die Vorhänge. Isaac ruft sich die Szene gestern Abend in der Küche in Erinnerung und fragt sich, ob ihm entfallen ist, wie er das Ei dafür bezahlt hat, dass es den Butler spielt. Vielleicht hat es sich, während er im Bett lag, *Was vom Tage übrig blieb* angeschaut. Bevor er dieser Frage weiter nachgehen kann, wird er von etwas Dringenderem abgelenkt.

dING DOng

Ermattet blickt Isaac zur Schlafzimmertür. Wie lange ist es her, dass er mit Anna gesprochen hat? Versucht Adam wieder, sich Zutritt zum Haus zu verschaffen? Isaac sieht zu dem Ei hinab, das zu ihm heraufsieht. Es blickt ihn aus seinen großen Augen neugierig an und runzelt die gummiartige gelbe Stirn. Es hält die Vorhänge noch immer fest, und seine langen weißen Arme hängen herab wie zwei mit Quasten besetzte Raffhalter.

»Warte hier«, sagt Isaac.

Er befreit sich von der Bettdecke und schlurft aus dem Schlafzimmer. Als er auf dem Treppenabsatz steht, merkt er, dass das Ei keineswegs im Schlafzimmer wartet. Er spürt, wie es am Saum seines Morgenmantels zupft. Isaac schüttelt den Kopf, wappnet sich innerlich und betritt Marys Arbeitszimmer, das auf der anderen Seite des Treppenabsatzes liegt. Dort hält er den Blick unbeirrbar auf den Teppichboden geheftet. Nicht auf die gerahmten Bilder, nicht auf das Bücherregel, nicht auf den Computerbildschirm. Er ist heute noch nicht zusammengebrochen und will vermeiden, dass es passiert, bevor er herausgefunden hat, wer vor der Tür steht. Er beugt sich über den Schreibtisch und streift dabei mit seiner schlimmen Hand das gelbe Notizbuch, das darauf liegt. Seine Besitzerin war wie ein offenes Buch, aber was in ihren Notizbüchern stand, war immer ein Geheimnis. Isaac wimmert und zieht die Hand zurück, als hätte ihn etwas gestochen. Dann drückt er mit einem Finger seiner guten Hand einen Spalt in die Jalousie, sodass er hinaussehen kann. Der Kirschbaum auf der anderen Straßenseite hat angefangen zu blühen. Das hatte Isaac gar nicht bemerkt. Die Äste sind mit saftigen, grünen Knospen übersät, durch deren aufgeplatzte Schalen helle Blütenblätter stoßen. Der Himmel spannt sich in noch hellerem, ungetrübtem Blau über die Straße, auf der einige Passanten ihre Schals gelockert und ihre Winterhandschuhe ausgezogen haben. Auf dem Gehsteig gegenüber schiebt ein müde wirkender Vater einen leeren Kinderwagen und hält sein schreiendes Baby auf dem Arm. Ein Stück weiter die Straße hinab versucht ein viel zu großes Auto, sich in eine viel zu kleine Parklücke zu zwängen. Ein Stück näher, direkt unterhalb von Isaac und dem Ei und dem Fenster, das sie von der Außenwelt trennt, steht die Person, die an der Tür geklingelt hat. Erneut ist es Anna, diesmal in Begleitung von einem Mann und einer Frau in Warnwesten. Sanitäter. Nein, eher Polizisten. Oder Hilfspolizisten? Wer auch immer sie sind, sie wirken offiziell. Sie wirken besorgt. Und sie sehen herauf zu Isaac.

»Scheiße!«, ruft Isaac.

»Blip!«, ruft das Ei.

Isaac zieht sich hinter die Jalousie zurück. Er drückt sich mit dem Rücken gegen das Bücherregal. Wahrscheinlich haben sie den Feuermelder gehört. Vielleicht hat Anna ihnen gesagt, dass Isaac wie jemand wirkt, der der Selbstverbrennung nicht abgeneigt ist. Isaac sieht hinab zu dem Ei, das sich mit dem Rücken gegen das Bücherregal neben ihm drückt. Es scheint sich nicht so viele Sorgen zu machen wie Isaac, vor allem wohl deswegen, weil es nicht bis zum Fenster reicht und daher nicht weiß, was das ist, weswegen man *»Blip!«* rufen sollte. Zwinkernd sieht es zu ihm hinauf und scheint auf eine Erklärung zu warten. Isaac sieht zu ihm hinab und flüstert ihm eine zu.

»Polizei«, sagt er.

Das war ein Fehler. Das Ei hat sowohl *Bad Boys* als auch *Bad Boys II* gesehen. Es weiß, dass es in Filmen immer ein schlechtes Zeichen ist, wenn die Polizei vor der Tür steht. Es sieht Spezialeinheiten in Helmen und kugelsicheren Westen vor sich. Es sieht wütende Männer vor sich, die Sturmgewehre in die Luft recken. Es sieht einen Mini-Rammbock vor sich, der gleich die Haustür aufbrechen wird, begleitet von Rauchgranaten und Blendgranaten, und es sieht vor sich, wie es zu Boden gedrückt wird und man ihm kleine Handschellen verpasst und es verhaftet, wegen Verbrechen, die es ganz sicher nicht begangen hat. Verständlicherweise rastet es aus.

»Blip!«, ruft es noch einmal.

Das Ei packt die Schnur, mit der man die Jalousie bewegt. Bevor Isaac eingreifen kann, schießt die Jalousie wie ein sich öffnender Fallschirm nach oben, und der Raum ist erfüllt von blendendem Licht. Isaac hält sich schützend eine Hand vor die Augen und jault auf, als stünde er in Flammen. Als seine Augen sich an die Helligkeit gewöhnt haben, sieht er, wie Anna und die beiden Hilfspolizisten neben ihr zu ihm heraufsehen und ihm mit Gesten zu verstehen geben, dass er herunterkommen soll. Isaac macht das, was ihm als Erstes in den Sinn kommt: Er duckt sich. Für seine Verhältnisse ungewöhnlich schnell, lässt er sich sinken, sodass er nicht mehr am Fenster zu sehen ist, und kommt mit einem dumpfen Schlag, der ihm für einen Moment den Atem raubt, auf dem Boden auf. Diese abrupte Bewegung genügt, um das Ei in grenzenlose Panik zu versetzen. Quiekend dreht es sich ein paarmal um die eigene Achse und verfängt sich dabei in einem Klappstuhl, der scheppernd umfällt und nur eine Handbreit neben Isaacs Kopf auf den Boden schlägt. Offenbar glaubt es, sie beide seien flüchtig und in Konflikt mit dem Gesetz, weshalb es nervös durch das Zimmer hüpft und dabei weiter heulende Laute von sich gibt. Als es schließlich zur Tür gefunden hat, stürzt es hinaus auf den Treppenabsatz. Isaac sieht zu, wie das Ei über den Treppenabsatz davonläuft, obwohl es, da er wieder einmal auf dem Boden liegt und die Wange in den Teppich presst, so aussieht, als liefe das Ei auf einer Wand entlang. Seine Arme, die normalerweise schlaff wie Spaghetti herabhängen, ragen in die Höhe und winden sich zeichentrickhaft, wie bei den aufblasbaren Schlauchpuppen, die man manchmal auf Jahrmärkten sieht.

»Könnten Sie kurz runterkommen, Mr. Addy?«, hört Isaac eine Stimme von draußen.

In der Tasche seines Morgenmantels vibriert sein Handy. Isaac liegt unter dem Schreibtisch und flucht leise. Auf dem Treppenabsatz schießt das Ei, quiekend und mit den Armen rudernd, vom Bad ins Schlafzimmer und wieder ins Bad, während sein Geschrei anschwillt und leiser wird, wenn es in Isaacs Sichtfeld huscht beziehungsweise wieder daraus verschwindet. Isaac versucht aufzustehen, indem er seinen Bart vom Teppichboden löst, der sich wie ein Klettverschluss darin verhakt hat, wobei er ein Knäuel ausspuckt, das entweder aus Marys Haaren oder dem Fell des Eis besteht. Er denkt nicht an seine rechte Hand, drückt sich damit vom Boden ab und jault, mit angezogenen Knien, vor Qualen auf. Dann kommt er schwer keuchend auf die Knie und schlurft aus dem Arbeitszimmer. Er schließt die Tür, lehnt sich dagegen und versucht, die Geräusche der Eindringlinge hinter sich auszublenden, die vor seinem Haus stehen, sowie das Geschrei des Eis, das vor ihm hin und her jagt. *Denk nach, Isaac,* sagt er sich. *Wie kommst du da wieder raus?* Jetzt – zu spät – versteht er, warum Mary Menschenansammlungen hasste. Sollte dieses Haus nicht ein Zufluchtsort für sie beide sein? Es kommt ihm vor, als stünde der Feind vor den Toren und als hätte er selbst seine einzige Verbündete verloren. Er wünschte, Mary wäre jetzt da und würde ihm aufhelfen und ihm versichern, dass alles gut wird. Er wünschte, Mary würde ihm das Haar streicheln. Isaac hämmert den Kopf gegen die Tür, sieht zur Decke und beißt sich auf die Lippen. Sein Atem geht schneller. Seine Brust schnürt sich zusammen. In seinen Augen sammeln sich heiße Tränen. Es fühlt sich an, als hätte ihn jemand an der Gurgel gepackt. Das ist nicht fair, denkt er.

Nichts von all dem ist fair. Warum musste sie mich verlassen? Und warum können mich die anderen nicht einfach in Ruhe lassen?

DING DONG

Der Ton der Klingel ist derselbe wie immer, aber die Stimme, die dazu erklingt, ist eine andere.

»Isaac«, ist die Stimme von unten vor dem Haus zu hören. »Komm bitte runter. Ich will nur mit dir reden.«

Isaac schnieft. Er richtet sich auf. Er atmet ein paarmal tief durch. Dann steht er schwankend auf und wischt sich die Augen trocken. Das Ei ist offenbar am Ende seiner Kräfte. Isaac kann gerade so einen Blick auf es erhaschen, wie es im Bad hockt und mit seinen großen schwarzen Augen hinter dem Duschvorhang hervorlugt. Er bedeutet ihm mit einer Geste, still zu bleiben und sich nicht vom Fleck zu rühren, dann wendet er sich ab, atmet erneut ein paarmal durch und steigt die Treppe hinab. Als er den Flur erreicht hat, stiefelt er durch den Posthaufen und hängt die Türkette aus. Dann, nach ein paar weiteren tiefen Atemzügen, öffnet er die Tür zur Außenwelt.

»Isaac«, sagt Joy mit schwacher Stimme.

Isaac sieht zu Boden.

»Tut mir leid«, sagt er.

Er weiß nicht, ob er das zu Joy sagt, zur Polizei, zu Anna oder zu sich selbst. Es ist auch egal. Er hat aufgegeben. Und zum ersten Mal seit langer Zeit lässt er zu, dass jemand ihn umarmt.

FÜNF

Isaac Addy hat einer Therapie zugestimmt. Er hat geglaubt, dass er ansonsten zwangseingewiesen wird. Er hat sich ausgemalt, wie die Polizei ihn abholt, in einen Kleintransporter verfrachtet und in eine abgeschottete Einrichtung irgendwo im Wald bringt. Und darauf hat er keine besondere Lust. Er weiß nicht einmal, was »zwangseinweisen« genau bedeutet. Joy meinte, er solle nicht so einen Blödsinn reden. Warum wollte er nicht verstehen, dass sich alle nur darum bemühten, ihm zu helfen? Jetzt bemüht Isaac sich auch. Er akzeptiert diese Hilfe, auch wenn das bedeutet, dass er regelmäßig aus dem Haus gehen und länger als zehn Sekunden mit einem anderen Menschen reden muss. Joy glaubt, er macht das, weil er will, dass es ihm besser geht. In Wirklichkeit wollte er nur, dass Joy, Anna und die Hilfspolizisten ihn in Ruhe lassen. Wenn die Polizisten sein Haus durchsucht hätten, hätten sie das Chaos in der Küche entdeckt. Sie hätten das Blut an der Wand gesehen. Vielleicht hätten sie auch die verschlossene Tür oben im Haus eingetreten.

Und sie hätten garantiert auch das Ei gefunden, wie es im Bad im ersten Stock hinter dem Duschvorhang kauert. Isaac würde es nicht offen zugeben, aber er fühlt sich mittlerweile verantwortlich für das Ei. Er will auch nicht, dass das Ei zwangseingewiesen wird.

Der Vorfall in der Küche liegt nun etliche Wochen zurück, und Isaac sitzt in einem kühlen, weißen Zimmer, durch dessen hohe Fenster himmlische Lichtstrahlen hereinfallen. Es hat ihn hierherverschlagen, wie es ihn meist an andere Orte verschlägt: wie eine Filmfigur, die inmitten der Trümmer einer Explosion zu Bewusstsein kommt. In seinen Ohren klingelt es, und als sich der diesige weiße Nebel verzieht, der ihm erst noch die Sicht verdeckt hat, erscheinen die hohe Decke und die sauberen Wände eines Büros in einem grünen Stadtrandviertel, ganz in der Nähe seines Hauses. Auf einmal sitzt er. Ihm gegenüber, hinter dem Tisch der Therapeutin, ist ein breites Erkerfenster mit einer Bank, auf der ein paar Kissen liegen. Zwinkernd betrachtet er den Erker. Er vermutet, dass die Bank dazu dient, versonnen dort zu sitzen, zu lesen und nachzudenken. Er zwinkert noch einmal, woraufhin das Licht verschwindet und jenseits des Fensters ein paradiesischer Garten sichtbar wird. Ein Vogelbad. Ein Teich. Eine hübsche hohe Weide, die ausreichend Schatten spendet. Isaac weiß nicht, ob es ein gemeinschaftlich genutzter oder ein privater Garten ist. Er weiß nicht, ob der Garten zu einer Arztpraxis gehört oder zum Haus seiner Therapeutin. Isaac kann sich nicht erinnern, wie er hierhergekommen ist, auch wenn er das gegenüber der Frau hinter dem Schreibtisch nie zugeben würde. Er weiß nur, dass er auf einem Stuhl vor einem Schreibtisch in der Praxis einer Therapeutin sitzt und dass sein Rucksack auf dem Sessel neben der Tür steht. Der Rucksack ist so platziert, dass Isaac ihn sehen kann, die Therapeutin jedoch nicht. Ja, genau. Jetzt fällt es ihm wieder ein. In dem Rucksack ist das Ei.

Was? Isaac konnte es ja wohl nicht zu Hause zurücklassen. Er hat gesehen, wie es Toast mit Bohnen zubereitet. Er weiß, dass es eine wandelnde Brandgefahr ist. Isaac überlegt, was das Ei wohl tun würde, wenn es sich selbst überlassen wäre. Er stellt sich vor, wie es wie Tom Cruise in Unterhosen und mit Sonnenbrille auf der Nase über den Boden des Hausflurs schlittert. Er stellt sich vor, wie es wie Macaulay Culkin ausgeklügelte Fallen bastelt, um damit die Polizei bei ihrem nächsten Besuch auszutricksen. Er stellt sich vor, wie es die verschlossene Tür oben im Haus öffnet.

»Woran denken Sie, Isaac?«, fragt die Therapeutin. »Sie wirken, als wären Sie mit den Gedanken ganz woanders.«

Ihre Stimme klingt leicht verzerrt, als spräche sie durch eine Papprӧhre. Isaac versucht, sich auf das zu konzentrieren, was sie sagt. Er ignoriert das Klingeln in seinen Ohren und beißt die Zähne zusammen, damit ihm nicht etwas herausrutscht, das er gar nicht sagen will. Ich denke daran, dass ich nicht allein hierherkommen wollte.

»An nichts Besonderes«, sagt er.

Dr. Abbass ist Trauerbegleiterin. Sie ist eine Frau mittleren Alters, genießt hohes Ansehen, hat einen weichen Akzent und einen festen Blick. Sie hat in Nazareth studiert und in Tel Aviv promoviert und ist jetzt eine der besten Therapeutinnen im öffentlichen britischen Gesundheitswesen. Mit all diesen Informationen hat Joy ihn überschüttet. Vermutlich hatte sie viel Zeit mit der Lektüre von Dr. Abbass' Website verbracht. Was solche Dinge angeht, war Joy schon immer besonders gut. Klar, sie ist ja auch Anwältin, sagen Isaacs Eltern immer. Sie hat alles mit der Versicherung geregelt, hat mit den Notaren korrespondiert und die »Gemeinschaftskonten« in einfache »Konten« umgewandelt. Als sie ihm am Telefon Dr. Abbass vorgeschlagen hat, hat Isaac an seinem Ende der Leitung freundlich genickt, ohne sich anmerken zu lassen, dass allein schon das Wort »Trauer« ausreicht, damit er sich fühlt, als würde er gleich zusammenbrechen. Joy hatte gesagt, sie fürchte, Isaac würde die Therapie nicht ernst nehmen. Er hatte versprochen, es zu tun. Jetzt sieht Dr. Abbass ihn an, als nähme er die Therapie nicht ernst, denn sie weiß, dass es so ist. Es gibt Tausende Menschen, mit denen Isaac lieber über die Leere in seiner Brust reden würde als mit einer entsprechend ausgebildeten Ärztin. Etwa mit seinem Friseur. Mit dem Ei. Mit Mary. Mehr als irgendetwas sonst wünscht er sich, dass man ihm erlaubt, mit Mary zu sprechen. Isaac sieht Dr. Abbass an. Woran ich denke? Ich denke, dass es keine gute Idee war, den Rucksack mitzubringen. Ich denke, dass es noch zu früh ist, um das Ei mit der Außenwelt in Kontakt zu bringen. Ich denke, dass ich sehe, wie aus dem Spalt im Reißverschluss zwei Bündel gelbe Stummelfinger herausragen.

»An nichts Besonderes«, sagt Isaac. Seine Stimme ist mau und tonlos.

»Was haben Sie mit Ihrem Arm gemacht?«

Dr. Abbass deutet mit ihrem Stift auf Isaacs rechten Unterarm. Isaac neigt den Kopf und sieht hinab. Er zwinkert einmal, zweimal, und spürt dann, wie sein Bewusstsein nun gänzlich in dem Raum ankommt. Er beugt die lädierten Finger, die in dickes Pflaster gepackt sind. Sie bewegen sich kaum. Isaac wirkt überrascht, nicht nur, weil er sieht, dass seine gebrochene Hand eingegipst ist, sondern auch, weil er feststellt, dass er überhaupt einen Arm hat, einen Körper. Eine Weile lang hat er sich wie ein frei dahintreibender Kopf gefühlt. Isaac blickt eine Weile auf seinen Arm, dann auf den Rest seines Körpers. Ein sauberes T-Shirt, eine frisch gewaschene Jogginghose, die allerdings an manchen Stellen noch Rotweinflecken aufweist, die an den Abend erinnern, an dem sie die Küche verwüstet haben. Er sieht hinüber zu dem Rucksack auf dem Sessel neben der Tür. Dann sieht er wieder auf seinen Arm. Er wünschte, man hätte ihm den ganzen Körper eingegipst. Ein Panzer. Ein Kokon. Dr. Abbass runzelt die Stirn und schreibt etwas in ihr Notizbuch. Hat er den Gedanken gerade laut ausgesprochen? Er schaut auf den Stift und sieht zu, wie er über die Seite tänzelt. Dann sieht er noch einmal zu dem Rucksack hinüber. Der steht jetzt ein Stück weit offen. Aus dem Inneren blicken Isaac zwei schwarze Augen an.

»Ich bin gegen eine Wand gestoßen«, sagt Isaac.

»Im übertragenen Sinn?«

»Nein«, sagt Isaac. »Ganz konkret. Ich habe mit der Hand gegen eine Wand geschlagen.«

»Warum haben Sie gegen eine Wand geschlagen?«

»Weil meine Frau tot ist.«

Dr. Abbass seufzt und lehnt sich in ihrem Stuhl zurück. Sie lässt ihren Kugelschreiber klicken. Dann lächelt sie. Ein warmes, aufrichtiges Lächeln, das Isaac überrumpelt.

»Glauben Sie, Sie *brauchen* überhaupt eine Therapie?«, fragt sie ihn dann.

Der Rucksack wackelt. Der Rucksack fällt um. Er liegt auf der Seite auf der Sitzfläche des Sessels, und die beiden gelben Fingerbündel kriechen zuckend hervor. Auch Isaac zuckt unter Schmerzen mit den Fingern, wippt mit dem Knie, auf dem seine eingegipste Hand liegt, und versucht, die Aufmerksamkeit nicht zu sehr auf den Grund seiner Beunruhigung zu lenken. Aus den Augenwinkeln sieht er, wie erst einer der beiden Spaghettiarme des Eis aus dem jetzt gänzlich offenen Rucksack fluppt, dann der andere. Sie fallen auf den Boden und entrollen sich. Dann windet sich das Ei aus dem Rucksack und springt vom Stuhl. Dann bedrängen auf dem steinernen Vogelbad vor dem Fenster zwei Tauben einander, kämpfend oder turtelnd. Dann sieht Dr. Abbass Isaac an, in Erwartung einer Antwort. Isaac sucht nach einer Antwort.

»Ich glaube nicht, dass man mir helfen kann.«

»Warum?«

»Weil …«

»Weil Ihre Frau tot ist?«

Isaac wimmert.

»Ich glaube, ich kann Ihnen durchaus helfen«, fährt Dr. Abbass fort und formt mit den Fingern in ihrem Schoß eine Brücke. »Aber dazu müssen Sie offen für Hilfe sein.«

Eine der Tauben ist davongeflogen. Die andere sitzt jetzt allein da. Und das Ei ist … das Ei ist weg. Die Panik schließt ihre Finger um Isaacs Hals. Er sieht auf den offenen Rucksack und die halb offene Tür. Er schluckt heftig. Er schüttelt den Kopf.

»Ich glaube, wir stimmen darin überein, dass wir nicht übereinstimmen«, sagt er.

»Würden Sie sagen, dass Sie sich hier außerhalb Ihrer Komfortzone befinden?«

»Keineswegs«, erwidert Isaac und schließt die Augen. »Nirgendwo wäre ich lieber.«

Dr. Abbass lacht nicht. »Machen Sie das oft?«, fragt sie.

»Was?«

»Die Dinge ins Lächerliche ziehen.«

So war es bis jetzt; Isaac hat immer versucht, sich mit Witzeleien zu verteidigen. Aber jetzt, wo man ihn durchschaut hat, findet er keine Munition, um eine weitere Retourkutsche abzufeuern. Noch immer hält er die Augen geschlossen. Er schluckt und sucht nach einer Antwort. *Benimm dich wie ein Erwachsener,* sagt eine Stimme. *Ausnahmsweise.*

»Ich mag ernste Themen nicht«, sagt er. »Ich will, dass alle glücklich sind.«

»Aber Sie selbst sind nicht glücklich.«

Isaac öffnet die Augen. »Ich bin …«, setzt er an, wird dann aber erneut abgelenkt.

Das Ei ist draußen vor dem Haus. Wie ist es so schnell hinausgekommen? Isaac reißt die Augen auf, während er das Ei beobachtet, wie es in sein Sichtfeld wackelt, den Garten durchquert und dabei nach links und rechts schwankt wie eine Boje auf bewegter See. Die Arme schleift es hinter sich her über das Gras. Isaac kann nicht sehen, wo sie enden. Vielleicht haben sie das Haus noch gar nicht verlassen.

»Ich …«

Das Ei hat die Taube entdeckt. Und die Taube hat das Ei entdeckt. Das Ei bleibt stehen und sieht hinauf zu dem

Vogel, der auf dem moosbewachsenen Rand des Vogelbads sitzt. Mit seinen kleinen schwarzen Knopfaugen blickt er hinab auf das Ei. Und obwohl Isaac nur ein flauschiges, weißes Oval sieht – den Rücken des Eis –, weiß er, dass es seinerseits die Taube mit seinen riesigen, neugierigen Augen anstarrt.

»Ich …«

Draußen beginnt eine Rangelei. Die Taube ist von dem Vogelbad herabgehüpft, hat sich vor dem Ei postiert und schlägt mit den Flügeln. Das Ei reagiert, indem es mit den Armen rudert. Isaac betrachtet die Szene und nestelt mit den Fingern seiner gesunden Hand nervös am Rand des Gipses herum. Dr. Abbass betrachtet Isaac, bewegt die Schultern ein wenig, droht sich umzudrehen. Isaac hustet, und sie dreht sich nicht um. Stattdessen sieht sie ihn stirnrunzelnd an.

»Warum sind Sie dann hier, wenn Sie nicht glauben, dass man Ihnen helfen kann?«

»Meine Schwester hat mich hergeschickt«, entgegnet Isaac gereizt. Er versucht, nicht nach draußen zu der Taube und dem Ei zu sehen.

Dr. Abbass sieht ihn fragend an. Dann dreht sie sich schließlich doch um und sieht über die Stuhllehne hinweg nach draußen. Zum Glück ist die Balgerei vorüber. Nur ein paar schmutzige Federn wehen noch über das Gras. Offenbar versteckt sich das Ei jetzt hinter der Weide. Man muss sehr genau hinsehen, um die verräterischen Haufen zu entdecken, die seine Arme zu beiden Seiten des Stammes bilden. Von ihren Stühlen aus, die vor beziehungsweise hinter dem Schreibtisch aus Walnussholz stehen, blicken Isaac und Dr. Abbass eine Zeit lang aus dem Fenster. Mit seiner gesunden Hand wischt sich Isaac über die Stirn. Dr. Abbass dreht sich wieder um, steht auf, geht um den Tisch herum und setzt sich auf den Stuhl neben Isaac. Jetzt lächelt sie wieder. Das zerrt an Isaacs Nerven.

»Ich habe das Gefühl, Sie verschweigen mir etwas«, sagt sie.

Das stimmt. Isaac verschweigt ihr etwas. Wenn er ein Rucksack wäre, so wie der, der umgekippt auf dem Sessel liegt, denkt Isaac, dann wären seine Reißverschlüsse dauerhaft zugezogen und noch dazu mit einem Schloss versehen. Er erzählt Dr. Abbass nicht, dass er immer wieder nachts aufwacht und nach Mary ruft. Er erzählt ihr nicht, dass er Marys Parfüm riecht und hinter jeder Tür ihre Stimme hört und dass ihn das weitaus mehr ängstigt als beruhigt. Er erzählt ihr nicht, dass er noch immer Marys Handynummer anruft, nur um die Ansage ihrer Mailbox zu hören; dass sie noch immer mit ihrem typischen Singsang sagt: *Sie und ich wissen, dass ich vergessen werde, Sie zurückzurufen;* dass er noch immer nach dem Signalton einfach nur losschluchzt. Er erzählt ihr nichts von den Panikattacken, den Ohnmachtsanfällen, den ersten drei Wochen, in denen er unvermittelt auf dem Teppichboden des Bestattungsinstituts oder dem Linoleumboden des Arztzimmers aufgewacht ist. Er erzählt ihr nichts von seinen Schreien, nichts davon, dass er sich oft wie aus dem Nichts irgendwo wiederfindet, nur halb angezogen, völlig verschreckt und in Tränen aufgelöst, in einem Supermarkt, auf einem Parkplatz oder in einem sterilen Wartezimmer. Er erzählt ihr nicht, wohin er geht, wo er sich aufhält und wie schuldig er sich fühlt, wenn er schließlich nach Hause zurückkommt, wo das Ei im Flur hockt, auf ihn wartet und ihm einen verurteilenden Blick zuwirft. Und ja, natürlich. Er erzählt ihr nichts von dem Ei. Er erzählt niemandem von dem Ei.

»Wo waren Sie gestern?«

»Was war gestern?«

Das Ei ist hinter dem Baum hervorgekommen. Die Taube ist nirgendwo zu sehen. Allerdings ragen ein paar ihrer schmutzigen Federn aus den Mundwinkeln des Eis. Das Ei wirkt abgelenkt, weil es Isaac hinter dem Fenster entdeckt hat. Und jetzt … Nein, das kann nicht sein. Doch das Ei winkt ihm tatsächlich zu. Vielleicht will es, dass er rauskommt zum Spielen.

»Gestern hätten wir unsere erste Sitzung gehabt«, sagt Dr. Abbass. »Sie sind nicht gekommen.«

Isaac lässt den Blick durch den Raum schweifen, weg vom Garten und dem Ei. Er lenkt sich von der Ablenkung ab, indem er die Stühle zählt. Einer für ihn, einer für Dr. Abbass, einer neben der Tür für das Ei und hinter dem Schreibtisch einer für Mary. Er verscheucht den Gedanken. Er versucht, sich auf das zu konzentrieren, was Dr. Abbass gesagt hat. Gestern?

»Ich dachte, heute sei die erste Sitzung«, sagt er.

»Jetzt ist es die erste«, sagt Dr. Abbass. »Joy hat mich angerufen, um sie zu verschieben.« Pause. »Halten Sie es für möglich, dass Sie an Blackouts leiden?«

»Blackouts?«

»Ja. Verlust des Kurzzeitgedächtnisses.«

»Wie in *Memento*?«

Theoretisch kennt Isaac sich mit dem Verlust des Kurzzeitgedächtnisses bestens aus. Er kennt das als etwas, das Menschen in Filmen widerfährt. Etwas Unwahrscheinliches. Etwas Absurdes. Er verscheucht den Gedanken daran und nimmt sich stattdessen vor, gemeinsam mit dem Ei *Memento* zu gucken, wenn sie endlich wieder zu Hause sind. Er sieht wieder aus dem Fenster. Das Ei ist erneut verschwunden. Wieder ergreift ihn Panik.

»Ja, so wie in *Memento*«, sagt Dr. Abbass.

»Ach so. Also, nein.«

Isaac wirkt, als glaube er das selbst nicht so recht. Ein Zucken fährt durch seine Brust, und im Hals spürt er ein sonderbares Kitzeln. Natürlich macht er sich Sorgen wegen des Eis. Aber das allein ist es nicht.

»Wenn Menschen eine traumatisierende Erfahrung machen, kann es sein, dass sie sich innerlich abspalten«, sagt Dr. Abbass. »Dann blendet das Gehirn das aus, was gerade passiert. So entstehen Erinnerungslücken. Das ist eine Bewältigungsstrategie.«

»So, wie die Dinge ins Lächerliche zu ziehen?«

»Ganz genau.«

Issac beißt sich auf die Zunge und ärgert sich, dass er sich so aus der Reserve hat locken lassen. Zwar würde er nicht sagen, dass er unter Gedächtnisverlust oder Erinnerungslücken leidet, doch er kann nicht leugnen, dass er beträchtliche Teile seines Gedächtnisses verloren hat und dass sein Gehirn randvoll mit Erinnerungslücken ist. So kann er sich etwa nicht mehr an gestern erinnern. Auch nicht an drei Tage der letzten Woche. Und auch kaum noch an die Vorvorwoche. Das Einzige, woran er sich, wenn er sich anstrengen würde, wirklich deutlich erinnern könnte, ist der Abend, an dem *es* passiert ist. Er weiß noch, wie er zusammengekauert auf einem unbequemen Holzstuhl gesessen und auf die Schläuche und Kabel gestarrt hat, im Ohr das morbide Piepsen der Maschinen. Er weiß noch, wie er ihre Leiche gesehen hat und wie bleich sie war, selbst für Mary. Er weiß noch, wie er zu einer Lache auf dem Boden zusammengeschmolzen ist. Ein Schauder läuft ihm über den Rücken. Vielleicht braucht er wirklich Hilfe. Vielleicht sollte er die Therapie etwas ernster nehmen. Mary hatte seelisches Wohlergehen stets mehr im Blick gehabt als er. Er weiß noch, wie sie in London einmal an einen Tiefpunkt kam, an Schlaflosigkeit litt und kein Wort mehr zu Papier brachte. An manchen Tagen schaffte sie es nicht einmal, vor die Tür zu gehen. Also suchte sie sich eine Therapie gegen Angststörungen. Und Isaac? Er hatte gesagt: »Bist du nicht einfach nur ein bisschen menschenscheu?« Ein Rinnsal von Schuldgefühlen läuft an seinen Magenwänden herab. *Und sonst?*, sagt der kleine Dämon in seinem Kopf. Schottland fällt ihm ein, das ist noch nicht so lange her. Da war er selbst an einem Tiefpunkt und verschloss sich ihr gegenüber immer mehr. Er hatte gelacht, als Mary gemeint hatte, eine Therapie könnte vielleicht auch ihm helfen. *Warum kannst du dich nicht ausnahmsweise mal wie ein Erwachsener benehmen?* Alle paar Wochen eine halbe Stunde auf Tommys Friseurstuhl reichten ihm aus, da konnte er seine tiefsten Geheimnisse offenbaren. Wenn er sich schämte, weil er in der neuen Stadt keine Freunde fand, oder von dem Gewicht der Abgabetermine fast erdrückt wurde, die ihm schwer wie ein Amboss auf der Brust lagen, hatte er sich immer Tommy anvertraut. Er wollte Mary nicht mit seinen Problemen behelligen. Aber weil er das nicht wollte, hatte er sich von ihr zurückgezogen. Er war in die Defensive gegangen, war abweisend geworden. Das hatte sie verletzt. Isaacs Lippen zittern. Er wünschte, er hätte das alles ernster genommen. Er wünschte, er hätte *Mary* ernster genommen. Er wünschte, sie hätten mehr Zeit miteinander gehabt.

»Manchmal kann es helfen, sich zu öffnen«, sagt Dr. Abbass. »Sich *wirklich* zu öffnen.«

»Wie – sich öffnen?«

»Wenn Sie versuchen, sich zu erinnern, wäre das schon einmal ein guter Anfang.«

Isaac stellen sich die Nackenhaare auf. »Ich will mich nicht erinnern«, sagt er, ohne nachzudenken. Seine Stimme ist wieder dünn und kindlich.

Dr. Abbass lehnt sich in ihrem Stuhl zurück und faltet die Hände. »Woran wollen Sie sich nicht erinnern?«

Isaac schluckt heftig. Es fühlt sich an, als sei in seinem Brustkorb eine sterbende Taube gefangen, die versucht, sich flügelschlagend einen Weg ins Freie zu bahnen. Er ballt die eingegipste Hand zur Faust. Die Folgen sind unerträglich. Ihm kommen die Tränen, aber nicht vor Schmerz.

»Ich will mich an überhaupt nichts mehr erinnern«, sagt er, und die Stimme versagt ihm. »Ich will mich nicht daran erinnern, warum ich mich so fühle, wie ich mich fühle.«

Isaac hat angefangen zu weinen. Eine Träne nach der anderen schießt hervor, während er spricht, mit einer dünnen und nasalen Stimme, die von weit her zu kommen scheint. Er verzieht das Gesicht, ballt die Fäuste und schüttelt den Kopf, als wolle er die Außenwelt mit aller Macht vertreiben. Schwere Tränen rinnen ihm über die Wangen, und der

Rotz läuft ihm aus der Nase. Er kann nicht weitersprechen. Stattdessen bricht er in Schluchzen aus. Dr. Abbass sieht ihm zu, lässt ihn weinen. Die Laute, die er von sich gibt, sind ihm peinlich, ein heftiges, quälendes *Hiack-hiack-hiack*. Er verfällt in Zuckungen. Er stampft mit den Füßen auf. Er weint weiter. Und dann, als er keine Tränen mehr hat, sitzt er einfach nur da, mit gesenktem Kopf und geschlossenen Augen, die Arme, einer eingegipst, der andere nicht, um die Knie geschlungen. Dr. Abbass gibt ihm einen Augenblick.

»Dann erinnern wir uns an etwas anderes«, sagt sie schließlich. »Etwas Schöneres.«

Isaac hebt den Kopf und sieht sie an. Er hat ein Taschentuch in der Hand, das sie ihm gegeben haben muss. Er putzt sich damit die Nase. Seine Wangen sind aufgedunsen, seine Augen blutunterlaufen. Am Rand seines von Tränen vernebelten Sichtfeldes glaubt er zu sehen, wie das Ei zurück in den Rucksack klettert.

»Etwas Schöneres?«, sagt er.

»Ja«, sagt Dr. Abbass und lächelt ihn aufmunternd an. »Zum Beispiel, wie Sie und Mary sich kennengelernt haben.«

Bevor sein Leben wie ein Kojote in einem Zeichentrickfilm über den Rand einer Klippe schlitterte, war Isaac Illustrator. Seine Zeichnungen von Robotern und Aliens waren bei Kindern unter zwölf sehr beliebt, weshalb wiederum er bei seinen Auftraggebern sehr beliebt war. An dieser Stelle kamen die Gibbons ins Spiel. Mary hatte immer gesagt, die Gibbons hätten sie zusammengebracht. Worauf Isaac immer geantwortet hatte: »Und die Gibbons werden uns auch wieder trennen.« Ein Scherz, den er – was typisch für ihn war – bis zum Erbrechen wiederholte, weil Mary das erste Mal, als er ihn gemacht hatte, vor Lachen losgeprustet hatte. Isaacs Agent hatte ihn zu einem Treffen mit einer schottischen Nachwuchsautorin verdonnert, bei dem es um ein Buch gehen sollte, das sie schreiben wollte, ein Buch über Affen oder so etwas. »Ich kann keine Affen zeichnen«, hatte er protestiert, aber sein Agent hatte ihn trotzdem vor sich her in den Besprechungsraum geschoben. Und dort erblickte Isaac Mary Moray.

Wer war er gewesen, bevor er Mary begegnet war? Ein Illustrator, der von Gelegenheitsaufträgen lebte, der es allen recht machen wollte und der, weil er andauernd Angst hatte, etwas zu versäumen, unter der Woche viel zu häufig ins Pub ging und daher viel zu viele morgendliche Besprechungen verpasste. Sein Erfolg als Illustrator war der Tatsache zu verdanken, dass er durchweg daran scheiterte, sein Versagen zuzulassen, was wiederum einem Gespräch mit seinen Eltern zu verdanken war, bei dem er ihnen eröffnet hatte, was er mit seinem Leben anfangen wollte.

»Ich werde Illustrator.«

»Aber wovon willst du dann leben?«

»Na ja, ich werde Illustrator.«

»Hast du das gehört? Er will Illustrator werden.«

»Ja, ich werde Illustrator.«

»Und wovon will er leben?«

Isaacs Mutter hatte immer gesagt, nur Dummköpfe beschäftigten sich mit der Frage *Was wäre, wenn?*, und die Frage

»Was wäre, wenn Isaac als Illustrator Erfolg hat?« war eine der größten Was-wäre-wenn-Fragen überhaupt. Doch nach einem Uniabschluss in Bildender Kunst, zahllosen durchgearbeiteten Nächten und einer Kooperation mit einem Verleger, der sein Potenzial erkannt hatte, hatte Isaac es mehr oder weniger geschafft. Seine Eltern hatten aufgehört, ihn zu drangsalieren – Joy studierte Jura, also würde, wie sie es sich immer gewünscht hatten, eines der Kinder den Anwaltsberuf ergreifen. Aber Isaac hatte zu kämpfen. Mit Erwartungen, großen und kleinen. Damit, von einem nicht gerade einträglichen Beruf sein Leben zu bestreiten. Und mit den Abgabefristen – allerdings machte er es sich selbst nicht leichter, wenn er unter der Woche jeden Abend ein Date hatte und freitags und samstags am Nachmittag in sämtlichen Pubs in Peckham, die ihn reinließen, Hof hielt.

Bei seinem ersten Treffen mit Mary wandte Isaac seine übliche Strategie an: Überkompensation durch übertriebenes Selbstbewusstsein. Zwar behauptete Mary später, seine Masche mit dem Klassenkasper durchschaut zu haben, doch er konnte sich noch daran erinnern, wie sie ihm verstohlene Blicke zugeworfen und über seine Witze immer ein wenig zu laut gelacht hatte. Obwohl Marys Leser jünger waren als die Zielgruppe, für die Isaac normalerweise arbeitete, sagte er schon nach fünf Minuten zu. *Das ist kein Hund* sollte Marys Buch heißen. Es erzählte von den Abenteuern eines glücklosen Vaters, der für seinen Sohn, der sich einen Hund wünschte, immer das falsche Haustier aussuchte. »Das ist kein Hund!«, entgegnete der Kleine jedes Mal lachend, wenn sein Vater ein Kurzschwanzkänguru, einen Ameisenigel oder einen Nacktmull nach Hause brachte. Mary wollte den

Kindern mit dem Buch Tiere nahebringen, denen sie für gewöhnlich nicht begegneten.

Gibbons sind die Underdogs unter den Primaten. Findest du nicht?

Wer war Mary gewesen, bevor sie Isaac begegnet war? Eine aufstrebende Autorin, die lieber für sich war und Bücher las, die ein wenig blauäugig in die große Stadt gekommen war und die ihrer Familie – einer Bauernfamilie, die ihre Pläne missbilligte – etwas beweisen wollte. Sie hatte immer Bücher schreiben wollen und immer gewusst, dass es Kinderbücher sein sollten. Das Hochnäsige, das Spießige, das Ernsthafte hatte sie nie interessiert. »Literarisch« bedeutete in ihren Augen nichts anderes als »fantasielos«. Und obwohl die sanfte Hügellandschaft, in der sie ihre Kindheit verbracht hatte, wie die Szenerie eines Märchens wirkte, die sich jemand anders ausgedacht hatte, wusste sie, dass sie weggehen musste, falls sie jemals all ihre eigenen Ideen zum Leben erwecken wollte.

Ich werde nach London gehen.

»Was gibt es in London, was es hier nicht gibt?«

Möglichkeiten. In London spielt die Musik.

»Hast du gehört? Sie will nach London gehen.«

Ja, ich werde nach London gehen.

»Was gibt es in London, was es hier nicht gibt?«

Mary war zwar die Älteste, aber ihre Eltern konnten nicht ernsthaft abstreiten, dass Dennis und Duncan mit ihren Stiernacken und ihren baumstammdicken Unterarmen besser für die Landwirtschaft geeignet waren. »Schluss mit den Feen«, sagte ihr Vater, wenn sie auf der Brücke nahe des Hofes saß und Geschichten für Leser schrieb, die es noch gar nicht gab. Als sie dann in London war und erst als Journalistin arbeitete und dann freiberuflich alles Mögliche machte, hatte sie endlich eine Leserschaft. Und auch wenn das Leben in der Stadt sie manchmal erdrückte, genoss sie die Intensität und das Gefühl, in einem Schwarm von Individuen mitzuschwimmen, die ein gemeinsames Ziel verfolgten. Und einige von diesen Individuen sah sie sich etwas näher an, auch wenn sie eher von einer Beziehung zur nächsten sprang als von einem Bett ins nächste. Erst kurz zuvor hatte sie mit einem Absolventen des Goldsmith College Schluss gemacht, der im linken Ohr einen Goldreif trug und mit dem sie sich von dem glatt rasierten Banker erholt hatte, der *Farm der Tiere* gelesen hatte und ein Fan der Schweine war.

Als Isaac Mary das erste Mal lachen hörte, spürte er, wie sich sein Gravitationszentrum verlagerte. Daher tat er während dieses ersten Treffens alles, um sie zu beeindrucken, und zeichnete kleine Kurzschwanzkängurus, Ameisenigel oder Nacktmulle. Wie Mary sich auf das Buch vorbereitet hatte, war beeindruckend. In den zwei Jahren zuvor hatte sie auf der Vauxhall City Farm ehrenamtlich mit Kindern gearbeitet und war dort mit den Tieren in Kontakt gewesen, die sie während ihrer Kindheit und Jugend auf dem Land so zahlreich um sich gehabt hatte. Sie war auch im Londoner Zoo gewesen und hatte dort den Tierpflegern Unmengen Fragen gestellt, wie etwa *Schwitzen Schnabeltiere die Muttermilch wirklich aus?* (Ja) und *Versprühen Stinktiere wirklich in grünen Schwaden ein stinkendes Sekret?* (Nein). Ihre Leser würden auf solche Details nie achtgeben, aber dieser Gedanke kam ihr überhaupt nicht. Isaac verstand schon bald, dass die Kinder sie liebten, weil sie sie als gleichwertig behandelte. Sie nahm sie ernst. Vielleicht war das der Grund dafür, dass sie auch Isaac mochte.

»Ich kann keine Affen zeichnen.«

Das macht nichts, denn Gibbons sind Menschenaffen.

Isaac sagte zu, *Das ist kein Hund* zu illustrieren. Vertragsdetails wurden besprochen, Hände geschüttelt. Noch lange, nachdem ihre Agenten und Verleger gegangen waren, saßen die beiden in einem beengten Besprechungsraum im vierten Stock eines Bürogebäudes in Soho und kamen sich durch Gibbons näher. Der Star des Buches war ein Gibbon. In seiner Not brachte der Vater zunächst einen Gibbon mit nach Hause, zu dem der Junge Vertrauen fasste und der ihn dann bei seinen Abenteuern durch die unbekannteren Regionen des Tierreichs begleitete.

Gibbons haben ein goldenes Fell
Und schlafen in den Bäumen,
Mit ihren Augen, groß und schwarz,
Schau'n sie zum Himmel und träumen.

Isaac holte Wasserfarben und dünne Filzstifte hervor und entwarf unter Marys Anleitung den Gibbon, der dann auch das Buchcover zieren sollte. Wie sich zeigte, war Isaac gar nicht so schlecht im Zeichnen von Menschenaffen. Als draußen vor dem Fenster die Sonne über Soho untergegangen war, packten sie ihre Sachen zusammen, zogen ihre Jacken an und fuhren mit dem Lift hinunter ins Foyer. Als sie vor dem Gebäude standen, tat Mary schon so, als wolle sie gehen, hielt dann aber inne, drehte sich zu Isaac um und machte einen Vorschlag.

Ich gehe jetzt zur Buchvorstellung einer Freundin, drüben bei Foyles. Es ist nichts Besonderes, aber willst du vielleicht mitkommen?

Ja, das will ich. Und wie ich das will, hatte Isaac gedacht.

»Klingt gut. Warum nicht?«, hatte er gesagt.

Die Party war nichts Besonderes. Und obwohl Isaac auf Partys bestens zurechtkam und sich wohl dabei fühlte, wenn er von einem Grüppchen zum nächsten schlenderte, hatte er an diesem Abend nur Augen für Mary. Während sie mit befreundeten Autorinnen sprach oder mit Vätern oder Müttern, die anstelle der eigentlichen Fans gekommen waren, hatte er immer ein Auge auf Mary gerichtet. Er kam mit einem Comiczeichner ins Gespräch, der auffällig große Ohren hatte und an irgendeinem Projekt über Zeitreisen arbeitete. Ein Auge auf Mary gerichtet. Er wurde von einem älteren Kerl mit drahtigen Haaren bedrängt, der einen entsetzlich dicken Schinken über sprechende Füchse schrieb. Ein Auge auf Mary gerichtet. Er stand allein vor dem Tisch mit den Getränken und drehte einen Plastikbecher mit warmem Prosecco in der Hand hin und her. Jetzt hatte er beide Augen auf Mary gerichtet. Sie entdeckte ihn, lächelte ihm zu und schob sich durch die Menge der Gäste zu ihm.

Sollen wir abhauen?

»Ich dachte schon, du fragst nie.«

Wohin jetzt? Sie landeten in einem nichtssagenden Weinlokal in Covent Garden. Die Getränke waren dreimal so teuer wie in dem Wetherspoons ein paar Häuser weiter, aber Isaac bestand darauf, Mary einzuladen. Sie saßen an einem schwach erleuchteten Tisch in einer Ecke und verliehen den noch fehlenden Details Konturen.

Warum bist du Illustrator geworden?, fragte sie.

»Ich wollte nicht erwachsen werden und mir eine ordentliche Arbeit suchen.«

So ein Quatsch, rief sie. *Das ist doch eine ordentliche Arbeit.*

»Meine Mutter sieht das anders.«

Dann würden sich unsere Mütter wohl gut verstehen. Sie nahm einen Schluck. Sie lächelte.

»Warum schreibst du Kinderbücher?«

Das sind keine Kinderbücher. Ein wackelnder Zeigefinger. *Es sind Bücher, und zufälligerweise sind sie vor allem bei Kindern beliebt.*

»Verzeihung. Warum schreibst du Bücher, die zufälligerweise vor allem bei Kindern beliebt sind?«

Weil Kinder so viel Fantasie haben, sagte sie. *Selbst an schrecklichen Dingen sehen sie immer irgendwo eine tröstliche Seite.*

Außer ihrer Arbeit hatten Isaac und Mary nicht viel gemeinsam. Dennoch hätten sie nicht besser zueinander passen können. Wie ist das angeblich mit den Gegensätzen? Es machte klick, aus einem Drink wurden zwei, die sich bis drei Uhr morgens erstreckten, und dann standen sie sturzbetrunken und knutschend auf dem Bahnsteig am Oxford Circus. Für einen ersten Kuss war es eine ziemlich schmalzige und entschieden unromantische Angelegenheit. Unprofessionell? Auf jeden Fall. Zu bereuen? Kein bisschen. Einen Monat später war es »offiziell«. Sechs Monate später bezogen sie ihre erste gemeinsame Wohnung, ein beengtes Refugium am Rand der Tooting Commons. Als es für Mary immer schwieriger wurde, mit dem Tempo und den Anforderungen des Stadtlebens umzugehen, kam Isaac ihr zu Hilfe. Als bei Isaac die Aufträge ausblieben und die Ratenzahlungen für ihr neues Haus auf dem Land immer bedrohlicher wurden, kam Mary ihrerseits Isaac zu Hilfe. Es spielte sich so ein, dass sie einander retteten. Als ihr erstes gemeinsames Buch erschien, hatten sie schon ein Haus gekauft. Beim zweiten waren sie schon verheiratet. Und obwohl er immer ein Junge aus der Stadt bleiben würde und Lambeth seine Heimat und sie ein Mädchen vom Land und der Loch Lomond ihre Heimat, konnten sie an diesem idealen Ort, weit entfernt von allem, gemeinsam etwas anderes sein. Bis dass der Tod sie scheidet.

Als er wieder zu Hause ist, schleudert Isaac die Schuhe in die Ecke und hängt die Kette vor die Tür. Dann legt er den Rucksack ab, macht den Reißverschluss auf, holt das Ei heraus und setzt es auf die unterste Treppenstufe.

»Das hast du klasse gemacht«, sagt er.

Das Ei entrollt die Arme und drückt offenbar seinen steif gewordenen Rücken durch.

»Danke, dass du mitgekommen bist. Ich glaube, ohne dich hätte ich das nicht geschafft.«

Das Ei sieht zwinkernd zu ihm auf. Isaac kann nicht erkennen, ob es ihn versteht.

»Worauf hast du jetzt Lust?«, fragt Isaac. Er spricht mit hoher Stimme, so wie man mit einer Katze spricht, einem Hund oder einem kleinen Kind. »Film? Bohnen? Bett?«

Bei jedem Vorschlag schüttelt das Ei den Kopf. Dann dreht es sich um und klettert unter großen Mühen die Treppe hinauf. Für eine Stufe braucht es rund dreißig Sekunden, und jedes Mal sieht es aus, als könnte es umkippen und wie eine laufende Feder die Treppe hinabfallen. Isaac ist beeindruckt. Und erschöpft. Er wendet den Blick von dem Ei ab und sieht sich im Flur um, wobei er vermeidet, in den Spiegel an der Wand zu sehen. Er sieht auf die geschlossene Küchentür, hinter der sich die Sauerei verbirgt, die er noch immer nicht aufgeräumt hat. Er sieht ins Wohnzimmer, dessen Tür offen steht, und auf die Keksdose auf dem Kaminsims. Dann sieht er die Treppe hinauf, zu dem Treppenabsatz, der im Halbdunkel liegt, und auf die geschlossenen Türen dahinter. Das Ei ist nicht mehr zu sehen. Isaac runzelt die Stirn. Er ballt seine gesunde Faust.

Donk.

Das Geräusch kommt von oben.

Donk.

Isaac jagt die Treppe hoch, nimmt zwei Stufen auf einmal und schießt auf den Treppenabsatz. Dort angekommen, hält er inne. Dabei fällt er fast um. Das Ei ist nicht dort, wo er befürchtet hat. Es ist nicht im zweiten Stock. Es ist auch nicht im Schlafzimmer und kauert auch nicht wieder hinter dem Duschvorhang. Isaac zögert. Sein Atem beruhigt sich wieder. Er runzelt die Stirn, neigt den Kopf hin und her und bewegt die Finger seiner verletzten Hand, wie ein Cowboy, der gleich zieht. Ruhig atmet er aus und lauscht, ob das Geräusch noch einmal zu hören ist.

Donk.

Es kommt von hinten. Aus Marys Arbeitszimmer. Isaac dreht sich um und drückt die Tür auf. Das Ei steht im Zimmer, bemerkt ihn aber nicht. Es ist ganz damit beschäftigt, ein Buch nach dem anderen aus dem großen Regal zu ziehen und auf den Boden zu schmettern.

Donk.

Noch vor einem Monat wäre Isaac wütend geworden, wenn er das Ei hier entdeckt hätte. Er hätte es an seinem flauschigen weißen Genick gepackt, es aus dem Zimmer geschoben und gesagt: »Nicht einmal ich darf Marys Allerheiligstes betreten.« Nicht so jetzt. Heute ist er innerlich ruhiger. Er ist nicht gewillt, seine milde Stimmung der Sitzung bei Dr. Abbass zuzuschreiben, und entscheidet daher, dass der Sonnenuntergang der Grund ist. Der Frühling ist gekommen, und ein leicht pink und orange angehauchtes Licht fällt durch die noch immer offenen Jalousien hinter dem Schreibtisch in den Raum. Isaac atmet durch die Nase aus, verscheucht seine sorgenvollen Gedanken und denkt nur noch an das Ei und das *Donk*, mit dem jedes Buch auf den Boden prallt.

»Warum bist du hierhergekommen?«, fragt er nach einer Weile.

Das Ei sieht zu ihm auf. Dann sieht es zu Boden. Es gibt keinen Laut von sich, sondern blickt nur auf die Bücher auf dem Boden, wie ein Orang-Utan-Baby, das über sein Kugelbäuchlein hinweglugt. In dem Raum ist es so still, dass Isaac schwören könnte, er hört, wie sich die alten Zettel auf dem Schreibtisch bewegen und knistern, oder dass er sieht, wie die gerahmten Fotos an der Wand unmerklich zittern, wenn er an ihnen vorübergeht. Er seufzt und sieht sich in dem Arbeitszimmer um. Das hat er schon eine ganze

Weile nicht mehr gemacht. Dieses Zimmer war Marys Reich, er hatte sich hier nicht umzusehen. Er selbst war immer eher der zappelige Typ gewesen und hatte nie einen Arbeitsraum gebraucht. Seine Blöcke und Stifte waren im ganzen Haus verstreut gewesen, und seine besten Zeichnungen waren ihm im Bus gelungen, in lauten Cafés oder vor dem Fernseher, das Papier auf einem Buch, das er auf dem Schoß balancierte. Und Mary? Mary brauchte Ordnung, und sie fand sie in diesem Zimmer. Das Ei sieht wieder zu Isaac hoch und dreht sich dann auf den Füßen herum, während es Isaacs Blick durch den Raum folgt. Gemeinsam erkunden sie das Arbeitszimmer, als betrachteten sie es zum ersten Mal. Die makellosen Rahmen an der Wand mit den Titelbildern der drei Bücher, die Isaac und Mary gemeinsam verfasst haben. Links *Das ist kein Hund*, in der Mitte *Unterhalb von London* und rechts *Fred baut einen Bauernhof.* Sie hatten Platz für ein viertes gelassen und gehofft, dass sie beim fünften schon in einem größeren Haus wohnen würden. Isaacs Blick streift über die Stelle an der Wand, an der das vierte Buch hätte hängen sollen. Dann macht er wie in Trance ein paar Schritte nach vorn und setzt sich auf Marys Stuhl. Die hydraulische Mechanik gibt ein unbehagliches Schnaufen von sich, als wüsste sie, dass Isaac ein Betrüger ist. Er bemerkt es nicht. Er starrt auf den Bildschirm des Computers, der in seiner Gegenwart zum Leben erwacht ist und ihm ein Hintergrundbild präsentiert, das eine Landschaft mit einer Brücke zeigt.

Es ist nicht die Brücke im Wald in der Nähe seines Hauses. Es ist eine andere Brücke. Marys Brücke. Deshalb hat Isaac dieses Zimmer so lange nicht betreten. Hier, in Marys

Arbeitszimmer, gehört *alles* Mary. Er fühlt sich wie ein Unbefugter. Die Notizbücher auf dem Schreibtisch sind ihr persönliches Eigentum, ebenso wie die Stapel von Tagebüchern, die halb ausgefüllten Kalender und sogar die Bücher auf den Regalbrettern rechts über ihm. Obwohl er nur auf den Bildschirm mit der Brücke sieht, fühlt er sich wie ein Eindringling. Sie hatten sie tatsächlich »Marys Brücke« genannt, und *sie*, das waren Isaac, Mary und Marys Familie, bei deren Farm die Brücke noch immer steht. Es ist ein massives, gedrungenes Bauwerk, errichtet aus mächtigen Brocken Felsgestein, das im Lauf der Zeit vom Wasser, das zu seinen Füßen dahinrauscht, ausgebleicht wurde. Wenn man auf der Brüstung saß und die Beine herabbaumeln ließ, konnte man fast die Zehen in den eiskalten Fluss tauchen. Immer im Sommer, wenn die Hügel vom Heidekraut lila leuchteten, hatte Mary es versucht und ihre langen Beine über den Rand der Brücke gestreckt. Sie planschte im Wasser, vertrieb Schafe, die sich von den nahe gelegenen Feldern verirrt hatten, oder saß unter dem Baum am einen Ende der Brücke und las, obwohl im Herbst fortwährend die Kastanien herabregneten. Als er zum ersten Mal mit zu ihrer Familie nach Schottland gekommen war, hatte sie ihm als Erstes die Brücke gezeigt. In der Folge nahm sie ihn immer wieder mit dorthin, und Isaac fühlte sich jedes Mal wie ein Eindringling, wenn er auf der Brüstung sitzen und seine Zehen in Richtung Wasser strecken durfte.

Alles wird gut werden, Isaac.

Es ist irritierend, wie deutlich er sich an all das erinnert, als hätte sich durch das Gespräch mit Dr. Abbass eine Scherbe gelöst, die sich in einer Ritze seines Denkens verhakt hat.

Er spürt den Wind, der vom Wasser aufsteigt und unter der Brücke hindurchsaust, die eiskalte Luft, die um seine Nase und seine Wangen peitscht und seine Haut taub werden lässt. Isaac erinnert sich jetzt zwar an diesen Ort, doch seine Erinnerung ist frei von Geräuschen. Er hört kein Tosen des vorüberschießenden Wassers, kein Rauschen der Blätter des Baumes. Er sieht nur sich und Mary, wie sie gemeinsam eine Weile auf der Brücke stehen. Wie lange ist das jetzt her? Ein Jahr? Länger? Die rostbraunen Hügel der Highlands, auf die man von dort aus freie Sicht hatte, waren unter dem Schnee weiß geworden. In jede Richtung meilenweit nur eine leblose, weiße, eisige Weite. Die Stimmung auf der Brücke war nicht weniger frostig. Warum denkt er immer wieder daran zurück?

»Wenn wirklich alles gut wird, bräuchtest du mir nicht zu sagen, dass alles gut wird«, hatte er entgegnet.

Hinter ihm lag eine schwierige Zeit. Wenn er und Mary an einem gemeinsamen Projekt arbeiteten, waren sie unschlagbar. Marys sagenhafte Ideen, die unvergleichliche Art, wie sie die Richtung vorgab, die Art, wie sie die chaotische Kreativität, mit der Isaac den Stift führte, in geordnete Bahnen brachte, als lenke sie Sonnenstrahlen durch eine Lupe. Aber ihr letztes Buch hatte sich nicht mehr so gut verkauft, sie hatten keine Ideen für neue Bücher, und das Geld wurde allmählich knapp, nachdem sie auf Hochzeitsreise gewesen waren und noch immer jeden Monat die Raten für das Haus fällig waren. Mary erwies sich wieder einmal als tatkräftige Frau. Sie hatte neue Kunden gewonnen und redigierte jetzt Texte für ein paar quirlige Start-ups, die sich mit gesunder Ernährung beschäftigten oder langweilige Finanz-Apps entwickelten. Aber Isaac? Sein eklektischer Stil und sein Widerwillen, nach Anweisung zu arbeiten, hatten dazu geführt, dass er oft mit einem Grinsen im Gesicht auf der falschen Seite einer zugeschlagenen Tür gestanden hatte. Geld wurde immer mehr zum Thema. Und auch wenn Mary so liebenswürdig war, es nicht auszusprechen, so war es doch allein Isaacs Schuld.

Die Probleme existieren nur in deinem Kopf, hatte sie gesagt. *Das mit dem Geld kriegen wir schon hin. Wir haben es noch immer hingekriegt. Also weshalb machst du dir Sorgen?*

»Ich glaube, ich verbocke das alles.«

Dann verbocken wir es zusammen.

Sie hatte ihn bedrängt, ihr von seinen Gefühlen zu erzählen. Oder noch besser, einer Therapeutin. Als Antwort hatte er ihr – wenn er jetzt daran zurückdenkt, schaudert es ihn – ins Gesicht gelacht.

»Ja klar, das wäre die Lösung«, hatte er gesagt. »Zwangsjacke und Gummizelle, das ist genau das, was ich brauche.«

Vielleicht geht es darum, was du nicht mehr brauchst.

»Dann wäre ich allein vielleicht besser dran.«

Quälendes Schweigen. Isaac wusste, dass er zu weit gegangen war, aber sosehr er sich auch bemühte, es kümmerte ihn nicht. Er hatte in jeder anderen Hinsicht versagt. Dann konnte er genauso gut auch in seiner Ehe versagen. Er stopfte die Hände in die Manteltaschen, zog eine Schnute und sah hinab auf den schneebedeckten Boden. Mary blickte auf den Fluss hinab und atmete hörbar aus. Ihr Atem stieg in einer Dunstwolke davon.

Warum kannst du dich nicht ausnahmsweise mal wie ein Erwachsener benehmen?

Das Knirschen des Schnees unter ihren Füßen, als sie wegging. Es ist schrecklich, dass Isaacs letzte Erinnerung an den Ort, an dem Mary so glücklich war, eine traurige ist. Noch schrecklicher ist, dass das seine Schuld ist und er seine Worte nicht mehr zurücknehmen kann. Am allerschrecklichsten ist, dass sie nie wieder auf der Brüstung dieser Brücke sitzen wird, dass sie die Zehen nie wieder in diesen Fluss tauchen wird. Nie wieder wird sie unter diesem Baum sitzen, nie wieder wird sie von einer Kastanie getroffen werden. Und sie wird nie erleben, wie Isaac eine Therapie macht, und erfahren, dass sie recht hatte. Isaac wird nie die Möglichkeit haben, sich zu entschuldigen. Er wird nie die Möglichkeit haben, sie dem Ei vorzustellen. Sie werden nie ein viertes Buchcover in einen Rahmen klemmen und über Marys Schreibtisch an die Wand hängen, auch wenn sie dort noch so viel Platz gelassen hätten. Isaac schüttelt den Kopf und massiert sich die Nasenwurzel. Im Bildschirm erhascht er einen kurzen Blick auf sein Spiegelbild. Auf seinem Kopf ragt ein widerspenstiges Haarbüschel senkrecht in die Höhe, und ein unansehnlicher Bart scheint ihn im Boden zu verankern. Die Barthaare kriechen die Wangen hinauf und den Hals hinab, wie Efeu an der Wand eines alten, baufälligen Hauses. Er weiß nicht, was gespenstischer aussieht: sein Gesicht oder das Zimmer. Er weiß nicht, was verwilderter aussieht: er selbst oder die grummelnde eiförmige Kreatur auf dem Boden hinter ihm.

Als könne es Isaacs Gedanken lesen, hustet das Ei. Jedenfalls macht es ein Geräusch, das wie ein Husten klingt und das es sich wahrscheinlich aus dem Fernsehen abgeschaut hat. Isaac ist sich nicht einmal sicher, ob das Ei überhaupt husten *kann*, und das Geräusch klingt auch eher, als würde es einen Haarballen hervorwürgen. Jedenfalls erkennt Isaac, dass das Ei auf sich aufmerksam machen will. Er reagiert nicht. Er sieht hinab auf das gelbe Notizbuch mit dem festen Rücken und den ausgebleichten weißen Seiten. Es liegt nur wenige Zentimeter von seiner gebrochenen Hand entfernt. Es ist Marys letztes Notizbuch. Es wird immer Marys letztes Notizbuch sein. Er versucht, es zu ignorieren. Das Ei dagegen versucht, das Notizbuch an sich zu nehmen. Isaac schlägt den sich anschleichenden Arm des Eis weg, sodass es stattdessen nach dem Tacker greift. Während das Ei versucht, sich einzelne Blätter Druckerpapier an die Stirn zu tackern, verspürt Isaac beim Anblick des gelben Notizbuches ein ganz schwaches Zittern in den Fingern unter dem Gips, ein kaum wahrnehmbares Zucken, das seinen verletzten Arm hinauf- und sein rechtes Bein hinabläuft. Er flucht leise. Er dreht sich auf dem Stuhl von dem Notizbuch weg, nimmt dem Ei den Tacker aus der Hand, klappt den Klappstuhl auf und setzt das Ei darauf. Es ist ungefähr so schwer wie ein Plüschtier vom Jahrmarkt, und wie es jetzt auf dem Stuhl sitzt – so füllig wie ein Kissen und die Arme auf dem Boden abgelegt –, erinnert es eher an ein Robbenbaby als an einen Affen. Jeder Mensch, der das Herz halbwegs am rechten Fleck hat, würde dieses Geschöpf mit dem pummeligen Bäuchlein und dem Hundeblick als süß bezeichnen. Aber Issacs Brust ist leer, und daher ist es für ihn einfach nur »das Ei«.

»Warum wirfst du meine Bücher auf den Boden?«, fragt er. »Gefallen sie dir nicht?«

Das Ei sieht ihn nur zwinkernd an. Isaac seufzt. Er beugt sich vor, hebt das Buch auf, das direkt vor ihm liegt, und liest den Titel.

DAS IST KEIN HUND
Von Mary Moray
Mit Illustrationen von Isaac Addy

Auf der hinteren Umschlagklappe prangen, wie Isaac sich erinnert, zwei Porträtfotos. Die Autorin, die lächelnd vor der Brücke steht, die auch auf dem Bildschirm hinter ihm zu sehen ist. Und der Illustrator, mit dem breiten Grinsen, für das er früher bekannt war, der in der einen Hand einen Drink hält und die Partygäste um den kleinen Finger der anderen wickelt. Würde Isaac dem Ei erklären, dass der grinsende Sunnyboy auf dem Foto und die bleiche, in sich zusammengesunkene Gestalt auf dem Schreibtischstuhl dieselbe Person sind, es würde ihm nicht glauben. Zwar hat er die roboterhafte Art abgelegt, aber er ist noch weit davon entfernt, wieder ein Mensch zu sein. Er ist noch weit davon entfernt, überhaupt wieder irgendetwas zu sein. Wenn die Trauer wirklich in Wellen auftritt, dann hat der Tsunami von vor ein paar Wochen einem abgehackten, aber beständigen Anrollen von schwach ausgeprägtem, aber unerbittlichem Elend Platz gemacht. Auch die Wirkung der Therapiesitzung lässt schon nach, so wie das Meer bei Ebbe zurückweicht. Isaac wünscht sich, er würde nichts empfinden, so wie eine Qualle. Doch er empfindet alles, wie ein Ozean ohne Ufer.

Fnap.

Das Ei klatscht seine dicke gelbe Hand auf das Buch und wischt mit seiner wulstigen Handfläche, die sowohl klebrig als auch ölig ist, über das glänzende Papier des Covers. Isaac sieht hinab auf die Hand und auf das Cover. Dann ergreift er das pelzige Handgelenk des Eis, lässt die Hand auf den Boden fallen und sieht das Ei mit einem Blick an, der sagt: »Nicht anfassen.« Das Ei erwidert seinen Blick, senkt den Kopf, betrachtet das Cover und sieht dann wieder zu Isaac hoch mit einem Blick, der sagt: *»Lies vor.«*

»Ich soll es dir vorlesen?«

»D'ah.«

Isaac sieht das Ei verblüfft an. *D'ah.* Das ist neu.

»Okay«, sagt Isaac. »Dann lese ich es dir vor.«

Er schlägt das Buch auf der ersten Seite auf, räuspert sich und lehnt sich in Marys Schreibtischstuhl zurück. Während die Sonne hinter ihnen untergeht, fängt er an zu lesen.

»Gibbons haben ein goldenes Fell«, sagt Isaac.

»Bibbob wabenei bobbene dell«, wiederholt das Ei.

Es spricht langsam und unter großen Mühen, und es artikuliert jede Silbe jedes falsch ausgesprochenen Wortes möglichst genau. Isaac sieht das Ei noch verblüffter an. Er hält kurz inne. Das Ei hält auch inne. Es zwinkert ihn erwartungsvoll an. Isaac schüttelt den Kopf und liest weiter.

»Und schlafen in den Bäumen.«

»Wuhabe minnä woimä.«

»Mit ihren Augen, groß und schwarz.«

»Mihiwe baube wouwuwaaz.«

»Schau'n sie zum Himmel und träumen.«

»Baumi bumbimbä wuneume.«

Die nächste Seite geht schon etwas leichter. Bei der dritten Seite haben Isaac und das Ei einen gemeinsamen Rhythmus gefunden. Die Sonne geht unter, doch die beiden bemerken das kaum. Erst nach der letzten Seite beenden sie den improvisierten Sprachunterricht, gehen nach unten und kucken *Memento*. Mary sagte gern, dass Isaac glücklich war, wenn er ein Projekt verfolgen konnte, auch wenn es darin bestand, ihre sämtlichen Halsketten zu entwirren oder vom Küchenfenster aus die Eichhörnchen ihres Viertels zu identifizieren und sich bei jedem an den Namen zu erinnern, den er ihm gegeben hatte. Dann wurde der Wirrwarr in seinem Kopf in produktivere Bahnen gelenkt. Oder zumindest in eine Tätigkeit, bei der die Zeit verging. Wenn das Ei also sprechen lernen will, dann wird Isaac Marys Rat befolgen.

Morgen früh könnten sie mit dem Alphabet anfangen. Nächste Woche dann Schreibschrift. Das wäre eine willkommene Abwechslung für Isaac. Es würde ihn während der Lücken, die zwischen den Therapiesitzungen und den tränenreichen Zusammenbrüchen klaffen, aus seinen Grübeleien herausreißen. Außerdem hat er, falls das Ei wirklich sprechen lernt, vielleicht jemanden, mit dem er reden kann. Vielleicht erfährt er dann, woher das Ei kommt. Er sieht wieder die Vision vor sich, die er in der Küche hatte. Er denkt an weit entfernte Planeten, an unbekannte Welten. Er denkt ans Flüchten. Falls das Ei wirklich sprechen lernt, kann er ihm genau erklären, wohin er flüchtet und wovor er flüchtet, wenn seine Erinnerung erstarrt und sein Denken aussetzt. Wenn er und das Ei einen Weg finden, miteinander zu reden, findet Issac vielleicht endlich einen Weg, die Wahrheit zu sagen.

Die Wirklichkeit ist brüchig. Schon ein sanftes Klopfen kann ihre Schale zerspringen lassen. Und während Isaac das Ei glauben machen will, dass er auf dem Weg der Genesung ist, weiß das Ei ganz genau, dass dem nicht so ist. Das Denken des Eis setzt nicht aus. Sein Denken ist so scharf wie eine Reißzwecke. Und auch wenn Isaac dem Ei in den Filmen viel Rätselhaftes vorgeführt hat, bleibt das fesselndste Rätsel immer noch die Frage, was sich in Isaac Addy abspielt. Das Ei hat ihn beobachtet. Das Ei bemerkt, dass Isaac, obwohl er doch angeblich so vergesslich ist, niemals vergisst, sein Telefon aufzuladen. Das Ei bemerkt auch die Anrufe, die von einer Frau kommen, die weder *Esther* noch *Joy* und ganz bestimmt nicht *Mary Moray* heißt. Das Ei bemerkt, dass Isaac, wenn sein Denken angeblich wieder einmal aussetzt, spätnachts mit dem Auto losfährt, immer in dieselbe Richtung, und es bemerkt Isaacs schuldbewusste Miene, wenn er zurückkommt, nachdem er die Nacht weiß Gott wo verbracht hat. Deshalb macht sich das Ei während der zahllosen Stunden, die Isaac außer Haus ist, wie Shaggy und Velma daran, das größte Rätsel von allen zu erforschen, das Rätsel von Isaac Addy, sowie die Tür oben im Haus, die immer verschlossen ist. Daher hat das Ei auch beschlossen, Isaacs Sprache zu lernen, damit es ihm zwei Fragen zu dem Thema stellen kann, zwei Fragen, über die es seit seinem unverhofften Eintreffen an diesem merkwürdigen und nervenaufreibenden Ort nachdenkt.

»Wohin verschwindest du, Isaac?«, wird das Ei ihn fragen, sobald es die dazu notwendigen Wörter beherrscht. *»Und was genau hältst du versteckt?«*

ZWEITER TEIL

DIE SCHALE

SECHS

Isaac Addy ist auf dem Weg der Besserung. Er entwickelt sich, so wie der Nachbarsgarten, der in den letzten Wochen, seit dem Tag, als Anna vor Isaacs Tür stand, mit Narzissen und Hasenglöckchen zum Leben erwacht ist. Er gesundet, wie seine rechte Hand, die fast gar nicht mehr schmerzt, nicht mehr in einen dicken Gips eingepackt und einem präzisen Plan mit Übungen für Handgelenk und Finger unterworfen ist, die Isaac irgendwo in irgendeinem Krankenhaus von irgendjemandem gezeigt bekommen hat. Und er verändert sich, wie sein Haus, das sich durch einen noch präziseren Plan verwandelt, der aus Staubwischen, Spachteln und Polieren besteht und den Isaac seit ein paar Wochen verfolgt, gemäß der Liste, die jetzt sein Leben beherrscht. Wenn Isaac Addy auf dem Weg der Besserung ist, hat er das dieser Liste zu verdanken. Und die Liste hat er Dr. Abbass zu verdanken. Sie hatte gemeint, eine Liste zu erstellen, könnte ihm helfen, seine Tage zu strukturieren, wobei sie vermutlich nicht damit gerechnet hatte, dass Isaac sich mit so viel Elan darauf stürzen würde. Doch Isaac, der einmal ein erstarrter Roboter war, hat eine neue Theorie. Wenn er sich ganz auf die Liste konzentriert, wird alles andere sich in Luft auflösen. Wenn er voranschreitet, wird er nicht mehr das Gefühl haben rückwärtszustolpern. Wenn er alles um sich herum in Ordnung bringt, gelingt es ihm vielleicht auch, sich selbst in Ordnung zu bringen.

Mit dem Durchstreichen der Punkte auf der Liste hat er am Vormittag nach der ersten Therapiesitzung angefangen, als das Ei noch »das Ei« war und jedes Mal in Geschrei ausbrach, wenn Isaac den Staubsauger anschaltete. Die erste Aufgabe bestand darin, das Chaos in der Küche zu beseitigen, den Rotwein vom Boden aufzuwischen und das Blut von der aufgeplatzten Delle in der Wand zu entfernen. Als er das etwa zur Hälfte erledigt hatte, wühlte Isaac im Wohnzimmer, in der Schublade des Unterschranks, auf dem der Fernseher steht, nach einem Filzstift, wobei er Marys alte Schlüsselanhänger und Haarbänder außer Acht ließ und nur die zu erledigende Aufgabe und die Liste im Sinn hatte. Er riss ein Blatt von einem von Marys alten Notizblöcken und verlor dabei keinen Gedanken an sie. Er nahm die alte Einkaufsliste von der Kühlschranktür und hängte an ihrer Stelle das Blatt dorthin. Er trommelte mit dem Filzstift gegen sein Kinn. Vorwärts, dachte er. Nicht zurückschauen.

Dann notierte er dreizehn Aufgaben und strich die erste durch: ~~Küche putzen.~~

Als Nächstes war der Kühlschrank dran. Er enthielt ohnehin kaum noch etwas, und Isaac und das Ei beseitigten auch noch die letzten Reste von verschrumpelten Zitronen und verschimmeltem Knoblauch. Da die Küche jetzt neu aufgefüllt werden musste, würde Isaac sich in den kommenden Wochen wieder in den Supermarkt wagen. Er würde sogar noch eine etwas weitere Strecke zurücklegen, zu John Lewis, und dort einen schicken neuen Toaster und zwei Teller kaufen. Mary und er hatten mit Tilapia mit Banku oder mit Bucatini all'amatriciana denkwürdige Stunden verbracht – er der versierte Hobbykoch, sie der völlig unbeholfene, aber bemühte Sous-Chef –, doch seine Lust, in der Küche herumzuexperimentieren, hatte sich in den zurückliegenden Monaten in nichts aufgelöst. Toast mit Bohnen war emotional nicht vorbelastet, also hatte es für Isaac und das Ei jeden Tag Toast mit Bohnen gegeben. Das Frühstück im Bett wurde schon bald eine neue Gewohnheit – jeden Morgen stand das Ei verlässlich um Punkt neun Uhr in der Tür von Isaacs Schlafzimmer und brachte das mit, was es jeweils für das Frühstück ausgesucht hatte. Variationen von gebackenen Bohnen, die aussahen, als wären sie vom miserabelsten Feinschmecker der Welt zubereitet worden: kalte Bohnen in einem alten Schuh, Bohnen ohne Toast (dafür auf einem Zierkissen) oder gebackene Bohnen und Brot, zusammen in der Moulinette gehäckselt. Das Ei dachte immer daran, zwei Portionen mitzubringen, eine große für Isaac und eine kleine für sich selbst. Dann kletterte es auf das Bett, zwinkerte Isaac zu und achtete darauf, dass er das Frühstück bis zum letzten ekelerregenden Bissen aufaß. Mary hatte Toast gern mit pochierten Eiern gegessen, aber Isaac hat festgestellt, dass das Ei nie Eier zubereitet. Vielleicht wäre das in seinen Augen eine Art Kannibalismus. Als er einmal vor dem Kühlschrank stand, fiel ihm auf – nachdem er ein Glas mit verdorbenem grünem Tomatenchutney weggeworfen hatte –, dass das Ei nie auf die Toilette ging. Vielleicht aber doch, im hinteren Eck einer Schublade oder eines Koffers irgendwo im Haus, den Isaac noch nicht entdeckt hatte.

Bei dem Gedanken schauderte ihn. Dann strich er den nächsten Punkt durch: ~~Kühlschrank ausräumen.~~

Den Posthaufen vor der Haustür hätte er schon längst sortieren müssen. Und nach ihrem Erfolg mit dem Kühlschrank wusste Isaac genau, wer für diesen Job die Richtigen waren. Er betrachtete das Ei mittlerweile als seinen Sidekick. So wie Luigi für Mario oder Robin für Batman. Hier in der arktischen Schneeverwehung aus Briefen und Rechnungen war das Ei für ihn eher wie ein Elf an der Seite des Weihnachtsmannes. Sie wateten in den Flur, und die flachen gelben Füße des Eis klatschten auf den Holzboden wie Schneeschuhe auf Tundraboden. Isaac stieg über Kuverts, die verrieten, dass es auch eine Welt außerhalb seiner Liste gab: Beileidskarten von seinen Freunden, die er noch immer nicht wiedersehen wollte; Karten für eine Vorstellung im Globe Theatre, die ungenutzt verfallen würden; ein Schreiben, das juristisch aussah und möglicherweise eine Unterlassungsaufforderung von Esther Moray war. Durch die Wohnzimmertür warf Isaac einen Blick auf die Keksdose auf dem Kaminsims und entsorgte dann die ungeöffneten Briefe. Er benutzte dazu den Mund des Eis und nicht den Schredder in Marys Arbeitszimmer im ersten Stock.

Glom glom glom. Hin und wieder hielt das Ei kurz inne und versuchte zu lesen, was auf den Kuverts stand, wobei die Fähigkeiten, die es im jetzt täglich stattfindenden Sprachunterricht erworben hatte, zu durchwachsenen Ergebnissen führten. Aus »Isaac Addy« wurde *»Eib'a bebby«*, aus »Mary Moray« wurde *»Marv Morv«*. Und das Ei? Vermutlich bekam es zu dieser Zeit seinen eigenen Namen. Isaac hatte schon versucht herauszufinden, ob es einen Namen hatte, aber das *d'ei* und das *wawuuu*, mit denen es auf seine Fragen geantwortet hatte, hatten ihn nicht weitergebracht. Also gewöhnte er sich an, es »Ei« zu nennen. Warum auch nicht? Man musste das Kind beim Namen nennen, wie man so schön sagt. Außerdem scheint Ei es zu mögen. Wenn Isaac heute »Ei« ruft, erscheint er mit einem gehorsamen *fnap fnap fnap* in der Tür und bringt eine frisch zubereitete Portion Toast mit Bohnen. Das ist der zweite Punkt: Isaac hat entschieden, dass Ei ein »Er« ist. Hauptsächlich wegen der Verwüstungen, die er anrichtet, aber auch wegen seines Appetits, und weil Isaac nicht weiß, ob nicht der Begriff von Gender auf Eis Daseinsebene ebenso ein Fremdkörper ist, wie Ei auf Isaacs Daseinsebene ein Fremdkörper ist. Isaac glaubt, er hat Ei schon ein bisschen besser kennengelernt. Tatsächlich hat er nur ein wenig an der Oberfläche gekratzt. Er ist zu sehr mit anderen Dingen beschäftigt. Etwa mit der Liste. Oder mit seinem jüngsten Projekt. Oder damit, den Blick nach vorn gerichtet zu halten.

Isaac und Ei beseitigten sämtliche Briefe vom Boden des Flurs. Während Ei zufrieden rülpste, strich Isaac einen weiteren Punkt durch: ~~Post sortieren.~~

Auch Marys Computer musste aufgeräumt werden. Isaac hatte Joy versprochen, ihr ein paar der »schöneren« Fotos von ihm und Mary zu schicken. Das, auf dem sie dämliche Hüte trugen und das an dem Fotostand auf Joys Hochzeit entstanden war. Das, auf dem sie Grimassen schnitten, inmitten einer plötzlich ausgebrochenen Essensschlacht auf ihrer eigenen Hochzeit. Diese spezielle Aufgabe hatte Isaac immer wieder hinausgeschoben, also gewöhnte er sich an, während der fünfminütigen Pausen, die er und Ei beim Vorlesen einlegten, die Ordner auf Marys Mac zu durchforsten und Fotos in eine Mail an Joy zu verschieben. Ei hat ganz klar davon profitiert, dass er dadurch mehr Zeit zum Lernen hat, und spricht seit ein paar Wochen immer mehr. Mittlerweile kann Isaac ihn kaum noch zum Schweigen bringen. Am häufigsten gibt er Laute von sich, wenn er auf seinem Sofa vor dem Fernseher sitzt. Seine Stimme hat immer denselben Klang, eine Mischung aus einer miauenden Katze und einem Handy, das auf einer Holzplatte vibriert, und er verwendet immer Wörter aus seinem seltsamen privaten Wortschatz. Mit *uuuuuu*, einem Laut der Verzückung und des Beifalls, kommentiert er die unscheinbarsten und hässlichsten Dinge. Tollpatschige Pannen, Furzwitze und die Hunde bei der Hundeschau Crufts, die während der Darbietung einfach auf die Bühne machen. Außerdem gibt es das *bleh*, das hauptsächlich Äußerungen von menschlicher Zuneigung vorbehalten ist. Ei mag keine Liebesgeschichten. Er scheint eine Allergie gegen Umarmungen zu haben. Wenn auf dem Bildschirm zwei Menschen die Arme umeinanderschlingen, gibt Ei ein *bleh* von sich, schüttelt sich und macht ein würgendes Geräusch, wie eine Katze, die einen Haarballen ausspuckt. Wo auch immer er herkommt, er und seine Miteier müssen darauf geeicht sein, möglichst großen Abstand zueinander zu halten. Vielleicht sind seine Arme deshalb so lang.

»*Wawuuu.*«

Was hat es mit *wawuuu* auf sich? Das ist der einzige Laut, der Isaac noch Rätsel aufgibt. Ei scheint ihn völlig wahllos von sich zu geben, angesichts von herumwirbelnden Volleybällen, Eierbechern aus Porzellan, Iglus in der arktischen Tundra oder Termitenhügeln in den australischen Outbacks. Jedes Mal, wenn Isaac glaubt, ein Muster zu erkennen, lässt Ei ein *wawuuu* angesichts einer Matrjoschka-Puppe oder eines Nests von Anakondas hören, und Isaac muss wieder von vorn anfangen. Sicher weiß er bislang nur, was *wawuuu* vermutlich nicht bedeutet. Es bedeutet weder »Ball« noch »Ei«, und auch nicht »Affe« oder »Menschenaffe«.

»Bedeutet *wawuuu* ›Gibbon‹?«

»D'ei.«

D'ei bedeutet »nein«. Vielleicht kann das Ei wie ein Kleinkind den Buchstaben *n* nicht aussprechen. Verständlicher ist dagegen *d'ah*, das Wort für »ja«, dessentwegen Isaac kurzzeitig davon überzeugt war, das Ei sei ein russischer Spion.

»Kommst du aus Russland?«, hatte er gefragt.

»D'ei«, hatte Ei geantwortet.

»Kommst du von einem anderen Planeten?«

»D'ah«, hatte Ei gesagt, dann kurz überlegt und berichtigt: *»D'ei.«*

»Woher kommst du?«

»Wawuuu.«

»Damals, an dem Abend in der Küche, wolltest du mir da etwas zeigen?«, hatte Isaac gefragt. »War das ein Raumschiff?«

»Wawuuu.«

»Bist du unfreiwillig hier?«

»D'ah.«

»Musst du zurück nach Hause?«

»D'ah.«

»Wo ist dein Zuhause?«

»Wawuuu.«

Isaac wünscht sich, dass Ei Englisch spricht, aber Ei wünscht sich ebenso sehr, dass Isaac Eiisch spricht. Wenn Isaac Eiisch spräche, könnte Ei *ihn* nach seinem Zuhause fragen.

Er könnte sagen: *»Warum bist du nie zu Hause?«*

Er könnte sagen: *»Wohin gehst du, wenn du für mehrere Tage das Haus verlässt?«*

Isaac und Ei sprechen nicht dieselbe Sprache. Sie bemühen sich, einander irgendwie zu verstehen. In Marys Arbeitszimmer liest Isaac Ei vor, und hin und wieder unterbricht er das Vorlesen, um überflüssig gewordene Dateien zu löschen oder unfertige Fragmente von Marys Arbeit zu ordnen. Wie die Liste, lenkt auch der Sprachunterricht Isaac von der Finsternis ab, die hinter allem lauert, was sie tun.

»Blaukraut bleibt Blaukraut«, sagt Isaac.

»Wauwau wei wauwau«, antwortet Ei.

Beim ersten Mal lag Marys gelbes Notizbuch, so wie späterhin auch, ungeöffnet auf dem Schreibtisch. Als Isaac wieder vor dem Kühlschrank stand, strich er den nächsten Punkt durch: ~~Marys Computer aufräumen.~~

Der Gips kam ab. Die Hasenglöckchen im Garten des Nachbarn blühten. Und Isaac, der sich ohnehin ständig Sorgen macht, fing nun an, sich Sorgen zu machen, dass er und Ei die Liste zu schnell abarbeiten könnten. Er macht sich Sorgen über das, was danach kommen wird. Daher zieht er den nächsten Punkt auf der Liste – das Haus von oben bis unten zu putzen – so weit in die Länge, wie es nur irgendwie geht. Und in dem Haus gibt es ja auch eine Menge zu tun. Es ist ein schmales Reihenhaus aus viktorianischer Zeit, mit alten, morschen Fensterrahmen, gemauerten Kaminen und hohen Decken. Jede der altmodischen Türen hat ein Schloss, einen Schlüssel und einen Messingknauf, der darauf wartet, poliert zu werden. Jedes Zimmer hat Fußbodenleisten, die abgewischt werden müssen, oder einen Retro-Lampenschirm, der abgestaubt werden muss, oder eine unerreichbare Ecke an der Decke, aus der Ei mit seinen Pfeifenreinigerarmen die Spinnweben herausfegt. Die Spinnen und die Fliegen – wahre Leckerbissen – behält er für sich selbst. Die Bücherregale müssen abgestaubt werden, die Fenster geputzt, und die überall verstreuten Tannennadeln des schon längst entsorgten Christbaums müssen jetzt endlich einmal weggesaugt werden. Isaac ist geradezu ein Putzmonster geworden. Irgendwo hat er einmal gelesen, dass auf einer Arbeitsfläche in der Küche mehr Keime zu finden sind als auf einer Klobrille, wobei er nie ganz verstanden hat, ob das ein gutes Licht auf die Klobrille oder ein schlechtes Licht auf die Arbeitsfläche wirft.

»Was meinst du dazu, Ei, eher das eine oder das andere?«, fragte er, eine behandschuhte Hand bis zum Handgelenk in die Kloschüssel getaucht.

Ei war zu sehr damit beschäftigt, an der Klobürste zu lutschen, um zu antworten. Isaac kratzte sich mit der behandschuhten Hand am Kinn.

»Ich glaube, irgendwie beides.«

Manchmal, während sie putzen, betrachtet Isaac Ei und fragt sich, warum er noch immer hier ist. Nicht, dass Isaac sich darüber beklagen würde – er wüsste gar nicht, wie er allein zurechtkommen sollte. Aber er fragt sich immer noch:

Warum? Worauf wartest du? Er hat Ei gefragt, wie es ihn in den Wald verschlagen hat, ob seine Familie nach ihm sucht, ob er selbst irgendetwas tun kann, damit er sicher zurück nach Hause gelangt. Zur Antwort blinzelt Ei meist nur, schüttelt den Kopf und gibt verschiedene Varianten von *wawuuu* von sich. Also hat Isaac erst einmal aufgehört zu fragen. Er wartet auf ein Zeichen, einen rauschenden, abgehackten Anruf auf seinem Festnetz, der aus einer anderen Dimension kommt, oder darauf, dass die monolithische Metallkonstruktion aus der Vision, die er hatte, plötzlich auf dem Schuppen im Garten landet. Solange nichts dergleichen passiert, konzentriert Isaac sich auf seine Liste, und Ei hilft ihm offenbar gern dabei, sie abzuarbeiten. Sie leben wie Eremiten, in einem Haus, das hermetisch verschlossen ist. In diesem sensiblen Biotop geht es Isaac zunehmend besser. Er macht Fortschritte. Er … verbirgt etwas. Etwas Großes. Ei ist aufgefallen, dass Isaac nie davon spricht, den Raum am oberen Ende der Treppe zu putzen.

Das kommt Isaac nicht in den Sinn. Und einen Punkt auf der Liste hat er noch immer nicht durchgestrichen: *Haus putzen.*

Bis vor Kurzem wusste Isaac kaum etwas über Depressionen. Er ist noch immer der Meinung, dass seine Stimmung nicht die entsprechenden Merkmale aufweist, was vermuten lässt, dass er auch nicht weiß, dass das Leugnen ein Teil der Krankheit sein kann. Als Dr. Abbass ihm während der letzten Sitzung die verschiedenen »Trauerphasen« erläutern wollte, hat er abgeschaltet. Mit Listen kennt er sich jedoch aus, und seine Liste hilft ihm zumindest ein wenig.

»Wobei?«, könnte Dr. Abbass fragen.

»Dabei, Mary zu vergessen«, könnte Isaac antworten.

»*Nur* Mary?«, könnte Dr. Abbass entgegnen.

Isaac wüsste nicht, was er darauf antworten sollte. Es war Mary gewesen, die die Antworten gehabt hatte. Sie hatte auch immer die Ideen gehabt. Wie etwa für all die Bücher, die sie nie geschrieben hatte, das über die Bergarbeiter in Yorkshire, die zu tief graben und auf lebende Dinosaurier stoßen, das, in dem sämtliche Statuen in London zum Leben erwachen und anfangen, gegeneinander zu kämpfen, oder das, in dem die Tiere auf der Arche Noah eine Meuterei anzetteln und zu marodierenden Piraten werden. Es war Marys Idee gewesen, dass Isaac sich Listen machen sollte; eine typische Strategie der praktisch veranlagten Mary, die ihm, einem Mann, der sich leicht verzettelte, jedoch ebenso half. Sie wusste, dass es ihm guttat, ein Projekt zu verfolgen. Seine unvollendeten Projekte waren zahlreich: ein halb restaurierter antiker Schreibtisch, ein halb vollendetes Wandgemälde, ein Ölfass, das er zu einem Smoker für den Garten hatte umbauen wollen und das auf dem Schrottplatz gelandet war. Isaac konnte ums Verrecken nicht schreiben, so wie Mary bei den Montagsmalern keinen Blumentopf gewonnen hätte. Aber Listen? Listen halfen ihm, seine Gedanken zu bändigen, in seine eigene Unordnung ein wenig von Marys Ordnung zu bringen. Listen waren die perfekte Schnittmenge von Handeln und Denken, wie in einem Diagramm der Mengenlehre, das Isaacs und Marys Leben abbildete und in dessen Mitte die »Listen« eine Menge von der Form eines Eis bildeten. Oder einer Münze. Ja, Isaac und Mary waren zwei Seiten derselben Münze. Deshalb ist Isaac durch Marys

Tod ins Trudeln geraten, wie eine auf dem Rand tänzelnde Münze. Wenn er aufhören würde, sich zu bewegen, würde er umfallen. Dann wäre er ein Paradox, eine Münze mit nur einer Seite. So ist er nur noch Zahl, taumelt in einem fort, unfähig zu landen.

Isaac war Mary nie eine große Hilfe beim Ausfüllen des Kreuzworträtsels in der *Times*, so wie Mary bei den kniffligeren Teilen sämtlicher Puzzles, die sie auf dem Couchtisch im Wohnzimmer zusammensetzten, Isaac den Vortritt ließ. Aufgewühlte See, Gewitterhimmel. Sie trafen sich in der Mitte, bei Wortsuchrätseln. Bei solchen, die sie gemeinsam machen konnten, auch wenn sie heimlich vor Scham lachten, weil sie ziemlich sicher waren, dass solche Rätsel für Kinder gedacht waren. Ist das das Einzige, worauf wir uns verständigen können? Solche Rätsel und *Listen*? Aber Mary schrieb Bücher für Kinder. Sie wusste ganz genau, dass man die Begriffe der Erwachsenenwelt am besten durch eine kindliche Herangehensweise versteht.

G	W	D	J	D	F	X	I	L	M
B	L	E	U	G	N	E	N	G	R
T	G	P	J	M	N	E	L	A	O
V	E	R	H	A	N	D	E	L	N
Z	Y	E	R	U	G	N	A	F	L
G	B	S	U	R	M	D	N	J	Y
X	E	S	B	W	I	E	R	Y	S
K	L	I	V	S	O	A	G	L	F
J	X	O	I	X	R	I	H	O	I
A	N	N	E	H	M	E	N	G	E

Es fühlt sich an, als könnte es ewig so weitergehen: Isaac und Ei, die vor sich hin leben wie Mönche in einem abgeschiedenen Kloster hoch oben in den Bergen. Solange die Fenster geschlossen und die Jalousien im Wohnzimmer herabgelassen bleiben und die Menschen, die in Isaacs Telefon aufgelistet sind, in seinem Telefon bleiben und nicht vor seiner Haustür auftauchen, sind die Dinge einigermaßen beherrschbar. Isaac antwortet auf die Textnachrichten, die er bekommt, und erzählt allen, dass es ihm »gut geht«, dass er »sich beschäftigt« und, natürlich, dass er »Fortschritte macht«. In Wirklichkeit sitzt er meist reglos da, wenngleich bequem, von Kissen gestützt und in die Bettdecke gewickelt, neben ihm Ei, und beide haben einen Teller Toast mit Bohnen im Schoß. Schon lange vor Marys Tod hat Isaac gelernt, wie man anderen eine Maskerade vorspielt. Er weiß, wie man ein Lächeln vortäuscht, besonders jetzt, wo es nur ein digitales Lächeln sein muss. Der einzige Mensch, mit dem er von Angesicht zu Angesicht spricht, ist Dr. Abbass, und auch das nur einmal die Woche. Er nimmt Ei inzwischen nicht mehr zu den Sitzungen mit, unter der Bedingung, dass Ei die Zeit nutzt, um sich entweder mit Material aus den Bücherregalen weiterzubilden oder die Oberseite dieser Regale mit seinen bestens dafür geeigneten Armen abzustauben. Ei sieht Isaac häufig, Dr. Abbass sieht er selten. Aber *andere* Menschen? Dazu gibt es Telefone.

»Die Wölfe von der Tür fernhalten«, nennt Isaac es gegenüber Ei. Ei weiß nicht, was Wölfe sind, nickt aber dennoch.

Etwa sechs Wochen lang scheint diese Strategie tatsächlich aufzugehen. Erst als Isaac eines Morgens die schmutzigen Frühstücksteller nach unten bringt, stellt er fest, dass dem nicht so ist. Die Wölfe stehen nun doch vor der Tür, und Isaacs und Eis persönliches häusliches Glück droht, von einem Schatten hinter der Milchglasscheibe zerstört zu werden. Isaac erstarrt. Durch die offene Tür zwischen Küche und Wohnzimmer sieht er, wie die Gestalt vor der Jalousie vorübergeht und größer wird, als wolle sie hereinspähen. Isaac stellt die Teller in die Spüle, und das Herz rutscht ihm in die Hose. Er steckt den Kopf durch die Wohnzimmertür, aber die Gestalt ist verschwunden. Er geht in die Küche zurück. Er steckt den Kopf durch die Tür zum Flur. Er schreit auf. Der Schatten steht wieder vor der Haustür und starrt ihn durch die Milchglasscheibe unverwandt an. Er zögert. Eine verschwommene Hand bewegt sich zur Klingel, aber kein Geräusch ertönt. Stattdessen ist von draußen eine Stimme zu hören.

»Ich kann dich sehen, Isaac«, sagt Joy. »Kann ich reinkommen?«

Isaac schluckt. Er sieht zu den schmutzigen Tellern in der Spüle hinüber. Er sieht zu Joys verzerrter Silhouette hinter der Scheibe. Er sieht in den ersten Stock, wo das Geschöpf sitzt, das er so sorgfältig vor anderen Menschen versteckt hält. Er flucht leise. Dann stürmt er durch den Flur zur Haustür, macht am Fußende der Treppe einen Schwenk und hastet hinauf. Im Vorbeirennen ruft er seiner Schwester eine Entschuldigung zu.

»Die Tür ist abgesperrt!«, ruft er.

Das ist sie nicht. Und selbst wenn sie es wäre, würde niemand, der bei Verstand ist, den Schlüssel im ersten Stock aufbewahren. Dennoch hastet Isaac an der Haustür vorüber und nach oben, sprintet über den Treppenabsatz und ins Schlafzimmer. Ei sitzt noch immer im Bett. Ei hat darauf gewartet, dass er zurückkommt. Ei sieht zu ihm auf und geht anscheinend davon aus, der Person, die da vor der Tür steht, vorgestellt zu werden.

»Du musst dich verstecken«, zischt Isaac ihm leise zu.

Ei zwinkert ihn an, einmal, zweimal. Dann hebt er die Arme, die zu beiden Seiten des Betts herabhängen, und zieht sich die Decke über den Kopf.

»Nein«, sagt Isaac und reibt sich die Stirn. »*Richtig* verstecken.«

Ei ist jetzt nur noch eine eiförmige Wölbung in der Decke, wie die Beule auf dem Kopf eines Schurken aus *Looney Tunes*, der einen gezielten Schlag mit dem Hammer verpasst bekommen hat. Doch selbst wenn man Ei dort unter der Decke für ein Kissen halten würde, das an der falschen Stelle liegt, oder für ein zusammengeknülltes Schlafanzugoberteil, verraten ihn doch seine Arme, die zu beiden Seiten unter der Decke hervorgefluppt und über den Teppichboden gerollt sind und jetzt so platt und leblos daliegen wie Feuerwehrschläuche. Unter der Decke kann Ei Isaac offenbar nicht hören.

»Ei«, ruft er halblaut mit gepresster Stimme. »Ei!«

Ei bleibt sitzen, kompakt wie ein Sandsack und mucksmäuschenstill. Isaac tritt ans Bett, packt die Decke an einer Ecke und zieht sie weg. Ei sitzt mit weit offenen Augen da, versinkt leicht in der Mitte der Matratze und bibbert ein wenig.

»Du musst dich verstecken«, sagt Isaac.

»Belebbn?« Eis Stimme zittert. Er glaubt wieder, sie würden angegriffen.

»Ja, verstecken«, sagt Isaac. Ei bewegt sich noch immer nicht. »Sofort!«

Ei scheint verstanden zu haben. Vielleicht verliert er aber auch nur das Gleichgewicht, jedenfalls schaukelt er auf seinen kleinen gelben Füßen vor und zurück, bis er schließlich rücklings auf die Matratze fällt. Isaac muss sich auf die Lippen beißen, während Ei sich windet wie eine Schildkröte auf dem Rücken. Dann macht Ei plötzlich etwas Erstaunliches. Erst schließt er die Augen, und sein Gesicht wird wieder ein unscheinbarer Dotter in der Mitte eines eierweißen Körpers. Dann rollt er sich leicht auf die eine Seite und dann auf die andere, als wolle er ein Boot zum Schaukeln bringen. Dann dreht er sich etwas weiter, sodass er mit dem Kopf nach unten daliegt und das obere Ende des einen Armes unter seinem Gesicht ist und das des anderen Armes hinter seinem Rücken. Dann dreht er sich weiter und weiter bis zur Bettkante und wickelt dabei seine Arme mit jeder Drehung weiter auf. Als er vom Bett rollt und quiekend auf den Boden plumpst, ist von seinem Gesicht, seinem Dotter, nichts mehr zu sehen. Mit einem abschließenden *twäng*, als wären die Schläuche so schnell aufgewickelt worden, wie es nur geht, kommt Ei vor Isaac zum Stehen. Dann zittert er wieder. Währenddessen verschwinden die gelben Zehen im Fell an der Unterseite seines Körpers, eine nach der anderen, begleitet von einem rhythmischen Ploppen wie bei einem tropfenden Wasserhahn.

plopp plopp plopp *plopp plopp plopp*

Einfach so ist Ei wieder ein glattes, weißes Ei geworden. Es rollt langsam über den Boden, stößt gegen Isaacs Füße und liegt dann reglos da. Isaac ist beeindruckt. Er beugt sich hinab, hebt das Ei auf und dreht es zwischen seinen Händen hin und her. Es ist so leicht wie ein Rugbyball und genauso leblos. Ei – oder: *das* Ei – sieht fast genauso aus wie damals, als Isaac ihn im Wald gefunden hat, nur ist er nicht ganz so kalt und nicht ganz so feucht. Und trotz allem, was seitdem passiert ist, kann sich Isaac nur schwer vorstellen, dass sich sein einziger Freund in diesem farblosen Ovoid versteckt, das er jetzt in der Hand hält.

Geräusche im Flur. Joy hat das Haus betreten, und Isaac hört, wie sie von unten aus nach ihm ruft. Wieder erfasst ihn Panik, und er sucht nach einem Ort, an dem er das Ei verstauen kann. Er entscheidet sich für den Kleiderschrank zu seiner Linken, reißt die Tür auf und platziert das Ei auf einem Haufen aus Badeanzügen, Flip-Flops und kaum benutzten Schwimmbrillen. Sobald es in seinem improvisierten Nest sitzt, glättet Isaac einige Stellen seines Fells, die sich der Schwerkraft widersetzen. Das Ei zittert noch immer, und Isaac hat ein schlechtes Gewissen, weil er es im Dunkeln zurücklassen muss.

»Bleib hier«, sagt er, so mitfühlend, wie er es hinkriegt. »Komm nicht raus, bevor ich dir nicht gesagt habe, dass die Luft rein ist.«

Dann schließt er die Schranktür, legt die Decke zurück aufs Bett, schüttelt die Kissen auf und zieht die Vorhänge zur Seite. Kurz darauf schlendert er über den Treppenabsatz und setzt eine möglichst unbeteiligte Miene auf. Als er die Treppe erreicht, sieht er Joy, die unten auf ihn wartet.

»Die Tür war offen«, sagt sie.

Isaac schluckt. Er steigt die Treppe hinab und weicht dabei Joys Blick aus. Joy wirkt, als bemühe sie sich nach Kräften, sauer auf ihren älteren Bruder zu sein, bringt aber nur ein leichtes Stirnrunzeln zustande. Seit dem Tag, an dem er sich die Hand gebrochen hat, hat er sie nicht mehr gesehen. Jetzt mustert sie ihn von oben bis unten, betrachtet seine verkümmerte rechte Hand, den schamanenartigen Bart und all das andere, das ahnen lässt, dass es ihm nicht ganz so gut geht, wie seine Nachrichten ihr vorgegaukelt haben. Ihre Unterlippe fängt an zu zittern. Sie bricht in Tränen aus, packt Isaac und erdrückt ihn fast mit ihrer Umarmung. Isaac fühlt sich, als könnte er jeden Moment in ihren Armen zerbrechen oder zumindest von ihrem beachtlichen Bauch abprallen. In welchem Monat ist sie? Wann hat sie ihn das letzte Mal umarmt?

»Du stinkst«, sagt sie, lässt ihn aber nicht los.

Damit hat sie vermutlich recht. Isaac weiß nicht, wie lange es her ist, dass er geduscht hat, geschweige denn, dass er Joy nach dem Baby gefragt hat. Bevor er sie fragen oder sonst etwas sagen kann, hat Joy ihn schon zur Seite geschoben und ist auf dem Weg in die Küche. Als würde sie befürchten, dass Isaac sich ihr wieder entzieht, sie zurück nach draußen schiebt und zur Sicherheit noch die Haustür verriegelt. Er hat tatsächlich mit diesem Gedanken gespielt. Isaac wirft einen Blick die Treppe hinauf und riecht dann an seinen Achselhöhlen. Er zieht die Nase kraus. Dann blickt er auf und sieht zu Joy. Sie betrachtet ihn. Er lehnt mit dem Rücken an der Tür, sein ganzer Körper ist angespannt, jeder Muskel erstarrt in dem Versuch, eine einigermaßen normale Erscheinung abzugeben. Joy trocknet sich mit einem ihrer sorgfältig manikürten Finger die Augen und wartet darauf, dass Isaac etwas sagt.

»Du bist ziemlich dick geworden«, sagt er.

Ein schlechter Start. Vielleicht ist er doch ein Roboter. Joy sieht ihn fragend an, blickt auf ihren sich vorwölbenden Bauch hinab und wieder hoch zu Isaac.

»Danke«, sagt sie. »Du nicht. Du wirkst eher dünn.«

Tatsächlich? Isaac sieht hinab zu der Stelle, wo seine Plauze sein sollte, und stellt überrascht fest, dass sie nicht da ist. Er hätte gedacht, der Verzicht auf Gemüse hätte ihn dick gemacht, aber vielleicht sorgen täglich zwei Portionen Toast mit Bohnen bei einem erwachsenen Mann, der nicht schläft, für ein Kaloriendefizit. Den Blick noch immer nach unten gerichtet, betrachtet er seinen Aufzug, und bei dem Anblick wächst seine Überraschung noch. Joy trägt knallbunte Ohrringe, knallbunte Armreifen und eine knallbunte Halskette – alles perfekt aufeinander abgestimmt –, dazu Schuhe und eine Tasche, die bestens zu ihrem beeindruckend makellosen Kleid passen. Issac trägt alte, mottenzerfressene Socken und darüber Schlappen, die vorne Löcher haben. Seine Jogginghose ist wieder einmal von Krümeln übersät und stellenweise hart von getrockneten Soßenflecken. Und seinen Morgenmantel hat er nicht mehr gewaschen seit … er hat keine Ahnung. Was am schlimmsten ist und was Isaac erst jetzt bemerkt: Er trägt eines von Marys Schlaf-T-Shirts. Das, auf dem *Ich liebe Ziegen* steht. Er kann sich nicht erinnern, es angezogen zu haben. Er weiß nur, dass es ihm früher niemals gepasst hätte.

»Hast du was gegessen?«, fragt Joy mit sorgenvoller Miene. »Mum hat darauf bestanden, dass ich dir das hier bringe.«

Joy hält eine Tragetasche mit Tupperschüsseln hoch, die mit allen möglichen Suppen und Eintöpfen gefüllt sind und von Gummibändern zusammengehalten werden, die ziemlich rissig aussehen. Das ist die Art, wie seine Mutter ihm sagt, dass sie an ihn denkt; Isaac dagegen denkt nur an sein T-Shirt und seinen Gestank.

»Sag ihr Danke von mir.« Seine Stimme ist hölzern.

»Das kannst du auch selbst machen.«

»Sag ihr Danke von mir«, wiederholt er, als hätte er sie nicht gehört.

»Du solltest das lieber essen«, sagt Joy, als hätte sie ihn genauso wenig gehört. »Oder ich sage ihr, du hättest gesagt, sie hätte ganz schön nachgelassen.«

Das war ein Witz. Isaac weiß, dass er jetzt lachen sollte, aber er weiß nicht mehr, wie das geht. Stattdessen hustet er. In dem betretenen Schweigen kommt Joy durch den Flur auf ihn zu und will ihm die Tasche reichen. Isaac zuckt zusammen, weicht zurück und macht mit seiner geschwächten Hand eine vage Geste Richtung Küche. Joy seufzt und schüttelt den Kopf. Sie geht in die Küche, stellt die Tasche ab und holt aus ihrer geräumigen Handtasche noch mehr Verpflegung: Fläschchen mit Fruchtsaft in den buntesten Farben, Schachteln, in denen Vitaminpillen klappern, eine Art Proteinpulver mit dem scheußlichen Farbton von Algen. Durch die Tür sieht Isaac zu, wie sie alles auf die Küchentheke stellt, und wahrt dabei einen Sicherheitsabstand, als fürchte er, die Pillen und Drinks seien radioaktiv. Als Joy fertig ist, dreht sie sich zu ihm um. Wieder entsteht ein Schweigen, diesmal noch betretener. Um die Form zu wahren, schickt Isaac eine Belanglosigkeit durch die Leere, die sich zwischen ihnen auftut.

»Du warst beim Friseur«, sagt er.

»Du nicht«, entgegnet sie. »Du siehst furchtbar aus, Isaac.«

Dann macht sie auf dem Absatz kehrt, verschwindet aus Isaacs Sichtfeld und lässt ihn in Ruhe darüber nachdenken, *wie* furchtbar er aussieht. Er wendet sich dem Spiegel zu, der im Flur an der Wand hängt, und begutachtet sein Gesicht. Seine Haare sind ein einziges Durcheinander. Sie erinnern an Frankenstein, widersetzen sich der Schwerkraft und sind mit vorzeitig ergrauten Strähnen durchzogen. Wenn er seinen Bart nur ansieht, juckt es ihn schon. Neben dem Spiegel hängt ein Foto von ihm und Mary, das sie an dem Fotostand bei Joys Hochzeit gemacht haben. Auf dem Foto lächelt Isaac. Im Spiegel nicht. Und nicht nur lächelt er jetzt gerade nicht, sondern es wirkt, als hätte sein Gesicht überhaupt die Fähigkeit zu lächeln verloren. Seine Grübchen sind von seinem Stacheldrahtbart überwuchert und seine Lachfalten von herabhängenden Fleischlappen überdeckt, die vor seinen Augen zu verfaulen scheinen. Isaac hakt die Zeigefinger in die Mundwinkel und versucht, seinen Mund zu einem Lächeln zu dehnen. Er bleckt die Zähne mit dem Zahnfleisch, das aussieht wie Überreste auf einem Totenschädel. Es überrascht ihn, wie scheußlich er aussieht. Aber irgendwie ist er darüber auch froh. Es tut gut, gesagt zu bekommen, dass er schlecht aussieht, er fühlt sich dabei wie ein Mönch, der sich geißelt, um Buße zu tun. Hätte Joy ihm gesagt, dass er gut aussieht, hätte er sich vielleicht Sorgen gemacht, dass seine Genesung zu schnell voranschreitet.

»Isaac!« Joy hat über das Geräusch des Wasserkochers hinweg nach ihm gerufen.

»Was?«, sagt er, als er die Küche betritt.

»Wo sind denn deine ganzen Tassen hin?«

Wie ein heißer Blitz fährt die Panik durch Isaacs Magen, als ihm das Ei oben im Schrank wieder einfällt. Er wirft einen raschen Blick auf die Tür zum Flur und räuspert sich.

»Frühjahrsputz.«

»Und dabei hast du die Tassen weggeworfen?« Joy sieht auf das Tellerregal. Es ist leer. Die beiden einzigen Teller im ganzen Haus stehen, mit Bohnenschmodder verschmiert, in der Spüle.

»Auch die Teller«, sagt Isaac, bevor Joy fragen kann.

Joy sieht ihn verständnislos an und lehnt sich an die Küchentheke. Sie schaltet den Wasserkocher aus und verschränkt die Arme. Hinter der Wand fängt das Saxofon an zu jaulen.

»Wie geht's deiner Hand?«

Isaac hat ganz vergessen, dass er sich die Hand gebrochen hat. Wo zuvor der Gips war, ist die Haut jetzt dünn, klebrig und gelblich. Die Hand sieht aus wie die eines Toten.

»Gut.«

»Und wie geht's dir?«, fragt Joy, ohne eine Pause entstehen zu lassen.

Die Frage trifft Isaac unvorbereitet. Darauf hat er keine Antwort. »Mir geht's gut.«

»Sicher?«

»Im Großen und Ganzen, ja.«

»Du reagierst nicht auf meine Anrufe.«

»Ich hab dir eine Mail geschrieben.«

»Ja, das hab ich gesehen.«

»Ich gehe zur Therapie.«

»Ich weiß«, sagt Joy. »Einmal die Woche. Wenn überhaupt.«

»Das ist ein Anfang.«

»Nicht, wenn du den Rest der Zeit allein bist.«

»Ich bin nicht allein«, sagt Isaac, bevor er sich zurückhalten kann.

Joy hält inne. Sie kneift die Augen zusammen und blickt auf den verblassten roten Fleck an der Wand, auf die Kerben, die das Geschirr in der Kühlschranktür hinterlassen hat, die Ansammlung von Lebensmittelflecken neben der Tür zum Wohnzimmer. Dann sieht sie ins Wohnzimmer, und ihr Blick fällt auf die Keksdose auf dem Kaminsims.

»Ernsthaft?«, sagt sie.

Isaac macht einen verwirrten Eindruck. Er dreht sich um, sieht die Keksdose an und spürt, wie seine Wangen heiß und rot werden.

»Es gefällt ihr hier«, sagt er.

Deshalb will Isaac nicht, dass man ihn besucht. Er muss dann an Sachen denken, an die er nicht denken will. Daran, dass er so viel getrunken hat. An die Beerdigung. Neue, alte Bilder versengen ihm das Hirn. Joy, ganz in Schwarz gekleidet, die nicht zusammenbrechen kann, weil sie ihren großen kleinen Bruder stützen muss. Esther, ganz in Schwarz gekleidet, dünner, als er sie je zuvor gesehen hat, die nicht in der Lage ist, über die Reise in den Süden zu klagen oder überhaupt etwas zu sagen. Er selbst, wie er noch eine Woche nach der Beerdigung ganz in Schwarz gekleidet ist. Wieder betrunken, wieder allein. Wie er eine Urne in eine leere Walkers-Shortbread-Dose leert, weil er nicht will, dass der Inhalt in Schottland seine letzte Ruhe findet, während er selbst hier unten allein verfault. Brennend flammt die Scham in seiner Magengrube auf.

»Du hältst sie als Geisel«, sagt Joy.

»Nein, tue ich nicht.«

Doch, tut er schon. Esther hat ungefähr vierzig Mal angerufen, und jedes Mal hatte er »gerade keine Zeit zu reden«. Isaac sieht durch die Wohnzimmertür auf die Keksdose. Er hustet, aber nur um zu verschleiern, dass ihm der Atem stockt. Seine Augenlider flattern. Er hält sich an der Küchentheke fest. Eine lange Pause folgt, in der Joy ihren Bruder wieder von oben bis unten mustert. Garantiert hat sie mit Esther gesprochen und auch mit Dr. Abbass. Er ist sicher, dass sie alle sein Bestes wollen. Doch bei der Vorstellung von dem, was sie wollen, fühlt er sich noch viel schlechter. Während Isaac sich darauf konzentriert, nicht zu Boden zu sinken, schließt Joy die Tür des Schranks, in dem früher die Tassen gestanden haben, und wedelt mit der Hand theatralisch vor ihrer Nase hin und her.

»Du musst wirklich dringend duschen«, sagt sie. »Und geh in Gottes Namen zum Friseur.«

»Ich war schon seit Ewigkeiten nicht mehr außer Haus.«

Joy will noch etwas sagen, hält aber inne. Stattdessen zieht sie die Augenbrauen hoch und sieht Isaac an.

»Außer zur Therapie«, sagt Isaac.

Joy zieht die Augenbrauen ein Stück höher.

»Und hin und wieder für einen Spaziergang«, sagt Isaac, diesmal etwas lauter.

»Komm schon, Isaac«, entgegnet Joy. »Wir wissen beide, wo du warst.«

Die brennende Panik kehrt in Isaacs Magen zurück, und mit ihr das Gefühl, als rinne ihm Batteriesäure die Kehle hinab. Er windet sich wie eine Kakerlake, die von einem Daumen niedergedrückt wird.

»Ich …« Er findet keine Worte. »Ich will nicht darüber reden.« Isaac schluckt. Reflexartig richtet er den Blick nach oben.

»Sie macht sich Sorgen um dich«, sagt Joy.

»Dr. Abbass?«

»Nein, nicht Dr. Abbass.«

»Oh, ach so«, sagt Isaac.

»Ich nehme ihr das nicht übel«, fährt Joy fort. »Wir machen uns alle Sorgen um dich.«

»Ich hab's dir doch gesagt. Mir geht's gut.«

Joy merkt, dass sie auf verlorenem Posten steht, und nimmt die Küche in Augenschein.

»Wenigstens hast du geputzt«, sagt sie.

Ihr Blick fällt auf den Magneten am Kühlschrank, der die Liste hält. Isaac meint, in ihrer Unterlippe ein Zittern zu erkennen. Joy schnieft, das Zittern verschwindet, sie beugt sich hinab und öffnet das Schränkchen unter der Spüle. Isaac betrachtet noch immer den Magneten. Joy hat von den Anwaltskongressen immer eine Menge Werbegeschenke mitgebracht. Isaac hat immer die Stifte genommen, Mary die Notizbücher. Er ist sich sicher, dass auch auf der Rückseite des gelben Notizbuchs, das oben auf ihrem Schreibtisch liegt, das Logo einer unbarmherzigen Insolvenzverwaltung prangt. Es war immer ein Sammelsurium an Nippes: Kalender, Schlüsselanhänger mit integriertem Laserpointer und eben auch Küchenmagnete, mit denen man ganz praktisch Listen befestigen konnte. Wenn der Kongress sie langweilte und sie es kaum erwarten konnte, dass der Tag vorüber war, inspizierte Joy die Tische mit den Werbegeschenken und schickte Fotos mit möglichem Diebesgut an ihre WhatsApp-

Gruppe. Ja, jetzt fällt es Isaac wieder ein. Sie drei hatten eine WhatsApp-Gruppe. Sie hatten sich »Die drei Amigos« genannt.

»Da sind sie ja«, ist Joy mit gedämpfter Stimme von unterhalb der Spüle zu hören.

Sie steht auf und dreht sich um, in einer Hand eine Rolle schwarzer Mülltüten. Sie klopft mit der Rolle in die andere Hand und sieht Isaac an, als würde sie ihm gleich ein Pflaster abziehen.

»Also«, sagt sie und reißt eine Tüte von der Rolle. »Sollen wir loslegen?«

»Womit?«

»Du musst ja nicht alles auf einmal erledigen. Aber du weißt doch, was Dr. Abbass gesagt hat. Es ist ein wichtiger Schritt im Prozess des Loslassens.«

»Das hat sie gesagt?«

»Ja«, sagt Joy. »Das hast du mir geschrieben. In deiner Mail. In Großbuchstaben.«

Hat er das? »Hab ich das?«

Joy sieht Isaac argwöhnisch an. Isaac sieht Joy argwöhnisch an. Wieder eine Gedächtnislücke. Isaac schließt die Augen, reibt sich die Schläfen und atmet langsam aus. Nichts. Als er die Augen wieder öffnet, ist Joy verschwunden. Er hört, wie sie sich im Flur zu schaffen macht. Isaac eilt ihr nach, den Blick auf die Treppe geheftet. Die heiße Panik wird noch heißer.

»Fangen wir mit denen hier an«, sagt Joy und deutet auf die Damenschuhe, die in einer Reihe neben der Tür stehen. Ein Paar Laufschuhe schmiegen sich an schmutzige Gummistiefel, die sich ihrerseits an hochhackige Stiefeletten lehnen, die sie so gut wie nie getragen hat, weil sie in ihnen viel größer als Isaac war. Hin und wieder erfand Mary sich gern neu, und ihre Garderobe war immer das Erste, dem sie frischen Wind verlieh. Unwillkürlich sieht Isaac ins Wohnzimmer zu der Keksdose auf dem Kaminsims. Umfassender kann man sich nicht neu erfinden.

»Nein, die nicht«, sagt er.

Das Sprechen fällt ihm schwer. Er will nicht zugeben, was er denkt, nämlich dass Mary, wenn er ihre Schuhe wegwirft, nichts mehr anzuziehen hätte, falls sie – rein theoretisch – jemals wieder durch die Haustür hereinkäme.

Joy wendet sich zum Garderobenständer und greift nach den Ärmeln von Marys Mänteln. Einer in hellem Schwarz, einer mit Leopardenmuster, ein Military-Regenmantel. »Die hier?«, fragt sie, als würde sie überlegen, welche sie anprobieren soll.

»Nein, die auch nicht.« Isaac würde nicht wollen, dass Mary friert.

»Okay«, sagt Joy und lächelt ihn ermattet an. Sie hat noch immer die leere Mülltüte in der Hand. »Wir können auch oben anfangen, wenn du willst.«

Bevor Isaac begreift, was »oben anfangen« bedeutet, ist Joy schon an ihm vorbeigesaust und hat dann eben oben angefangen. Isaacs heiße Panik wird nun so heiß, dass er das Gefühl hat zu verdampfen, bevor er Joy einholen kann. Er jagt die Treppe so schnell hoch, dass er auf allen vieren auf dem Treppenabsatz landet und Joy erst einholt, als sie schon im Schlafzimmer ist. Sie mustert die Kleiderschränke und die Kommoden und überlegt, wo sie anfangen soll. Isaacs Nackenhaare stellen sich auf, als er sich das Schlimmste ausmalt: Joy öffnet die Türen des Kleiderschranks, Ei entrollt sich mit einem markerschütternden Schrei, auf den Joy ebenfalls mit einem Schrei antwortet. Wie würde das enden? Isaac vermutet, dass Joy das Monster nicht so freundlich in Empfang nehmen würde wie er, als er es im Wald entdeckt hat, während er mit dem Gedanken spielte, sich von einer Brücke zu stürzen. Sein Gehirn beschwört die Vorstellung von Joy herauf, die das Geschöpf mit bloßen Händen zu Brei schlägt, oder von dem Geschöpf, das seine langen Arme wie zwei tödliche Boas um Joys Hals schlingt. Zugegeben, weder das eine noch das andere ist wahrscheinlich, aber Isaac hat oft genug Pech gehabt, um zu wissen, dass das schlimmste denkbare Szenario immer das ist, das wahrscheinlich eintreten wird. Doch was auch immer passieren wird, es wäre nicht klug, wenn Joy das Ei zu Gesicht bekäme. Mittlerweile hat sie eine der Schubladen aufgezogen und sich an die Arbeit gemacht. Sie nimmt eines von Marys Schlaf T Shirts heraus, atmet einmal tief durch, als drohe der Anblick, ihr die tapfer bewahrte Fassung zu rauben. Sie wischt sich über ein Auge und sieht Isaac fragend an. Isaac beobachtet die Tür des Kleiderschranks. Joy hält das T-Shirt hoch, um seine Aufmerksamkeit zu erregen.

»Behalten oder …« Sie atmet noch einmal behutsam durch. »… aussortieren?«

Isaac reißt den Blick vom Kleiderschrank los. *Ich liebe mein Bett.*

»Was?«

»Behalten oder aussortieren?«

»Ähm … behalten.«

Joy legt das T-Shirt zurück in die Schublade und nimmt ein anderes heraus. *Ich liebe New York.*

»Behalten.«

Ich liebe uns.

»Behalten. Definitiv.«

Joy schüttelt den Kopf, legt das T-Shirt zurück und macht die Schublade zu.

»Du kannst das nicht alles behalten«, sagt sie. »Irgendetwas muss sich ändern.«

»Ich will nicht, dass sich etwas ändert.«

»Das weiß ich«, sagt Joy mit brüchiger Stimme. »Aber schau doch, was das mit dir macht.«

Isaac will nicht an sich hinabsehen. Auf seinen ungepflegten Bart, auf seine ungewaschene Kleidung, auf seinen ausgezehrten Körper. »Was weißt du schon?«, entgegnet er stattdessen, mit einer Stimme wie ein Giftpfeil.

Joy antwortet in sanftem Ton. »Ich habe eine Menge Bücher zu diesem Thema gelesen. Und in allen steht, dass das ein wichtiger Schritt im Heilungsprozess ist.«

»Ich lebe aber nicht in einem Buch«, sagt Isaac. »Ich befinde mich nicht in einem Heilungsprozess.«

»Genau das ist das Problem.«

Isaac weiß nicht, was er darauf sagen soll. Und deswegen beäugt er wieder nervös den Kleiderschrank.

»Gute Idee«, sagt Joy. »Fangen wir mit dem Kleiderschrank an.«

Siedend heiße Panik. Als Joy den ersten Schritt macht, tritt Isaac von einem Bein auf das andere, als stünde er auf glühenden Kohlen. Kurz bevor sie den Schrank erreicht, schlittert er wie eine Krabbe vor sie hin, wirft sich mit dem

Rücken gegen die Schranktür und breitet die Arme aus. Er ist überzeugt davon, dass die Tür unter seinen Armen zittert.

»Nein«, sagt er. »Nicht der Kleiderschrank.«

Joy wirkt verdutzt. Sie legt eine Hand auf Isaacs Arm, aber er schüttelt sie ab.

»Ist gut, Isaac«, sagt sie.

»Nicht der Kleiderschrank«, wiederholt er.

Isaac hat jetzt noch ein zweites Problem. Die Tür zittert jetzt *definitiv*. Ob wegen der Wucht, mit der er sich dagegengeworfen hat, oder wegen der Wärme in Joys Stimme, Ei hat beschlossen zu schlüpfen. Isaac hört hinter der Tür das gleitende Geräusch, mit dem sich seine Arme entwirren, und ein verräterisches Schnurren, das anzeigt, dass Ei wach und putzmunter ist. Isaac hat ihm gesagt, er soll stillhalten, bis er ihm sagt, dass »die Luft rein ist«, aber erst jetzt wird ihm klar, dass Ei keine Ahnung hat, was es heißt, dass »die Luft rein ist«. Vielleicht glaubt er, dass es jetzt so weit ist. Was dann? Wie lange dauert es, bis es ihm zu eng wird, er zu heulen anfängt und mit seinen flatternden Armen um sich schlägt? Was *dann*? Isaac hört aus dem Inneren des Schranks ein gedämpftes *»Wob wab?«*. Er versucht, es mit Reden zu übertönen.

»Ich glaube, du gehst jetzt besser«, sagt er grimmig.

»Was?«

»Das ist zu viel. Ich glaube, du gehst jetzt besser.«

»Ich will dir doch nur helfen«, entgegnet Joy und versucht, Isaac zur Seite zu drängen.

»Du hilfst mir aber nicht.« Unvermittelt kommt ihm in den Sinn, wie sie als Kinder im Spiel miteinander gekämpft haben und Joy ihn auf dem Sofa im Wohnzimmer mit einem perfekt ausgeführten *People's Elbow* ausgeknockt hat und die Babysitterin nur entsetzt zugesehen hat. Sie war schon immer stärker gewesen als er.

»Ich weiß, dass das schwer für dich ist, Isaac«, sagt sie und versucht, sich unter seinem ausgestreckten linken Arm hindurchzudrücken.

»Ach ja?« Ei wird lauter, also spricht auch Isaac lauter. »Tatsächlich?«

Das funktioniert. Joy gibt auf, weicht zurück und stößt gegen das Bett. Sie wirkt schockiert.

»Du bist nicht betroffen«, sagt Isaac. »Niemand von euch ist betroffen.«

Noch während er das sagt, merkt er, dass das nicht fair ist. Noch mehr unerwünschte Erinnerungen prasseln vor seinem inneren Auge nieder, zu schnell, als dass er sie verarbeiten könnte. Er denkt daran zurück, dass Mary damals in London in Joys Firmen-Netballmannschaft mitgespielt hat und sie sich jeden Dienstagabend gemeinsam betrunken haben, nachdem sie wieder mal ein Spiel verloren hatten. Er denkt daran zurück, dass Joy und Mary oft zusammen im Theater waren, dass die Karten fürs Globe, die Ei aus dem Posthaufen gefischt und verputzt hat, für einen gemeinsamen Sommerabend gedacht waren, gekauft schon vor einer halben Ewigkeit. Er denkt an den Weihnachtsmorgen zurück, an dem sie ihnen gesagt hatte, dass sie schwanger war. Sie hatte nicht Isaac angerufen. Sondern Mary. Sie hatte nicht Isaac gefragt, ob sie Pateneltern sein wollten. Sondern Mary. Natürlich weiß er, dass Joy und Mary eng miteinander befreundet waren. Er weiß, dass er auf Mary

Moray keinen Exklusivanspruch hat. Aber jetzt hat er damit angefangen und kann nicht mehr aufhören. Wieder packt der perverse kleine Dämon sein Hirn, prügelt darauf ein und manipuliert Isaacs Stimmbänder, sodass sie Dinge sagen, die sie gar nicht sagen wollen. Der Dämon ist selbstsüchtig. Er will allein trauern. Und Isaac schreit zwar nur Joy an, aber sein Zorn gilt eigentlich der ganzen Welt.

»Sie war *meine* Frau! Meine. Und mir ist völlig schnuppe, wie viele Bücher du gelesen hast. Ich brauch deinen beschissenen Heilungsprozess nicht!«

Joy will etwas sagen, aber ihr fehlen die Worte. Sie sieht aus, als würde sie nun doch in Tränen ausbrechen, kann sich aber gerade noch zurückhalten. »Isaac, ich wollte dir doch nur …«

»Helfen?« Isaac brüllt jetzt beinahe. »Ich – will – deine – Hilfe – nicht.«

Schweigen. Joy entgegnet nichts. Das Geschöpf im Schrank gibt keine Geräusche mehr von sich. Isaacs Schwester schnieft, wischt sich über die Augen und geht zur Tür. Bevor sie hinausgeht, dreht sie sich zu Isaac um.

»Du kannst die Realität nicht einfach ausblenden«, sagt sie. »Damit verletzt du nicht nur dich selbst.«

Dann ist sie verschwunden, nur die schweren Tritte ihrer Füße auf der Treppe sind noch zu hören. Isaac schließt die Augen, lässt sich gegen den Kleiderschrank fallen und schüttelt den Kopf. Er hört, wie die Haustür zuschlägt, das Geräusch von Joys Absätzen auf dem Weg zur Straße, dann weiter den Gehsteig hinab, bis es in der Ferne verklingt. Die Augen noch immer geschlossen, tappt Isaac zum Bett und plumpst auf die Matratze. Er vergräbt den Kopf in den Händen und überlegt, ob er weinen soll, wird aber vom Quietschen einer Türangel abgelenkt. Er blickt auf und sieht Ei, der ihn aus dem offenen Kleiderschrank ankuckt.

»Hast du das alles mitangehört?«, fragt Isaac.

Natürlich hat Ei alles gehört. Er schüttelt den Kopf, was eher aussieht, als würde er den ganzen Körper hin und her schwingen. Er verschränkt auch die Arme und verknotet sie wieder und wieder, wie zwei Schlangen auf einem Gemälde von Hieronymus Bosch. Sein kleines Gesicht oberhalb der übertrieben verschränkten Arme wirkt streng. Die Lippen zwischen den ohnehin immer herabhängenden Mundwinkeln hat er noch stärker zusammengepresst als sonst, und aus seinen großen Augen blickt er Isaac so konzentriert an, als versuche er, einen Gesichtsausdruck nachzuahmen, der ihm eigentlich nicht entspricht: Enttäuschung.

»Bluh blah«, sagt er. Es klingt wie ein Urteil.

»Ich weiß«, sagt Isaac und schüttelt ebenfalls den Kopf. »Ich war neben der Spur. Ich rufe sie an und entschuldige mich.«

Ei neigt sich vornüber und weitet die Augen, als wolle er sagen: *»Weiter …«*

»Und es tut mir leid, dass ich dich im Schrank eingeschlossen habe«, sagt Isaac. »Ich hab das nur gemacht, um dich zu schützen, also solltest du eigentlich Danke sagen.«

»Wandä«, sagt Ei mit einer Miene, die sehr stark danach aussehen würde, dass er die Augenbrauen hochzieht, wenn er denn Augenbrauen hätte, die er hochziehen könnte.

»Klasse«, sagt Isaac. »Die Haltung gefällt mir.«

Ei scheint mit sich selbst zufrieden zu sein. Isaac fühlt sich nur schuldig. Erneut vergräbt er das Gesicht in den

Händen, stöhnt und fragt sich, was er Joy sagen soll, wenn er vor ihr zu Kreuze kriecht. Da spürt er plötzlich etwas. Drei Finger einer kleinen Hand verwuscheln ihm die Haare, so wie er es vor so vielen Wochen in der Küche bei Ei gemacht hat. Ei tröstet ihn. Moment, nein – jetzt wird das Schlafzimmer weggesaugt, so wie damals vor so vielen Wochen die Küche. Das Bett flutscht in den Boden wie Wackelpudding in einen Abfluss, die Kleiderschränke flattern wie Schmetterlinge in alle Richtungen davon, die Wände sausen wie Ahornsamen rotierend ins Nichts. Obwohl Isaac noch immer unter sich die Matratze und auf seinem Kopf Eis Hand spürt, schwebt er wieder in einer schwarzen Leere, einem geisterhaften Nichts, das sich so weit erstreckt, wie das Auge reicht. Isaac keucht. Er friert nicht, aber sein Atem bildet vor seinem Gesicht eine Wolke. Er sieht nach links, dann nach rechts. Überall nichts. Nur leerer Raum. Dann, kurz bevor er in Panik ausbricht, entdeckt er in weiter Ferne etwas. Ein blinkendes Licht. Eine Art Leuchtsignal, das auf ihn zuschwebt, begleitet von einem hohen Summen, ähnlich dem Gesang eines Belugawals in der Tiefe. Isaac versucht, ihm entgegenzuschwimmen, aber er bleibt weiter in der Schwebe und kommt nicht vom Fleck. Keine Chance. Das Signal kommt jetzt näher, und Isaac erkennt, dass das blinkende Licht vorne an etwas angebracht ist, das wie eine Kapsel aussieht. Das kleine Ding gleitet durch die Leere, und durch eine seiner seitlichen Glasfronten ist gerade eben ein noch kleineres Gebilde zu sehen. Von Nahem betrachtet, vor dem Hintergrund der leeren Unendlichkeit, wirkt es winzig. Es macht *piep piep piep*, während es an Isaac vorüberzieht. Er kann sich des

Gedankens nicht erwehren, dass es ein bisschen wie ein Sarg aussieht.

Bevor Isaac das Ding näher betrachten kann, nimmt Ei die Hände aus seinen Haaren. Der Raum um ihn herum nimmt wieder Gestalt an. Und Isaac sitzt wieder auf dem Bett in seinem irdischen Schlafzimmer. Er reibt sich die Augen. Er sieht zu Ei hinüber. Isaac fällt wieder ein, wie Ei in der Küche als Antwort auf die Frage »Woher kommst du?« eine Grapefruit in die Tischplatte gedrückt hat. Vielleicht wollte er ihm damit etwas sagen, etwas, für das Isaac blind war, weil er zu sehr mit seinen eigenen Problemen beschäftigt war. Isaac stellt sich vor, wie Ei aus dem Fenster einer Rettungskapsel schaut, während seine Heimat dasselbe Schicksal ereilt wie damals die Grapefruit, der Keks und der Teller. Er stellt sich vor, wie ein ganzer Planet zerstört wird. Er stellt sich ein großes Mutterschiff vor, gefüllt mit Eiern, die genauso verloren sind wie Ei, durch das Weltall segeln und ihr abgängiges Kind suchen. Und er stellt sich vor, wie Ei in dem Wald eine Bruchlandung hinlegt. Ein herzzerreißendes Bild. Er sieht Ei vor sich, der noch einsamer ist als er selbst. Und er sieht eine Aufgabe, die ihm möglicherweise helfen könnte, seine eigene Wirklichkeit wiederzufinden. Das Projekt mit dem denkbar hehrsten Ziel, direkt vor seinen Augen.

»Ich werde dir helfen, nach Hause zurückzukommen, Ei«, sagt Isaac. »Das verspreche ich dir.«

Er sagt das eher zu sich selbst, was auch besser ist, denn Ei hört ihm nicht zu. Er steht drüben vor den Schubladen und zieht ein Paar von Marys alten Bettsocken hervor. Er dreht sie in seinen kleinen Händen hin und her, wendet sich dann zu Isaac, der ihn beobachtet. Ei präsentiert ihm die Socken.

»*Wewaahdn boma maubohbier?*«, fragt er. *Behalten oder aussortieren.*

Isaac muss fast lächeln. Aber nur fast.

»Aussortieren«, sagt er.

SIEBEN

Isaac Addy könnte auch ein Außerirdischer sein. Jedenfalls fühlt er sich wie einer. Abgesehen von Joys kurzem Besuch und den Sitzungen bei Dr. Abbass hat er seit Monaten so gut wie keinen Kontakt zu seinesgleichen gehabt. Er sieht auch wie ein Außerirdischer aus. Wie sah Isaac Addy letztes Jahr aus, bevor er all seine menschlichen Freunde aus seinem Leben gestrichen hat? Nicht wie das hier. *Das hier* – was auch immer es ist – sieht so außerirdisch wie nur möglich aus. Die Stalagmiten, die seine Haare bilden, und die Stalaktiten, die sein Bart bildet, verleihen ihm den Anschein, als stamme er aus einer Welt, deren Bewohner aus Stein sind. Früher haben seine Augen gefunkelt, aber jetzt schimmern sie nur noch so matt wie glatt geschliffene Kieselsteine, wie man sie am Strand findet. Isaac hat sich verhärtet, ist versteinert. Er spricht mit niemandem außer mit seinem halbmeterhohen, nicht menschlichen Hausgenossen, und dieser Mangel an Kontakt mit Menschen hat dazu geführt, dass er in Sachen »Sich verhalten wie ein Mensch«

deutliche Defizite zeigt. Was Ei an menschlichem Verhalten nicht aus dem Fernsehen gelernt hat, lernt er von dem vereinsamten Menschen, der ihn im Wald gefunden hat. Während Isaac mit jedem Gespräch, das sie führen, weniger menschlich wird, wird Ei mit jedem Mal menschlicher. Noch ein paar Monate, dann treffen sie sich vielleicht in der Mitte.

Jetzt, wo Ei zunehmend sicherer im Sprechen wird, bemüht Isaac sich herauszufinden, warum und wie Ei zu ihm gekommen ist. Er hat die Theorie mit der Rettungskapsel vorgebracht, aber Eis erstaunlich kurze Aufmerksamkeitsspanne hat es Isaac stark erschwert, ihm etwas zu entlocken. Er musste erfinderisch werden. Mit Handbewegungen geht es, ebenso mit buntem sensorischem Spielzeug. Ei hat zählen gelernt, was sich als hilfreich erweist, wenn es um Entfernungen, Zeiträume und Höhenangaben geht, wenngleich es ihn noch immer verwirrt, dass Isaac »sechs Fuß« groß ist, dabei aber viel größer ist, als sechs Menschenfüße aneinandergereiht wären. Er und Isaac kommunizieren mit viel mehr als nur mit Worten, und Isaac hat sich in Grundzügen auch schon sein eigenes Bild von Eis bisheriger Reise gemacht; konkret hat er bis jetzt allerdings nur herausgefunden, dass Ei von weit, weit her kommt. Der Rest beruht auf Isaacs Interpretation – der zertrümmerte Teller und die vernichtete Grapefruit lassen auf ein katastrophenartiges Ereignis schließen. Wie ist das, wenn man sieht, wie die eigene Welt in tausend Stücke zermalmt wird, wie ein Keks auf einer Tischplatte? Isaac glaubt, davon eine Vorstellung zu haben. Um seine Theorie zu überprüfen, hat er versucht, mehr Einblicke in Eis Vergangenheit zu bekommen, indem er sich von hinten an ihn herangeschlichen und ihm seinen pelzigen Kopf verwuschelt hat, um erneut eine Vision hervorzurufen, die vielleicht mehr Aufschluss geben könnte. Das hat nicht funktioniert. Ei scheint diese magische Kraft nach Belieben an- und ausschalten zu können. Aber wenn Ei im Wald nahe der Brücke, die nur fünfzehn Minuten von Isaacs Haus entfernt ist, eine Bruchlandung hingelegt hat, sind irgendwo da draußen vielleicht noch mehr Geschöpfe seinesgleichen. Isaac wird Ei helfen, dieses große Mutterschiff aus Metall zu finden, das ihm in seiner Vision erschienen ist. Er wird die E.T.-Methode anwenden, aber diesmal wird er Elliott spielen. Er wird der Held auf dem Fahrrad sein. Er wird Ei helfen, nach Hause zu telefonieren. Aber damit das gelingt, braucht er die erforderlichen Hilfsmittel. Daher geht Isaac Addy, nachdem er die Außenwelt monatelang gemieden hat, in die Stadt.

Ei hat offenbar eine Veränderung an Isaac bemerkt. Er beobachtet ihn wieder regelmäßig. Er beobachtet ihn, wie er die Melodie des Saxofons mitpfeift. Er sieht, wie Isaac tänzelt, wenn er überquellende Mülltüten zur Haustür befördert. Und er sieht ihm zu, wie er aus dem Unterschrank im Wohnzimmer einen Schlüsselbund nimmt, damit die Hintertür aufsperrt und zielstrebig zum Schuppen am Ende des Gartens geht. Früher hat er das nie gemacht, aber in den Tagen vor dem großen Ausflug trifft er Vorbereitungen wie für einen Marathon oder ein militärisches Manöver. Dazu gehört, unerschrocken den Müll hinauszubringen, um sich an kurze Plaudereien mit Passanten zu gewöhnen. Dazu gehört auch, auf Google Maps die schnellste Route zu ermitteln, auf der der Secondhandladen, der Haushaltswarenladen und sein Stammfriseur liegen und auf der zugleich keine Gefahr besteht, dass er alten Bekannten über den Weg läuft. Und dazu gehört, den Rasen im Garten hinter dem Haus zu mähen, sich an Aufenthalte draußen zu gewöhnen, ohne in Panik zu verfallen, und sogar, Ei im gemähten Gras spielen zu lassen – allerdings nur spät am Abend, wenn Isaac sicher sein kann, dass die Nachbarn nicht gucken. Auch das hätte der Isaac, der er in den letzten Wochen war, wahrscheinlich nicht erlaubt, aber er ist nicht mehr der, der er in den letzten Wochen war. Man könnte fast meinen, dass er dabei ist, wieder ein Mensch zu werden, ja sogar, glücklich zu werden. Das ist er nicht. Aber das wird er später angehen.

Alles ist vorbereitet für den Ausflug in die Stadt, den Isaac und Ei machen werden. Isaac hat sich immerhin von ein paar von Marys alten Fitnessoberteilen verabschiedet, von ihren ausrangierten Badeanzügen und ihrer halb kaputten Sonnenbrille. Die Sachen liegen in einer Mülltüte neben der Tür, zusammen mit den eingegangenen Bettlaken, die noch immer im Trockner gelegen hatten. Auch mit der Liste kommt er gut voran. Er hat einen weiteren Punkt durchgestrichen: ~~Mum anrufen.~~ Das Gespräch war kurz, und er hat ihren Vorschlag abgewimmelt, dass sie vorbeikommt und sie gemeinsam kochen, so wie früher, aber zumindest konnte er ihr versichern, dass er noch am Leben ist, noch immer zur Konversation fähig, und dass er sich noch immer einigermaßen ernährt. Er hat sogar ~~Blumen pflanzen~~ durchgestrichen, was undenkbar gewesen wäre, als er es noch vermied, vor die Tür zu gehen (und etwa in den Garten), geschweige denn vor die Tür und auf die Straße (und etwa in die Stadt). Die Blumen waren ein Geschenk von Joy. Es sind Dahlien, Marys Lieblingsblumen, und Joy meinte, dass Isaac, wenn er im Sommer aus dem Küchenfenster schaut, damit immer eine Erinnerung an Mary haben wird. Er hat Joy ein Foto von den frisch gepflanzten Blumen geschickt, dann hat er sie angerufen und sich dafür entschuldigt, dass er sich wie ein Arschloch benommen hat. Sie hat ihm verziehen. Dann hat er ihr von seinen großen Plänen erzählt, in die Stadt zum Friseur zu gehen, dabei allerdings kein Wort über das Weltraum-Kommunikationsgerät verloren, das er bauen will. Joy schien sich für ihn zu freuen. Falls sie wusste, dass er ihr etwas verschwieg – das Ei, oder wie oft er tatsächlich das Haus verlassen hat –, dann hatte sie wohl beschlossen, ihn nicht darauf anzusprechen.

Isaac und Ei stehen im Flur vor der Haustür, bereit zum Aufbruch. Isaac hat ermittelt, dass der Dienstagmittag, gleich nach der Mittagspause, der beste Zeitpunkt ist, um der Aufmerksamkeit zu entgehen, die ein belebtes Stadtzentrum möglicherweise mit sich bringt. Und Ei hat sich, mit derselben militärischen Präzision, mit der Isaac den Ausflug geplant hat, in die technischen Details des Transponders gestürzt, den er und Isaac bauen werden. Er hat Pläne entworfen, indem er einen seiner Wurstfinger mit der Kohle aus dem Kamin beschmiert und ihn über große Bögen von Isaacs altem Zeichenpapier geführt hat. Er hat überwacht, wie Isaac aus Kleiderbügeln, Barlöffeln und Zwirn eine behelfsmäßige Antenne gebastelt hat, die jetzt wacklig auf dem Dach neben dem Fenster des oberen Badezimmers befestigt ist. Und er hat seine eigene Liste verfasst, die, so vermutet Isaac, nur existiert, weil Ei neidisch auf Isaacs Liste war. Ei zufolge enthält sie sämtliche Bauteile, die er braucht, um mit seinesgleichen Kontakt aufzunehmen, um seine Familie ausfindig zu machen, von der Isaac glaubt, dass sie irgendwo da draußen ist und darauf wartet, gefunden zu werden. Ei hat ihm, hin und her tapsend und sich über das Kinnfell streichend, die Liste diktiert, und Isaac hat sie niedergeschrieben.

Batterien (AA)
Gaffer Tape
Büroklammern
Laserpointer
Dünger (Tomaten)
Backstarkes Weißbrotmehl
Gartenzwerg (irgendeiner)

Die Übersetzung hat sich eine Weile hingezogen. Bei einigen Gegenständen hat Isaac Zweifel angemeldet. Er hat im Internet ein Bild von einem Gartenzwerg gesucht, um sicherzugehen, dass Ei tatsächlich einen Gartenzwerg meint. Im Schuppen im Garten hat er Ei eine halb volle Flasche Düngemittel gezeigt, aber Ei hat darauf bestanden, dass das Vorhaben nur mithilfe von Tomatendünger mit einem hohen Kaliumanteil gelingen würde. Weil er die Einzelheiten der eiischen Technologie nicht kennt und auch nicht wirklich näher kennenlernen will, hat Isaac keine weiteren Fragen gestellt. Zumindest das Mehl hatte er schon im Haus; in der hintersten Ecke eines der Küchenschränke hatte es die Lebensmittelschlacht überlebt. Eis Liste steckt jetzt in der Tasche von Isaacs Jeans, und dass er diese Jeans zum letzten Mal getragen hat, ist … lange her. Schon so lange, dass sie ganz steif geworden war und Isaac sie, um sie zu lockern, knicken musste, als würde er einen Leuchtstab aktivieren. Aber auch dann passte sie ihm nicht, genauso wenig wie seine Gürtel, weshalb er sich einen von Marys Gürteln schnappen musste, einen mit kanariengelbem Würfelmuster aus ihrer kurzlebigen *Clueless*-Phase. Aber damit sieht er immer noch würdevoller aus als Ei.

Was? Nun, man kann schließlich nicht mit einem glupschäugigen Monster auf dem Arm in das Zentrum eines Vorortes spazieren und glauben, dass man damit nicht auffällt. Also musste Isaac Vorkehrungen treffen, damit Ei keine Panik auslöst. Nachdem er sich durch die Mülltüten mit den Klamotten, die ausrangiert werden sollen, sowie durch die hintersten Winkel der Kleiderschränke im Schlafzimmer gewühlt hat, hat er sich für Folgendes entschieden: Mit einem improvisierten Tragetuch hat er sich Ei vor die Brust gebunden, damit er wie ein menschliches Baby wirkt. Weil es zu grausam gewesen wäre, von ihm zu verlangen, sich wieder in ein makelloses Ei zu verwandeln, hat er ihn straff in eine Decke gewickelt, damit seine Arme nicht auf den Boden hinabflappen und Isaac darüberstolpert. Während dieser Prozedur hat er sich mit einer von Eis pummeligen Händen das Haar verwuschelt, man weiß ja nie. Eine Vision hat sich nicht eingestellt. Jetzt hängt Ei in dem Tragetuch, sein Gesicht ist über der Decke gerade so zu sehen, und seine großen Augen hat Isaac unter einer noch größeren Plastiksonnenbrille versteckt, die Mary sich während ihrer Audrey-Hepburn-Phase gekauft hat. Damit war von Ei nur noch sein strahlend weißer Schopf zu sehen, und den hat Isaac mit einem billigen Sonnenhut bedeckt, den Mary ihm einmal bei einem Ausflug nach Mingulay in einem Angelgeschäft gekauft hat. **Frauen lieben mich, Fische fürchten mich** steht in fetten Buchstaben oberhalb der Krempe. Ei vor die Brust geschnallt, in der Hosentasche Eis Liste und in der Hand eine Mülltüte mit Marys Klamotten, sieht Isaac sich noch einmal im Flur um, bevor er das Haus verlässt. Hinter der Sonnenbrille zieht Ei ein mürrisches Gesicht.

»Das ist besser, als dich in einen Rucksack zu stopfen«, sagt Isaac.

Weil er fürchtet, dass Ei seine Arme befreien und zum Zeichen des Protests mit ihnen herumrudern könnte, eilt Isaac zur Tür hinaus und auf den Gehweg. Noch bevor er dort angekommen ist, bedauert er seine Entscheidung. Er fühlt sich überfordert, wie ein Jungvogel, der gerade sein Nest verlassen hat. Normalerweise wirft er sich, sobald er die Straße erreicht hat, in sein Auto. Normalerweise lenkt er das Auto nicht ins Stadtzentrum, sondern gezielt in die entgegengesetzte Richtung, fährt geradewegs an Dr. Abbass' Praxis vorbei und weiter und immer weiter, zu dem einzigen anderen Menschen, den er besucht, was er aber niemals zugibt. Schuldgefühle laufen ihm prickelnd wie elektrischer Strom über die Haut, und er muss sich fast auf seinem Auto abstützen. Der Himmel ist bewölkt, aber die Sonne wirkt unerträglich hell. Es ist fast kein Geräusch zu hören, aber die Straße wirkt unerträglich laut. Autos mit schreienden Fahrern jagen wie Kampfflugzeuge vorüber, und Kirschblütenblätter regnen herab wie Artilleriefeuer. Isaac bemüht sich nach Kräften, einen klaren Kopf zu bewahren. Er strauchelt und stolpert, kommt aber wieder ins Gleichgewicht und vermeidet einen Sturz. Er kneift die Augen zusammen, orientiert sich und wendet sich in die richtige Richtung. Dann setzt er behutsam einen Fuß vor den anderen und kämpft sich vor in Richtung Zentrum. Er verzieht das Gesicht zu einem Lächeln, als ein pfeifender Briefträger an ihm vorübergeht, und nickt einem Passanten zu, der einen gewaltigen rotbraunen Bart zur Schau stellt und ein Baguette mit sich herumträgt. Isaac glaubt, dass das der Saxofonspieler sein könnte, doch er ist zu verwirrt, um weiter nachzuforschen. Beide sehen Isaac verwundert und mit leicht offenem Mund an, doch er beachtet sie nicht weiter. Er konzentriert sich ganz darauf weiterzustapfen. Als er das Ende der Straße erreicht hat, geht sein Atem zumindest nicht mehr so heftig wie während einer Panikattacke. Zwar ist er noch immer benommen, aber er taumelt nicht mehr und kann stehen, ohne sich an Verkehrsschildern oder den Gartenzäunen fremder Menschen festhalten zu müssen. Er atmet tief ein, richtet sich auf und atmet aus. »Du schaffst das«, sagt er zu sich selbst. *»Du schaffst das«,* wiederholt Ei mutmaßlich, aber weil sein Mund von der Decke bedeckt ist, werden seine Worte zu einem kaum hörbaren *»Mm-HmfsNs«*.

Am Ende der ruhigen Stichstraße, in der Isaac wohnt, biegt er in eine ähnlich grüne, aber etwas steilere Wohnstraße ein. An deren Ende geht er wieder links, dann um die Ecke, und dann hat er das Zentrum erreicht. Er ist ins Schwitzen geraten. Zum Teil wegen der schweren Mülltüte voller Turnschuhe und Lederjacken. Zum Teil wegen der Nervosität, die sich breitmacht, wenn man sich ein merkwürdiges Geschöpf vor die Brust geschnallt hat und es heimlich über die belebte Hauptstraße eines Vorortes trägt. Am meisten aber wegen der Stadt selbst, deren Straßen und Plätze auch eine Landkarte von Mary Morays Leben sein könnten. Für Isaac sind sie ein Raster von Orten, an denen sie gemeinsam spazieren waren, zusammen getrunken und gegessen haben, zusammen gelebt haben. Er hat noch nicht einmal das südliche Ende des Zentrums erreicht und ist schon an dem Immobilienbüro vorbeigekommen, bei dem sie ihr Haus gekauft haben, dem Zeitschriftenladen, der ihnen die Zeitung liefert, dem Metzger, den sie am liebsten mögen, dem Bäcker, den sie am wenigsten mögen. Er kann Mary nicht entkommen. Sie ist überall. Schau, sagt sein Gehirn. Da sitzt sie, an einem Tisch am Fenster in dem überteuerten italienischen Feinkostladen, und kichert, weil sie es nicht schafft, Garnelen mit Knoblauch zu essen, ohne dass ihr das Öl vom Kinn tropft. Und dort ist sie schon wieder, wartet vor dem Spirituosenladen auf dich, weil sie dich reingeschickt hat, um Bier zu kaufen. Sie hat ihren Personalausweis zu Hause vergessen und befürchtet zuversichtlich, dass man sie für siebzehn hält. Siehst du sie? Sie stöbert vor der alten Buchhandlung in dem Regal mit den Büchern zu zehn Cent, obwohl sie dort noch nie ein Buch gefunden hat, das den Kauf gelohnt hätte, sooft sie auch gesucht hat. Sie wartet auf den Bus. Sie winkt ein Taxi heran. Sie blickt aus dem Fenster im ersten Stock der Weinbar. Hinter dem Fenster im Erdgeschoss des Nagelstudios formt sie stumm mit den

Lippen einen Satz. *Noch fünf Minuten,* sagt sie. *Warte auf mich.* Isaac fühlt sich überwältigt. Er fühlt sich zerbrechlich, wie die Schale eines Eis. Ihm fällt wieder ein, wie er sich an dem Abend, als er Ei entdeckt hat, Sorgen gemacht hat, dass der Dotter auslaufen könnte. Er schluckt heftig, wischt sich mit der freien Hand über die Stirn und biegt scharf nach links in den Secondhandladen. Es kostet ihn gewaltige Überwindung, doch er schafft es, die Tüte mit Marys Kleidung abzugeben.

»Ist das ein Neugeborenes?«

Die Frau hinter der Verkaufstheke beugt sich vor, um das Baby vor Isaacs Brust näher in Augenschein zu nehmen. Obwohl Eis gelbe Haut und seine großen Augen verdeckt sind, hat dieses eiförmige Bündel, das Isaac sich umgeschnallt hat, etwas Unheimliches an sich, mit dem Hut für erwachsene Männer und der abweisenden Sonnenbrille für erwachsene Frauen, durch die es vor sich hin starrt. Die Frau wirkt enttäuscht.

»Er schläft«, sagt Isaac.

Isaac verlässt den Laden. Befreit von der Last von Marys Sachen, beschleicht ihn das Gefühl, dass er vielleicht einen Riesenfehler gemacht hat. Beinahe macht er kehrt, verdrängt dann aber seine Verzweiflung. Er konzentriert sich darauf, sich leichter zu fühlen. Er gleitet die Hauptstraße zwar nicht direkt hinab, aber er kommt auch nicht mehr ins Straucheln. Die Sonne und der Lärm stören ihn nicht mehr, und am allerwenigsten stört ihn, dass Ei unruhig wird, die gelben Finger unter dem Tragetuch hervorstreckt und versucht, seine Audrey-Hepburn-Sonnenbrille abzunehmen. Isaac stopft die herumwedelnde Hand jedes Mal zurück unter die Decke und tätschelt Ei ermutigend auf seinen Anglerhut, um ihm zu versichern, dass es nicht mehr lange dauert, bis er wieder rausdarf. Isaac umkurvt zwei zankende Achtzigjährige und drückt an der Ampel am Fußgängerüberweg den Knopf. Weil er von Eis vagabundierenden Händen abgelenkt wird und nicht mehr daran gewöhnt ist, sich im Straßenverkehr zu bewegen, wird er fast von einem Bus überfahren, als er die Straße überquert, ohne zu schauen. Er überlebt, entschuldigt sich mit kräftiger Stimme und geht dann über die Straße. Er drückt die schwere Tür des Haushaltswarenladens auf, tritt ein und bahnt sich seinen Weg vorbei an den Blumentöpfen und Besen, die auf bedenkliche Weise vor, hinter und über der Eingangstür drapiert sind.

»Was suchst du denn, Kollege?«

Ei quiekt unter seiner Decke und will wohl »Batterien« sagen, es klingt aber eher nach *»Babwhesie«*. Isaac hustet, um ihn zu übertönen, zieht die zusammengeknüllte Liste aus der Hosentasche und faltet sie auf. Währenddessen wirft der Mann hinter der Verkaufstheke einen flüchtigen Blick auf das angebliche Kind an Isaacs Brust. Er hustet, sieht weg, tut so, als sei er beschäftigt.

»Batterien, Größe AA«, liest Isaac von der Liste ab.

»Haben wir.« Er holt welche.

»Gaffer Tape.«

»Haben wir auch.« Er holt welches.

»Büroklammern.«

»Bitte sehr.« Er holt welche.

Isaac blickt mit zusammengekniffenen Augen auf die Liste. In der Pause, die entsteht, quiekt Ei erneut. *»Wäysabojä«*, tönt es von unter der Decke. Der Mann sieht wieder auf das Baby, aber Isaac hustet und lenkt die Aufmerksamkeit des Verkäufers wieder auf sich.

»Laserpointer.«

»Laserpointer?«

»Laserpointer.«

»Da muss ich gucken«, sagt der Verkäufer stirnrunzelnd. Kurz darauf findet er einen, in den Tiefen eines alten, verstaubten Wühltisches. »Was noch?«

»Dünger«, sagt Isaac. »Tomatendünger.«

»Ja, den haben wir draußen.« Er holt welchen.

»Und dann noch«, sagt Isaac, »einen Gartenzwerg.«

»Einen Gartenzwerg?«

»Einen Gartenzwerg.«

»Was für einen?«

Isaac sieht hinab auf die Liste. »Irgendeinen«, sagt er.

Der Verkäufer geht noch einmal vor die Tür und holt zwei zur Auswahl. Als er bei der Kasse steht und die Dinge von Eis Liste in eine Plastiktüte gepackt hat, versucht er, mehr über das glucksende, in Hut und Sonnenbrille gepackte Kleinkind zu erfahren, das Isaac vor der Brust trägt.

»Wie heißt er denn?«, fragt er und beugt sich vor, um das Baby in Augenschein zu nehmen. Als er näher dran ist, schaudert es ihn sichtlich, und er wendet den Blick ab.

»Ei… Einar«, sagt Isaac, schnappt sich die Plastiktüte und macht sich davon. Der Verkäufer sieht ihn verschreckt an. »Er schläft gerade«, fügt Isaac hinzu.

Ein Stück weiter die Hauptstraße hinauf, hinter der Praxis von Marys ehemaligem Zahnarzt und Isaacs zweitliebstem Pub, ist Isaacs Friseur. Plötzlich überkommt Isaac die

Erinnerung daran, wie er hier schon einmal stand, schreiend vor Entsetzen und nur mit seinem Morgenmantel bekleidet. Ein Kribbeln läuft ihm den Rücken hinab, und die Scham packt ihn. Er geht an dem Friseursalon vorbei, biegt nach links in einen Durchgang und holt Ei hastig aus dem Tragetuch.

»Tut mir leid, dass ich dich so eingepackt habe«, sagt er.

Als er wieder vor der Tür des Friseursalons steht, spricht er stumm ein Gebet, hält den Atem an und geht hinein. Eine bimmelnde Glocke über der Tür verkündet sein Eintreten.

»Isaac!«, sagt Tommy. Er wirkt überrascht.

»Hallo«, sagt Isaac. Dass Tommy ihn so herzlich begrüßt, ist ihm unangenehm. Er stellt die schwere Plastiktüte neben der Tür ab. Der Gartenzwerg in der Tüte schlägt mit einem *klonk* auf die Fliesen, und das Ei neben ihm in der Tüte quiekt wie ein überdrehter Spielzeughund. Isaac übertönt das Geräusch mit einem lauten Husten, als wolle er sein Eintreten noch einmal verkünden.

»Hast du Zeit, mir die Haare zu schneiden?«, sagt er und fühlt sich dabei wie ein Außerirdischer.

Tommy schielt auf die Plastiktüte, die kurz vorm Platzen ist, und deutet dann auf einen freien Stuhl. »Ja, klar, setz dich«, sagt er stotternd.

Isaac lässt sich auf den Stuhl fallen. Ein langes Schweigen entsteht, während dessen Tommy Isaacs ungekämmte Mähne begutachtet. Er scheint etwas sagen zu wollen, hält sich aber zurück. Dann scheint er etwas anderes sagen zu wollen, aber diesmal hält Isaac ihn zurück.

»Mir geht's gut«, sagt Isaac. »Und dir?«

Tommy hat ihn nicht danach gefragt. Vermutlich hat er eines der Lokalblätter gelesen, die in einem Stapel neben der Tür liegen, und weiß daher schon, dass Isaac weit davon entfernt ist, dass es ihm gut geht. Isaac denkt an die »Brücke der lebensmüden Hunde«. Wie lautete wohl die Überschrift, die sein eigenes Leiden lapidar zusammengefasst hat? Isaac schüttelt den Gedanken ab, schüttelt ein Knie, sodass es gegen den Friseurstuhl schlägt, schüttelt den Kopf beim bloßen Anblick von Tommys traurigem Lächeln. Er wünschte, er wäre nicht hierhergekommen. Tommy dreht verlegen eine Schere in den Händen hin und her und wirft Isaac im Spiegel einen ernsten Blick zu.

»Also ...«, sagt er. »Ich wollte mich bei dir melden. Seit ich dich vor ein paar Monaten auf der Straße gesehen habe. Du warst so ...«

»Schon in Ordnung«, sagt Isaac. Ihm wird eng um die Brust.

»Es hat mir so leidgetan, dass ...«

»Schon in Ordnung«, sagt Isaac. Ihm klingeln die Ohren. »Mir geht's gut.«

»Wirklich?«

Die Frage trifft Isaac wie ein Stich mit der Schere in den Hinterkopf. Früher hat Tommy ihm so aufmerksam zugehört und dabei so verständnisvoll genickt, dass es schien, er hätte vollkommen vergessen, dass er Isaac die Haare schneidet. Wahrscheinlich hätte man sie als Freunde bezeichnen können. Isaac hat mit Tommy über alles gesprochen. Doch *darüber* konnte er mit ihm nicht sprechen. Sein ganzer Körper hat sich jetzt angespannt. Selbst wenn er auf Tommys Fragen antworten wollte, er fühlt sich, als sei er geknebelt.

Das, worüber Tommy etwas hören will, befindet sich in einer abgeschlossenen Dachkammer, deren Schlüssel Isaac versteckt hat. Einmal pro Woche erzählt Isaac Dr. Abbass einen Bruchteil der Wahrheit. Alle anderen lügt er an, einschließlich sich selbst.

»Mir geht's gut«, behauptet Isaac. »Ich bin einfach nur erschöpft. Von der Arbeit.«

In Wahrheit hat Isaac seit Monaten nicht mehr gearbeitet. Hinter der Haustür, wo sich vor einiger Zeit die Schneeverwehung aus Briefen erhoben hat, liegen jetzt hauptsächlich Kreditkartenrechnungen und Drohungen, dass man ihm den Strom abstellt. Er hat kaum Lust zu zeichnen, und die Verletzung an der Hand war die ideale Ausrede, es nicht zu tun. Und er ist wirklich zu erschöpft, zu sehr mit Ei beschäftigt. Nach dem Friseur muss er noch eine Sache erledigen: seine Uhr und einen Teil von Marys Schmuck ins Pfandleihhaus bringen. Die Vorstellung, dass er dazu gezwungen ist, löst schon im Voraus einen weiteren Gedächtnisverlust aus.

Tommy versucht es anders. »Was hast du denn mit deiner Hand gemacht?«

Isaac streckt die Hand nach vorne. Die Finger zittern immer noch ein wenig, die Wunden an den Fingeransätzen schimmern noch immer leicht purpurfarben. So wie die Schorfkruste im Zickzack über die Knöchel verläuft, ist er wohl genäht worden. Wie krass.

»Arbeitsunfall«, sagt Isaac.

Tommy weiß, dass Isaac Illustrator ist, aber er bohrt nicht weiter nach. Er macht eine gequälte Miene, als wollte er Isaac helfen und wüsste zugleich, dass er damit auf verlorenem Posten steht. Er senkt den Blick und zupft an einem Kamm herum.

»Also, wenn du reden willst …«, sagt Tommy.

Er beendet den Satz nicht, als wüsste er, dass es aussichtslos ist. Ein Schweigen entsteht. Isaac sagt nichts. Mit versteinertem Blick starrt er vor sich hin. Tommy hüstelt und ringt sich ein Lächeln ab.

»Dann wollen wir dir mal ein Lätzchen verpassen.«

Ohne ein weiteres Wort hüllt Tommy Isaac in einen schwarzen Umhang und befestigt ihn mit einem papierartigen weißen Band an Isaacs Hals. Tommy wirkt noch immer verstört, fasst sich aber jedes Mal wieder, wenn er bemerkt, dass Isaac ihn ansieht. Er richtet sich auf. Er lächelt. Dann greift er nach einem Büschel von Isaacs zerzaustem Bart, einem Wirbel in seinem widerspenstigen Haar. Obwohl er anscheinend tausend andere Dinge sagen will, hält er sich an das Wesentliche.

»Was machen wir damit?«, fragt er. »Das Übliche?«

Isaac überlegt, was »das Übliche« ist. Er starrt auf seinen dichten Bart und sein sich sträubendes Haar und das Spinnennetz aus Sorgenfalten auf seinem Gesicht, das noch nicht da war, als er das letzte Mal auf diesem Stuhl gesessen hat. Er späht hinüber zu der Plastiktüte, die er aus den Augenwinkeln sehen kann und aus der sich ein anthropomorphes Ei frei zu ruckeln versucht. Das Ei war damals auch noch nicht da. Zum Üblichen, so wird Isaac jetzt klar, führt für ihn kein Weg mehr zurück.

»Sorg einfach dafür, dass ich wieder wie ein Mensch aussehe«, sagt er.

Mit einem frisch geschnittenen Flattop und einem stoppelfreien Gesicht fühlt Isaac sich, als hätte er sich gehäutet. Er fühlt sich frei, und Ei fühlt sich garantiert noch freier. Hier im Park, wo – mitten an einem Wochentag – kaum jemand unterwegs ist, hat er ihn sowohl aus der Enge des Tragetuches als auch aus der Plastiktüte befreit, eine Belohnung, die dafür sorgt, dass Ei zu ihrem Umweg zum Pfandleihhaus keine einzige Frage stellt. Es ist fast T-Shirt-Wetter, und Isaac und Ei genießen die Sonne und verbringen einen glückseligen Nachmittag miteinander, wie ihn sich die meisten Freunde nur erträumen können. Am Eiswagen holen sie sich Eis: ein Flake 99 für Isaac und ein Fab für Ei, wobei Ei sich hinter einem Busch versteckt, während Isaac bezahlt. Ei bekommt zum ersten Mal Kältekopfschmerzen, was ihn umkippen lässt, sodass er auf dem Rücken liegt und sich krümmt. Sie gehen zum Kinderspielplatz. Dort ist nicht viel los, und die Schaukeln stehen gerade abseits genug, dass die anderen, authentischeren Familien sie nicht sehen können. Isaac schubst Ei gemächlich auf der Schaukel an, was beiden einen Riesenspaß macht, bis Eis lange Arme sich so sehr verwickelt haben, dass Isaac schon fürchtet, die Feuerwehr holen zu müssen.

Nachdem er Ei entwirrt hat, gehen sie nach Hause und machen dabei einen Abstecher über den Bauernhof am Rand des Parks. Wäre die Stadt eine Landkarte von Mary Morays Leben, dann wäre der Bauernhof das Zentrum. Hierher sind Isaac und Mary oft gekommen, um diffuse Pläne für ihren eigenen Bauernhof zu schmieden. Auf diesem Hof hat Mary ganze Tage verbracht, hat sich eingebracht, hat ausgemistet. Hier, inmitten der wiehernden Tiere und der staunenden

Kinder, fühlte sie sich mehr zu Hause als in jeder angeberischen Weinbar oder jedem überteuerten italienischen Feinkostladen.

Das ist doch kurios, oder?, sagte sie einmal mit einem Lächeln. *Am meisten Heimweh kriege ich, wenn ich den penetranten Gestank von Mist rieche.*

Isaac kauft eine Portion Mischfutter in einer braunen Papiertüte, und sobald die Luft rein ist, befreit er Ei und lässt ihn die Tiere füttern. Erst hat Ei vor ihnen Angst und versteckt sich hinter Isaacs Beinen, doch seine langen Arme erweisen sich als nützlich, und zaghaft reicht er den Ziegen, den Affen und den Schweinen die mit Futter gefüllte Hand. Nach einer Weile macht es ihm richtig Spaß. Wie er so inmitten all der Tiere steht, fällt Isaac plötzlich auf, wie wenig Ei im Grunde einem Tier gleicht. Er beobachtet, überlegt und denkt nach, so wie ein Mensch. Er kann auch fast sprechen wie ein Mensch, auch wenn er manche konsonantenlastige Wörter zermatscht, weil er keine Zähne hat. Wie etwa das Wort, das er auszusprechen versucht, als er sich zu Isaac wendet, während er an einem Zaun steht, der ein schlammiges Terrain umschließt, und ein paar versprengte, angriffslustig wirkende Gänse anstarrt. Die Gänse bauen sich vor Ei auf, und Ei hat eine Riesenfreude daran, einen Mundfurz nach dem anderen in ihre Richtung zu schicken. Nach einer Weile haben die Gänse genug und watscheln davon.

»*Bihhoh?*«, sagt Ei zu Isaac. Er klingt immer, als hätte er die schwerste Erkältung aller Zeiten, aber Isaac versteht ihn zunehmend besser.

»Hier gibt's keine Gibbons«, sagt Isaac. »Vielleicht in einem Zoo. Aber nicht hier.«

Ei dreht sich wieder zum Zaun und späht zwischen den Latten hindurch. Die Gänse sind fast alle weg. Er tritt von einem seiner kleinen gelben Füße auf den anderen und schmatzt mit seinen kleinen gelben Lippen.

»Wawuuu«, sagt er traurig.

Auf dem Heimweg ist Ei ziemlich lebhaft, obwohl Isaac ihn wieder in das Tragetuch gepackt und ihm den Sonnenhut aufgesetzt hat. Wenigstens muss er jetzt die Sonnenbrille nicht mehr tragen, hauptsächlich, weil er sie in das Schweinegehege geschleudert hat, als Isaac einmal nicht hingesehen hat. Isaac ist genauso munter, vielleicht weil ihm die untergehende Frühlingssonne ins frisch rasierte Gesicht scheint oder weil seit dem Besuch beim Friseur sein Kopf spürbar leichter ist. Obwohl der Gartenzwerg und die Flasche Düngemittel in der Plastiktüte einiges wiegen, hat Isaac einen leicht hüpfenden Gang. Ei seinerseits kommentiert fast alle Dinge, an denen sie vorüberkommen, mit einem *uuuuuuu*. Eine Straßenlampe, die mit alten Kaugummis übersät ist – *uuuuuuu*. Ein Mops mit trüben Augen, der so alt und fett ist, dass sein Besitzer ihn in einem Buggy schieben muss – *uuuuuuu*. Und ebenfalls ein *uuuuuuu* angesichts von Isaacs Haus, das er noch nie von außen gesehen hat und vor dem er jetzt die wuchernden Büsche bestaunt, die wieder einmal gestutzt werden müssten, und die hoch aufragende pastellfarbene Backsteinfassade, die aussieht, als würden die Häuser links und rechts sie mit ihren kräftigen Schultern in Reih und Glied zwingen. Als Isaac den Weg zur Haustür betritt, hat er kein Auge für die Fassade. Er blickt nur auf das Paket, das vor der Tür liegt.

»Was ist das denn?«, sagt er, ebenso sehr zu sich selbst wie zu Ei.

Ei versteht das als Aufforderung, schiebt die Arme unter dem Tragetuch hervor und lässt sie auf den Boden fluppen. Wie zwei hingeworfene Rollen Toilettenpapier kullern sie, sich in einem fort entrollend, bis vor die Tür und stoßen dort gegen das Paket. Die Hände tasten vor der Tür am anderen Ende des Weges herum, bis sie das in braunes Packpapier eingeschlagene Paket links und rechts zu fassen bekommen. Dann heben sie es an, holen es ein und halten es Ei und Isaac vors Gesicht.

»Wuwe bibebum nahi bude weidä«, sagt Ei. *»Bimihä woi.«*

Isaac merkt, dass er von dem Anhänger abliest, der an dem grünen Band hängt, das das große, flache Paket schmückt. Isaac nimmt den Anhänger zwischen Daumen und Zeigefinger und liest ihn selbst.

»Zur Erinnerung an die guten Zeiten«, liest er laut vor. »Alles Liebe, Joy.«

Isaac schweigt. Er überprüft, ob die Luft rein ist, und befreit Ei aus dem Tragetuch. Er schließt die Haustür auf, öffnet sie und stellt die Plastiktüte neben Marys Schuhe auf den Boden. Während Ei in die Küche tappt, setzt Isaac sich auf die Treppe. Er liest den Anhänger noch einmal, knotet das Band auf und faltet vorsichtig die braune Verpackung auf. Darunter kommt ein schwarzer Rahmen zum Vorschein, etwa so hoch wie Ei und doppelt so breit. Darin befindet sich, hinter einer Glasscheibe, eine Collage aus Schwarz-Weiß-Fotos. Es sind die Bilder von ihm und Mary, die er Joy geschickt hat, und dazu viele andere, solche, die er noch nie gesehen hat, solche, von denen er gar nicht wusste, dass es sie noch gibt. Eines von der Präsentation ihres ersten gemeinsamen Buches, *Das ist kein Hund*, auf dem Mary ein Exemplar zärtlich an sich drückt wie ein Baby. Eines von einer weihnachtlichen Tour durch die Pubs, auf dem sie, verkleidet als Josef und Maria, eine Babypuppe im Arm halten. Eines aus Schottland, das jüngeren Datums ist und auf dem sie an einem wolkigen Tag im Juni auf der Brücke stehen, kurz nachdem Mary es fast geschafft hätte, Isaac über die Brüstung ins Wasser zu schubsen. Das Ganze ist eine Collage aus Fotos von Isaac und Mary, die in ihrer Perfektion niederschmetternd ist. Isaac spürt, wie ein sonderbares, ungekanntes Gefühl in seiner Brust erwacht, und für einen kurzen Augenblick fürchtet er, auf den Rahmen erbrechen zu müssen. Erst als die erste Träne auf das Glas tropft, erkennt er, dass das Gefühl etwas völlig anderes ist. Er weint. Wann hat er zum letzten Mal geweint? Das muss Wochen her sein. Er verzieht das Gesicht, ballt die Fäuste, hält sie sich vor die Augen und heult wie ein Baby. Ein mächtiges, abgehacktes Schluchzen erschüttert seinen Körper, und die Tränen rinnen ihm in einem solchen Tempo über die Wangen, dass er glaubt, darin zu ertrinken. Er weint und er weint und er weint, und er fragt sich, ob dieses Gefühl sich irgendwann wieder legen wird. Dann steht er auf, wischt sich die Augen trocken, nimmt den Spiegel von der Wand des Flurs und hängt die Collage an seine Stelle. Er geht in die Küche, um sich ein Taschentuch zu holen und nach Ei zu sehen.

»Ich rufe nur mal eben Joy an«, sagt Isaac, nachdem er sich die Nase geputzt hat. Er lässt die Plastiktüte auf den Tisch plumpsen, an dem Ei geduldig auf ihn gewartet hat.

»Hier sind die Sachen. Lass deine magischen Kräfte spielen, und dann können wir nach Hause telefonieren.«

Laut ausgesprochen, klingt es eigenartig. Die Vorstellung, dass Ei ihn verlässt, macht Isaac unruhig. Er schüttelt den Kopf, holt sein Telefon hervor und wählt Joys Nummer. Er bedankt sich bei ihr. Er weint wieder. Er erzählt ihr, dass er beim Friseur war, und behält dabei die ganze Zeit Ei im Auge, der reglos auf seinem Stuhl am Küchentisch sitzt und Isaac zusieht. Mit einem Nicken weist Isaac auf die Tüte. Ei rührt sich nicht. Nachdem Isaac aufgelegt hat, deutet er wieder auf die Tüte. Keine Reaktion.

»Worauf wartest du denn?«, fragt er.

Ei weist nur mit einem Nicken auf das Handy in Isaacs Hand.

»Aber das brauche ich«, sagt Isaac. Er stellt sich vor, wie Ei das Gerät zerlegt, es mit Gaffer Tape an einem mit Mehl und Dünger gefüllten Gartenzwerg festklebt und mit Büroklammern verziert. Dann seufzt er und reicht Ei widerstrebend das Telefon. »Bitte mach es nicht unwiderruflich kaputt.«

Ei gibt Isaac zu verstehen, dass er nachsehen soll, ob die Antenne vor dem Fenster des oberen Badezimmers noch an Ort und Stelle ist. Das ist sie. Ei gibt Isaac zu verstehen, dass er das Telefon voll aufladen soll, den Akku herausnehmen, darauf pusten und ihn wieder einsetzen. Das macht Isaac. Erst dann nimmt Ei das Telefon, wirft Isaac einen geheimniskrämerischen Blick zu und dreht es in seinen kleinen, pummeligen Händen hin und her. Ei räuspert sich. Er sieht auf das Display. Dann drückt er mit seinen Wurstfingern wahllos auf ein paar Ziffern und hält sich das Telefon ans Ohr. Oder an die Stelle an der Seite seines Kopfes, wo sein Ohr wäre. Hat Ei Ohren? Hat er gerade eine Telefonnummer gewählt? Isaac kann ihn weder das eine noch das andere fragen, denn Ei spricht bereits. Es folgt ein kurzes Gespräch, von dem Isaac nur Eis Hälfte hört.

Bah!

Iih biih. Wob wab.

D'ah. D'ah d'ah d'ah.

Oubie. Dih bah duh.

Wawuuu.

Ei legt auf. Er wirkt zufrieden. Isaac steht der Mund leicht offen. Er blickt von Ei zu seinem Telefon und wieder zurück.

»Was war das?«

»Ei ba baude wenewowihan.«

»Ei nach Hause telefonieren?« Ei hat den Film nicht gesehen. Den Satz kennt er nur von Isaac. Isaac deutet auf die Plastiktüte, die noch immer unangetastet auf dem Tisch steht. »Warum sollte ich dir all dieses Zeug kaufen, wenn du auch einfach mein Telefon benutzen kannst?«, sagt er mit schriller Stimme.

Ei wirft einen Blick auf die Tüte. Dann sieht er Isaac an und schmunzelt doch tatsächlich.

»Bufdi«, sagt er achselzuckend. *Lustig.* Wie um das zu unterstreichen, schickt er einen Mundfurz hinterher.

Isaac sieht Ei eine Zeit lang an, ohne zu wissen, wie er reagieren soll. Er hat früher auch gern Streiche gespielt, ist aber selbst schon lange nicht mehr reingelegt worden. Die Pläne, die selbst gebastelte Antenne, die Sachen, wegen derer er überhaupt in die Stadt gegangen ist. Jetzt begreift Isaac, dass das alles überflüssig war. Ei hat ihn veräppelt. Isaac blickt auf die Tüte, auf das Telefon und zu Ei, der ihm einen Mundfurz schickt. Er verspürt so etwas Ähnliches wie gerade eben, ein sonderbares Ziehen in der Brust, das in ihm aufsteigt und sich anfühlt, als würde er, diesmal in Eis Gegenwart, erneut in Tränen ausbrechen. Aber das geschieht nicht. Sein Gesicht zittert, seine Augen brennen, und sein Mund verzieht sich zu einer unnatürlichen Grimasse, die Eis Schmunzeln spiegelt. Das Schmunzeln weitet sich zu einem Lächeln, das sich zu einem breiten Grinsen weitet, und plötzlich wiehert Isaac los, aus tiefstem Inneren, satt und dröhnend. Er krümmt sich. Er stützt sich auf die Lehne eines der Küchenstühle. Er weint wieder, aber diesmal sind es keine Tränen der Traurigkeit. Zum ersten Mal seit Monaten lacht Isaac wieder. Und es ist ein *echtes* Lachen. Ei lacht und er lacht und er lacht, und am liebsten würde er dieses Ei umschlingen, hochheben und es ganz fest umarmen, um ihm dafür zu danken, dass es ihm seit Gott weiß wann den ersten guten Tag beschert hat. Aber er macht es nicht.

»Das ist *wirklich* lustig«, sagt er stattdessen, als er sich wieder aufgerichtet und sich die Augen trocken gewischt hat. Dann geht er zum Kühlschrank und holt zwei unangetastete, ungeöffnete Bierflaschen heraus, die dort Staub angesetzt haben, seit Isaac das letzte Mal gelacht hat. Er wendet sich zu Ei, der ihn erwartungsvoll anzwinkert. Isaac deutet auf die Hintertür.

»Sperr die mal auf«, sagt er. »Und trag die Stühle raus. Ich glaube, es ist Zeit für einen Toast.«

Ei watschelt los in Richtung Toaster, aber Isaac hält ihn auf und erklärt ihm, was das Wort noch bedeuten kann. Also lässt Ei, wieder ein Stück klüger geworden, den Schrank mit den Bohnen links liegen und geht schnurstracks zum Unterschrank im Wohnzimmer, in dessen rechter Schublade Isaac, wie Ei weiß, die Schlüssel aufbewahrt. Isaac schenkt ihm keine Beachtung. Er geht die Anrufliste seines Handys durch, um herauszufinden, wen Ei angerufen hat. Die Ziffern sind Symbole, die ihm völlig unbekannt sind. Die Landesvorwahl lautet »+⚴◔«. Isaac überlegt, die Nummer anzurufen, will aber nicht Eis Mutter an die Strippe kriegen. Ihrem Sohn nach zu urteilen, ist sie vermutlich eine Respekt einflößende Person.

»Dous«, sagt Ei. *Toast.* Aber nicht die Art von Toast, die er kennt. Er hat die Hintertür aufgesperrt, zwei Stühle hinausgestellt und aus der Schublade neben dem Herd sogar einen Flaschenöffner gefischt. Er will ihn Isaac reichen, zögert aber noch.

»Ich weiß«, sagt Isaac. »Eigentlich sollte ich nicht. Aber wenn's nur ein Mal ist, wird es keinen Schaden anrichten.«

Ei zuckt die Achseln und reicht Isaac den Öffner. Isaac öffnet die beiden Flaschen. Er will eine davon Ei reichen, aber jetzt ist er es, der zögert.

»Wie alt bist du?«, fragt er.

Ohne zu antworten, schnappt Ei sich mit einem vipernartig vorschnellenden Arm die Flasche und geht hinaus.

Achselzuckend folgt Isaac ihm und setzt sich auf den gepolsterten Stuhl gegenüber jenem, der bereits belegt ist. Es ist dunkel geworden. Die Sonne ist fast untergegangen, nur noch oberhalb der Bäume schimmert der Himmel in einem dunklen Lila, das darüber in ein sattes Indigo übergeht. Isaac und Ei sitzen auf der Terrasse an einem aufgebockten Tisch, ein Bier in der Hand, und beobachten schweigend ihre Umgebung: der frisch gemähte Rasen, der Schuppen, ein paar ungepflegte Bäume und über ihnen der weite Abendhimmel. Isaac, der ebenso frisch geschoren ist wie das Gras und wieder aussieht wie ein Mensch. Und Ei, dessen Fell noch zerstrubbelt ist und der, während er sich umsieht, so fremdartig wirkt wie immer, wenn er auf einem Stuhl sitzt, der für einen erwachsenen Erdling gedacht ist, und dabei auf komische Art zu klein wirkt. Isaac betrachtet ihn. In Eis kugeligen Augen spiegeln sich die Sterne, als wären sie allesamt darin enthalten. Seine Gesichtshaut ist so gelb wie die Sonne und so mit Kratern übersät wie die Oberfläche des Mondes. Selbst hier draußen im Dunkeln scheint sein Fell noch zu leuchten. Isaac erinnert sich dunkel an einen Artikel, den er einmal in einem Männermagazin gelesen hat und der eine zweifelhafte Liste mit Dingen anführte, die angeblich gegen Niedergeschlagenheit helfen. Eines davon war Sonnenlicht. Ein anderes ein Golden Retriever. Ei ist irgendwie beides. Isaac und Mary hatten sich immer einen Hund gewünscht. An einem trüben Tag ein kleines, sonniges Knäuel um sich zu haben, ist nie verkehrt. Mit einem schwachen Lächeln befindet Isaac, dass Ei ein gutes Ei ist. Dann spürt er plötzlich einen Kloß im Hals und erkennt, dass er keinesfalls will, dass Ei ihn verlässt.

»Hast du Kontakt herstellen können?«, fragt Isaac.

»D'ah.«

»Und, gehst du weg?«

»D'ah.«

»Wann?«

»Boadn.«

»Morgen?«

»D'ah.«

Isaac bemüht sich nach Kräften, seine Bestürzung zu verbergen. »Warum so bald schon?«, fragt er.

Ei zuckt kaum merklich mit den Schultern.

Isaac atmet langsam aus. Er hat das Gefühl, gleich vom Stuhl zu rutschen. Er spürt, wie sich der altbekannte Riss in seiner Brust wieder öffnet. Er stopft die Empfindung in sein Inneres zurück, und seine Stimme ist mit einem Mal ein ganzes Stück tiefer.

»Also dann: ein Toast«, sagt er.

»Dous.«

»Auf die, die von uns gegangen sind.«

»Wiehwieh monnun wewambedi.«

»Und auf unsere neuen Freunde.«

»Wunnä beunän neunä.«

Sie stoßen mit den Flaschen an. Genauer gesagt stößt Isaac mit Eis Flasche an, und Ei sieht ihm dabei misstrauisch zu. Er weicht sogar ein wenig zurück, als fürchte er, Isaac wolle ihm die Flasche wegnehmen. Isaac lächelt und nimmt einen Schluck von seinem Bier. Dann seufzt er.

Geh nicht, will er sagen.

»Wie kommst du zurück?«, sagt er.

»Ball.«

Isaac sieht Ei fragend an. Ei zwinkert und wiederholt das Wort. Er zieht das *a* in die Länge und gibt sich alle Mühe, das *W* richtig auszusprechen. Jetzt sieht er wirklich aus wie ein Affe.

»*Waaaaaaaaaaal*«, bringt er hervor.

»Wald«, sagt Isaac und nickt. »Du wirst im Wald abgeholt?«

»D'ah.«

»Verstanden.« Isaac nimmt noch einen Schluck.

»Bimbam?«

Isaac gluckst, aber es ist kein amüsiertes Glucksen. »Klar kann ich dich hinfahren.«

Ei nickt dankbar und nimmt einen großen Schluck von seinem Bier. Er würgt, verzieht das Gesicht und gibt ein angewidertes *»bleh«* von sich.

Isaac lächelt erneut. Seufzt erneut. »Was werde ich nur ohne dich machen?«

Ei antwortet nicht. Isaac nimmt einen kräftigen Schluck Bier, diesmal vor allem, um die Panik zu ertränken, die in seiner Kehle aufsteigt. Das war's dann also. Morgen wird Ei ihn verlassen. Ab morgen wird Isaac wieder allein sein. Was wird er dann machen? Isaac sieht Ei dabei zu, wie er einen Schluck Bier nimmt und dabei so tut, als schmecke es ihm. Zumindest *er* wird bald nicht mehr allein sein. Isaac kann nicht anders, als ihn zu beneiden. Was geht ihm durch den Kopf? Was geschieht hinter diesen Augen, die so groß sind wie das Weltall? Isaac stellt sich vor, dass Ei aufgeregt ist. Er stellt sich vor, wie Ei an seine Familie denkt und sich darauf freut, ein neues Zuhause zu finden. Nicht eine Sekunde lang fragt er sich, was Ei *wirklich* durch den Kopf geht, denn ironischerweise ist alles, was verschlossen und versperrt und hinter Türen verborgen ist, irgendwo tief hinten in Isaacs Kopf weggesperrt. Ohne dass Isaac es weiß, hatte Ei zwei Fragen, die er Isaac stellen wollte. Und obwohl er mittlerweile fast so gut spricht, dass er sie ihm stellen könnte, hat er entschieden, dass er die Fragen auch überspringen und die Antworten selbst herausfinden kann. Ei weiß jetzt, dass Isaac seine Schlüssel in der rechten Schublade des Unterschranks aufbewahrt. Und wenn in dieser Schublade alle anderen Schlüssel liegen, hat Ei gute Chancen, dort auch den Schlüssel zu dem Zimmer ganz oben im Haus zu finden.

Morgen wird Ei diesen Schlüssel verwenden. Morgen wird Isaacs Kartenhaus in sich zusammenstürzen.

ACHT

Wenn das hier eine Geschichte von Mary Moray wäre, illustriert von Isaac Addy, würde Ei niemals die Tür oben im Haus öffnen. Und wenn er sie doch öffnen würde, wäre der Raum dahinter voller Tiere vom Bauernhof, sympathischer Gibbons, Teller mit Toast mit Bohnen und all die anderen Dinge, die Ei während seiner Zeit auf der Erde lieb gewonnen hat. Wenn das hier eine von Marys Geschichten wäre, würde Ei Isaac nicht verlassen, und Mary hätte ihn auch nicht verlassen, und Isaac bräuchte bestimmte Dinge nicht wegzusperren, weil er glücklich und zufrieden bis an sein Lebensende wäre. Anderen Menschen widerfährt doch auch Gutes, oder? Warum kommt es ihm dann so vor, als würde ihm nur Schlechtes widerfahren? Das hier ist keine von Marys Geschichten, und das Leben ist kein Kinderbuch. Ei wird diese Tür öffnen, und sobald er das tut, wird die brüchige Wirklichkeit, die Isaac sich in den letzten Monaten errichtet hat, in Stücke gerissen werden. So viel zum Thema Bewältigungsstrategien. So viel zum Thema Happy End.

Der Tag beginnt wie in jedem guten Kinderbuch: Die Hauptfigur erwacht aus einem Traum. Isaac hat geträumt, dass er mit Ei in einem Raumschiff sitzt, das in Richtung des Mutterschiffs saust, während aus dem Radio »Raindrops Keep Fallin' on My Head« dröhnt. Isaac wusste, dass er träumte, denn selbst wenn es in Raumschiffen Radios gibt, können sie ganz bestimmt nicht Smooth FM empfangen. Er wacht auf. Als er merkt, dass Mary nicht da ist, wird ihm schwer ums Herz, aber nicht mehr so schwer wie noch vor ein paar Monaten. Er kommt sich vor wie jemand, dem ein Bein fehlt und der jetzt wieder gehen lernen muss. Dann wird ihm erneut schwer ums Herz, weil ihm einfällt, dass heute Eis letzter Tag auf der Erde ist. Er setzt sich auf und versucht, anhand des Sonnenlichts, das durch die Vorhänge dringt, die Uhrzeit zu bestimmen. Ein sinnloser Versuch. In diesen Wochen geht die Sonne jeden Tag früher auf. Stattdessen gähnt er und sieht zur Tür. Ei müsste jede Minute kommen. Eigentlich. So gut wie jede Minute. Isaac zieht die Stirn kraus, stützt sich auf einen Ellbogen und versucht, durch den Spalt zwischen Tür und Rahmen zu spähen. Kein Zeichen von Ei. Zwar schreit er schon lange nicht mehr, aber normalerweise wäre zumindest das *fnap fnap fnap* zu hören, das signalisiert, dass er mit dem Frühstück in den Händen über den Treppenabsatz schlurft. Isaac zermartert sich das Hirn auf der Suche nach einer Erklärung, und dann kommt ihm ein fürchterlicher Gedanke. Ja, heute wollte Ei ihn verlassen. Aber er hat nicht gesagt, wann genau. Isaac schluckt, springt aus dem Bett, schlüpft in seinen Morgenmantel und hastet die Treppe hinab.

Ei ist nicht in der Küche. Ei ist auch nicht im Wohnzimmer. Ei ist nicht im Flur, auch nicht im Badezimmer im Erdgeschoss oder im Schrank unter der Treppe, wo er aus den Bohnendosen manchmal Burgen baut. Isaac sieht durch das Küchenfenster hinaus, kann Ei aber auch im Garten nicht entdecken, und in dem säuberlich gemähten Rasen oder in dem verschlossenen Schuppen am hinteren Ende kann er sich nicht versteckt halten. Wo um alles in der Welt könnte er sein? Oder ist er gar nicht mehr auf dieser Welt? Isaacs Herz fängt an zu rasen, als er sich fragt, ob Ei ihn verlassen hat, ohne sich zu verabschieden. Aber allein wäre er nicht in den Wald gekommen. Oder doch? Er kann nicht Auto fahren. Oder doch? Es gibt noch so vieles, was Isaac über Ei nicht weiß. So vieles, was er nie erfahren wird.

Donk.

Isaac lächelt. Er atmet durch. Er weiß genau, wo Ei ist.

Donk.

Isaac entdeckt Ei in Marys Arbeitszimmer, wo er wieder Bücher aus dem Regal zieht und sie auf den Boden fallen lässt. Diesmal hat er wenigstens nach dem zweiten aufgehört.

»Was machst du denn da?«, sagt Isaac, als er mit verschränkten Armen in der Tür steht.

»Meedn.«

»Das kann man doch nicht Lesen nennen. Du wirfst die Bücher einfach nur auf den Boden.«

»D'ei.«

Ei schlägt sich auf die Stirn. Isaac vermutet, dass das witzig sein soll. Er beugt sich zu Ei hinab und hebt das Buch auf, das als letztes zu Boden gegangen und direkt vor seinen Füßen gelandet ist. Er wirft einen Blick auf das Cover.

UNTERHALB
von
LONDON
Von Mary Moray
Mit Illustrationen von Isaac Addy

Es war dasjenige ihrer gemeinsamen Bücher, das Mary am wenigsten mochte. Eine Geschichte, die eine Reise in eine verborgene Stadt unter der Stadt erzählte, wo der Piccadilly Circus ein echter Zirkus war und dergleichen. Mary mochte das fertige Buch nicht, aber nicht, weil sie während der Arbeit daran festgestellt hatte, dass Neil Gaiman im Grunde dasselbe Buch schon einmal geschrieben hatte. Sie mochte es wegen des Titels nicht, den ihr der Verlag aufgenötigt hatte. Sie hatte als Titel UNTERLONDON vorgeschlagen, den Namen der unterirdischen Stadt, aber ein paar blasierte Manager hatten gemeint, das sei »nicht angemessen für junge Leser«. Mary hatte sich furchtbar aufgeregt. *›Unterhalb von London‹, so ein Blödsinn. Das ist doch eine bloße Ortsangabe, ohne einen Funken Fantasie.* Isaac hatte so sehr lachen müssen, dass er Schluckauf bekommen hatte.

»Willst du noch eine letzte Unterrichtsstunde?«, fragt Isaac.

»D'ah«, sagt Ei und nickt ganz aufgeregt. Er hebt das andere Buch vom Boden auf, dreht es um und liest den Titel vor, wobei er sich große Mühe gibt. *»Fweh bwau beiwe maubeboff.«*

Isaac wischt sich Eis Spucke aus dem Gesicht. Dann nimmt er ihm das Buch aus der Hand und blickt auf den Titel. Er lächelt. Das ist wirklich nicht leicht auszusprechen.

FRED BAUT EINEN BAUERNHOF

Von Mary Moray

Mit Illustrationen von Isaac Addy

Während Isaac immer *Das ist kein Hund* am liebsten mochte, war *Fred baut einen Bauernhof* immer Marys Lieblingsbuch gewesen. Die Geschichte eines Jungen aus der Stadt, der in beengten Verhältnissen lebt und den Schuppen im Garten in einen Zufluchtsort für Tiere verwandelt. Das war typisch Mary. Isaac lächelt und schlägt das Buch auf der ersten Seite auf. Dann setzt er sich im Schneidersitz auf den Boden und fängt an vorzulesen.

Eines schönen Sommertages
Stibitzte Fred ein bisschen Geld
Und baute einen Bauernhof,
Den schönsten von der Welt.

Ei sitzt ihm gegenüber, eine kompakte Gestalt, die weniger wie ein Kind bei einer Lesung in einer Bücherei aussieht, sondern eher wie ein Sitzsack, auf dem ein solches Kind sitzen könnte. Mit dem pummeligen gelben Mund zieht er die übliche ständige Schnute, den Blick hat er jedoch gebannt auf Isaac gerichtet. Isaac blättert die Seite um, auf der seine Illustration mit einem Jungen mit schlammverkrusteten Knien zu sehen ist, und liest weiter.

Mit ein paar Hühnern fing er an,
Dann ein, zwei kleine Schweine.
Ein Zaun aus Erde, Zweigen, Blättern,
Der diente ihm als Scheune.

Isaac sieht vom Buch auf, blickt aus dem Fenster und seufzt. Dann sieht er zu Ei hinüber, der offenbar wieder versucht, mit seinen geschürzten Lippen einen Satz zu bilden.

»Was denn?«, fragt Isaac.

»Mohbumm weez?«

»Worum es geht?« Darüber muss Isaac kurz nachdenken. »Ich glaube, es geht darum, wie man sich ein Zuhause erschafft. Eine Familie findet.«

»Ah«, sagt Ei. *»Wawuuu.«*

Isaac lässt den Blick nicht von Ei. Er macht den Mund ein wenig auf und klappt das Buch ein wenig zu. Ein Gedanke kommt ihm.

»Bedeutet *wawuuu* Familie?«, fragt er. »Bedeutet *wawuuu* Zuhause?«

»D'ah.«

»Welches von beiden?«

»Weibe.«

»Beides?«

»D'ah.«

Isaac starrt Ei eine geschlagene Minute lang an. Ei erwidert seinen Blick, und in seinen Augen wirbeln die Galaxien herum. Es ist, als blicke er in Isaacs Seele. Das ist kräftezehrend, aber irgendwie auch tröstlich. Isaac fühlt sich innerlich ruhig und vergisst für einen Augenblick, dass Ei am Ende dieses Tages nicht mehr da sein wird. Dann fällt es ihm wieder ein. Er fängt an zu zittern. Er liest weiter. Ei sitzt schweigend da, während Isaac ihm den Rest des Buches vorliest. Dabei lässt er sich so viel Zeit wie möglich, und als er auf der letzten Seite angekommen ist, gerät er ins Stocken.

Und seine Mutter sagte: Fred,
Jetzt ist es Zeit fürs Bett.
Denn der Bauernhof, den er gemacht,
War ganz und gar nur ausgedacht.

Ei reagiert nicht so emotional. Er ist schon an Isaac vorbei und hinaus auf den Treppenabsatz getorkelt und steigt die Treppe hinab. Seinem Rufen nach zu urteilen – *»Bohme! Bohme! Bohme!«* –, steht ihm der Sinn unzweifelhaft nach Frühstück. Isaac schüttelt den Kopf, rappelt sich mit knackenden Kniegelenken auf und stellt das Buch wieder zurück an seinen Platz in Marys Bücherregal. Bevor er das Arbeitszimmer verlässt, fällt sein Blick unwillkürlich auf Marys gelbes Notizbuch. Es liegt noch immer dort, wo sie es abgelegt hat, am Rand des Schreibtischs. Ihre letzte große Idee. Das Buch, das sie nie schreiben würde. Isaac spielt kurz mit dem Gedanken, das Notizbuch aufzuschlagen, aber er weiß bereits, was drinsteht. Der Inhalt des Notizbuchs will sich hinauf zur Oberfläche seines Gehirns wühlen, aber im Unterdrücken ist Isaac inzwischen ein Meister. Es ist, wie lästige Fliegen totzuschlagen. Er presst den Gedanken, der sich einschleichen will, wieder nach unten und verlässt das Arbeitszimmer. Er folgt Ei ins Erdgeschoss.

Das Frühstück besteht – wie zu erwarten war – aus Toast mit Bohnen, und Isaac und Ei essen es auf dem Sofa. Zwar hat Isaac sich noch nicht dazu durchgerungen, die Jalousien vor dem Wohnzimmerfenster ganz hochzuziehen, aber zumindest stehen die Lamellen ein bisschen schräg, sodass einige wenige Sonnenstrahlen hereinfallen. Trotz des Wetters hat Isaac schon entschieden, welchen Film er Ei als letzten zeigen will, bevor Ei gehen muss. Allerdings sagt er es nicht so, denn wenn er sich vor Augen führen würde, dass Ei ihn tatsächlich verlässt, würde ihn die Panik befallen. Er schaltet den Fernseher ein und lädt den Film hoch, ohne ein Wort zu sagen. Zugegeben, es ist ein Weihnachtsfilm, aber Isaac ist sich sicher, dass Ei ihm das durchgehen lässt, weil er ja an Weihnachten nicht mehr da sein wird. Isaacs Lippen zittern. Er stellt den Ton lauter. *Ist das Leben nicht schön?* Sein Lieblingsfilm. Im Schneetreiben erscheint Bedford Falls, Stimmen bitten für das Seelenheil ihres lebensmüden Freundes, und plötzlich ist, in einer dunklen Winternacht im Nirgendwo, ein Mann zu sehen, der auf einer Brücke steht.

»Beiwäk!«, ruft Ei, hüpft auf dem Sofa auf und ab und deutet mit solcher Wucht auf das, was er sieht, dass seine gelbe Hand auf den Bildschirm klatscht wie ein Fisch, den man dagegenschleudert.

»Das bin nicht ich.«

»D'ah!«, sagt Ei. *»Beiwäk.«*

»Das sagst du nur, weil du dann gut dastehst«, sagt Isaac. »Du glaubst, du bist mein Schutzengel.«

»D'ah«, wiederholt Ei mit einem selbstzufriedenen Nicken.

»Da kann ich mich ja glücklich schätzen«, entgegnet Isaac schnaubend. Trotz seines abfälligen Tonfalls weiß er, dass er es ernst meint.

Später, nachdem es passiert ist, wird Isaac versuchen, es aus der Sicht von Ei zu sehen. Ei muss einen Grund gehabt haben, das zu tun, was er getan hat. Irgendetwas muss Isaac falsch gemacht haben, sodass Ei ihn hintergangen und auf diese Art betrogen hat. Also wird er versuchen, die Dinge aus Eis Perspektive zu sehen. Er wird sich vorstellen, wie es ist, in Eis Haut zu stecken. Oder in seiner Schale. Und dann wird er Folgendes sehen.

Während Isaac den Film guckt, tut Ei so, als würde er ebenfalls den Film gucken. Erst als Isaac den Film anhält, um in die Küche zu gehen und Teewasser aufzusetzen, lässt Ei erkennen, worauf sein Blick in Wirklichkeit gerichtet war: die obere rechte Schublade des Unterschranks, auf dem der Fernseher steht. Das ist ihm ein wenig peinlich. Denn er wollte das Zimmer oben im Haus schon gestern Abend inspizieren, als Isaac schon schlief. Aber dann konnte er sich nicht mehr wach halten und ist ebenfalls eingeschlafen. Warum? Es war ein ereignisreicher Tag gewesen. Er hatte viel Spaß mit den Tieren auf dem Bauernhof gehabt. Die Aufregung hatte ihn erschöpft. Und deshalb beschließt er, jetzt, während Isaac den Wasserkocher füllt, diese Chance zu ergreifen. Er späht zur Tür, die in die Küche führt, um sicherzustellen, dass Isaac nicht hersieht. Während Isaac nach Teebeuteln kramt, streckt sich Eis Arm schlängelnd hinüber zu dem Unterschrank und wandert das glänzende Holz des Seitenteils hinauf. Und während Isaac feststellt, dass er vergessen hat, ob Ei für seine perfekte Tasse Tee sieben oder acht Stück Zucker braucht, gleitet Eis Hand über den Griff der Schublade.

»Wie viel Stück Zucker?«, ist Isaacs Stimme durch die Tür zu hören.

Eis Arm schwirrt zurück wie ein losgelassenes Gummiband, sodass er umfällt und auf dem Kissenhaufen am Rand des Sofas landet. Zum Glück hat Isaac nicht gesehen, was passiert ist, und glaubt daher, dass Ei sich mal wieder benimmt, wie er sich eben benimmt.

»Doib«, quiekt Ei unter den Kissen hervor.

»Verstanden. Neun Stück Zucker.«

Ei hat seine Lektion gelernt und unternimmt keine weiteren Versuche, solange Isaac in der Nähe ist. Er schlürft in Ruhe seinen Tee, futtert nachdenklich den Teebeutel und überlegt, wann sich ihm wohl die nächste Gelegenheit bieten wird. Während des Films ergibt sich keine, auch nicht am Ende, als Isaac feuchte Augen bekommt und das Gesicht in einer Decke vergräbt, als der Schutzengel zu George sagt: »Ein Mann, der Freunde hat, ist nie ein Versager.«

»Das ist mein Lieblingszitat, aus allen Filmen aller Zeiten«, sagt Isaac mit hoher, zitternder Stimme.

Ei nickt und wirft einen verstohlenen Blick auf die Schublade, während Isaac sich mit der Decke die Augen trocken wischt. Als Ei überlegt, ob er jetzt zuschlagen soll, hat Isaac die Augen schon wieder auf den Bildschirm gerichtet. Bis zum Ende des Films bietet sich keine weitere Gelegenheit mehr, auch nicht, als sie einen kurzen Imbiss einlegen – bei dem sie sich eine alte Thunfischdose teilen –, und auch nicht, während sie anschließend *The Breakfast Club* ansehen. Wie Ei feststellt, hat Isaac eine überraschend aufnahmefähige Blase, sodass er nur selten auf die Toilette geht. Ei beißt sich auf seine kleine Lippe. Ei tippelt mit seinen kleinen Füßen auf den Sofakissen. Trüge er an seinem kleinen Handgelenk eine kleine Uhr, würde er andauernd ungeduldig nach der Uhrzeit sehen. Die Zeit läuft ihm davon, und er weiß, dass er Isaac nur dann guten Gewissens allein zurücklassen kann, wenn er herausgefunden hat, was sich in dem Zimmer oben im Haus befindet. Verständlich, oder? Dieser Mann ist ein Chaot. Er wirkt nicht so, als käme er allein gut zurecht, trotz des vorgespielten Optimismus und der Devise »Immer nach vorne schauen«. Heute ist er besonders geschäftig, vermutlich weil er sauer ist, dass Ei ihn verlässt. Das hat auch Ei bemerkt. Auch als der Film vorbei ist und Ei hofft, dass Isaac verkündet, sich für sein Nachmittagsschläfchen zurückzuziehen, will er offenbar weiterhin Zeit mit Ei verbringen. Er hat geplant, in einer Art Zeremonie noch die letzten Punkte auf der Liste durchzustreichen. Daher geht er voraus in die Küche, und als er nicht hersieht, verdreht Ei die Augen. Gleichwohl trottet er Isaac pflichtschuldig hinterher.

Isaac nimmt die Liste vom Kühlschrank. Er gibt Ei den Filzstift und nimmt Ei dann auf den Arm. Jetzt könnte Ei ohne Weiteres in Isaacs Gedanken eindringen, und Isaac könnte in seine eindringen. Aber Ei will das nicht. Wenn das passiert, sieht Ei nur Finsternis. Und obwohl Ei wissen will, was Isaac in dem Zimmer oben im Haus versteckt hält, macht ihm der Gedanke daran Angst. Lieber will er die Tür zu dem Zimmer selbst öffnen, als wieder in den schwarzen Abgrund hinter Isaacs Augen gesaugt zu werden.

»Okay«, sagt Isaac. »Dann wollen wir mal.«

Ei ist jetzt auf Isaacs Höhe und hält den Filzstift in einer seiner knubbeligen kleinen Fäuste. Seine andere Hand liegt auf dem Küchenboden, und er versucht kurz, sie zurück ins Wohnzimmer zu schieben und sich aus der Schublade den Schlüssel zu schnappen. Doch *so* lang ist sein Arm nun auch wieder nicht, also knirscht er mit dem Zahnfleisch und gehorcht, als Isaac ihm die Liste hinhält und ihm sagt, dass er das Durchstreichen übernehmen soll. Isaac wiegt Ei in der rechten Armbeuge und liest die Liste vor. Mit wackliger Hand streicht Ei einen Punkt nach dem anderen durch und späht dabei immer wieder ins Wohnzimmer.

»Den Rasen haben wir gemäht, oder?«, sagt Isaac.

»D'ah«, bestätigt Ei und denkt mit Wonne an den Duft des frisch geschnittenen Grases zurück. Er streicht durch: ~~Rasen mähen.~~

»Marys Kleiderschrank haben wir auch ausgemistet.«

Ei nickt. Er streicht durch: ~~Marys Kleiderschrank ausmisten.~~

»Und wir haben die Kleidung gespendet«, sagt Isaac. »Das kann also auch weg.«

Ei streicht durch: ~~Kleidung spenden.~~

»Waren wir beim Friseur?«

Ei ertastet das Haarbüschel auf seinem Kopf, stellt fest, dass er nicht beim Friseur war, und verpasst sich einen Klaps zwischen die Augen. *»D'ei!«*

»Nicht du, du Dummkopf«, sagt Isaac. »Ich schon.«

Ei denkt nach, nickt und streicht durch: ~~Zum Friseur gehen.~~

»Marys Arbeitszimmer aufräumen«, liest Isaac den nächsten Punkt vor. »Na ja, das ist immer noch ein ziemliches Durcheinander. Überall liegen die Notizbücher herum. Und jetzt auch noch die Bücher auf dem Boden.«

Ei gluckst verschmitzt.

»Ja, toll gemacht«, sagt Isaac. »Streich es durch. Ich glaube, wir können es erst mal so lassen.«

Ei streicht durch: ~~Marys Arbeitszimmer aufräumen.~~

»Das hätten wir«, sagt Isaac, atmet kräftig aus und nickt zufrieden.

Ei macht sich Sorgen um Isaac. Ei fragt sich, was Isaac als Nächstes tun wird. Ei weiß, dass Isaac glaubt, dass er kein guter Bruder, kein guter Sohn, kein guter Schwiegersohn gewesen ist. Dass er, wenn tatsächlich »ein Mann, der Freunde hat, nie ein Versager ist«, selbst ein größerer Versager ist, als er es je für möglich gehalten hätte. Ei weiß, dass Isaacs Ankündigung, er würde *Esther anrufen*, der Tatsache widerspricht, dass er noch immer hin und wieder mit der Keksdose im Arm schläft. Ei weiß, dass Isaac gesagt hat, er würde *Wieder mit dem Zeichnen anfangen*, dass aber seine Hand, die genäht wurde, noch immer zittert. In den letzten Wochen hat er sich immer öfter aus dem Haus geschlichen, und die Kreditkartenrechnungen türmen sich weiterhin hinter der Haustür. Ei weiß, dass Isaac noch längst nicht wieder geheilt ist und es ihm lieber wäre, wenn Ei bliebe. »Warum so bald schon?«, hatte Isaac ihn gefragt. Die Antwort hat Ei neulich gehört, als er hinter der Schranktür das Gespräch zwischen Isaac und seiner Schwester belauscht hat. *Du kannst die Realität nicht einfach ausblenden, Isaac.* Ei stammt von einem anderen Ort. Die Angehörigen seiner Art sind immer nach Lust und Laune gekommen und gegangen. Doch erst jetzt hat Ei verstanden, dass Isaac, wenn er wieder ein Mensch werden will, andere Menschen braucht, Zeit mit seinesgleichen verbringen muss. Wenn Ei länger bleibt, richtet er mehr Schaden an, als wenn er geht. Isaacs Lieblingszitat ist aus *Ist das Leben nicht schön?*, Ei dagegen ist ein Satz aus *Mary Poppins* im Gedächtnis geblieben, seit Isaac und er den Film gesehen haben, in den ersten Wochen seiner Zeit, die er mit seinem einzigen Freund unter den Menschen auf dem Sofa verbracht hat. *Ich bleibe, bis der Wind sich dreht.* So wird auch Ei es halten. Doch zuvor will er noch etwas erledigen.

»Alles geschafft«, sagt Isaac.

»D'ei«, erwidert Ei entschieden und bläht die Nasenlöcher. Er klopft mit dem Stift auf den Punkt am Ende der Liste, der ganz offenkundig noch nicht durchgestrichen ist.

Oberes Zimmer aufräumen

Ei sieht zu Isaac auf. Isaac lässt den Blick unruhig über die Worte schweifen, und dabei verändert sich seine gesamte Erscheinung. Als wäre der einzige Faden, der seine Maske mit dem Schönwettergesicht an ihrem Platz gehalten hat, aufgetrennt worden. Sein Lächeln fällt in sich zusammen. Sein Gesicht erschlafft. Sorgenfalten bilden sich um seinen Mund, um seine Augen und auf seinen Wangen, wie Sprünge, die durch Porzellan laufen, und eine graue Wolke verdüstert seinen Blick. Dann ist der Faden wieder geknüpft, so schnell, wie er aufgetrennt worden war. Isaacs Gesichtszüge heben sich wieder. Als sich seine Miene wieder formiert hat, reißt er Ei die Liste aus der Hand.

»Alles geschafft!«, sagt er noch einmal, in beängstigend munterem Ton.

Mit einem Arm setzt er Ei etwas zu grob auf dem Fußboden ab. Mit der anderen Hand knüllt er die Liste zusammen und wirft sie in den Mülleimer. Bevor Ei protestieren kann, ist Isaac schon wieder im Wohnzimmer und widmet sich wieder dem Fernseher. Doch nach der Hälfte von *Fight Club* scheint er Gewissensbisse zu bekommen, denn er schaltet den Fernseher aus und sieht Ei mit feierlicher und finsterer Miene an. Ei rechnet damit, dass er ihm sagt, wohin er geht, wenn er verschwindet, und was er ihm verheimlicht. Aber Isaac sagt etwas anderes.

»Weißt du, wie spät es ist?«, fragt er.

Das weiß Ei nicht. Er hat Isaac nicht gesagt, wann genau er ihn verlassen will. Er schiebt die Unterlippe vor und schüttelt den Kopf.

»Wie wäre es mit einem letzten Toast?«, sagt Isaac. »Zum Abschied.«

Eis Augen hellen sich auf. Seit Isaac ihn gestern Abend zum ersten Mal Bier hat trinken lassen, ist er auf den Geschmack gekommen, und deshalb läuft ihm bei dem Gedanken daran das Wasser im Mund zusammen. Er schmatzt lauthals.

»Also, Toast mit Bohnen, meine ich«, sagt Isaac. »Unser Ritual.«

Ei hört auf zu schmatzen. Er verbirgt seine Enttäuschung. Aber auch die Aussicht auf Toast mit Bohnen ist verlockend, also nickt er und folgt Isaac noch einmal in die Küche. Isaac bereitet die Mahlzeit zu und plaudert währenddessen ganz entspannt mit Ei, fragt ihn, ob er für die Reise ein paar Bohnen mitnehmen will und ob ihm ohne Decke nicht zu kalt sein wird. Ei hat den Eindruck, dass Isaac ihm etwas verheimlicht, nicht nur das, was er ihm immer schon verheimlicht hat, sondern noch etwas anderes. Beklemmung, Traurigkeit. Zwar hat er offenkundig Angst vor dem Moment des Abschieds, doch scheint er sich mit jeder Minute, mit der Eis Abreise näher rückt, mehr zusammenzureißen. Bevor Ei ihm anbieten kann, noch ein wenig länger zu bleiben, hat Isaac zwei Teller mit Toast mit Bohnen auf den Tisch geknallt und angefangen, seine Portion zu essen. Ei nimmt einen Bissen und sieht dann aus dem Küchenfenster. Die Sonne über ihrer gemeinsamen Zeit geht unter, und der Himmel nimmt eine eigenartig gelblich weiße Färbung an, der jede Wärme fehlt, die man in einem Sonnenuntergang erwarten würde. Über den verwilderten Bäumen am Ende des Gartens ist schon der Mond zu sehen. Dahinter liegen die ersten Sterne des Abends. Und irgendwo hinter diesen die Familie. Zuhause. Ei wendet sich zu Isaac und stellt fest, dass dieser ihn beobachtet hat. Isaac hält seinen Toast neben seinem Mund in der Luft, und Bohnen tropfen auf seinen Teller hinab. Einen kurzen Augenblick lang sieht Isaac unendlich traurig aus. Oder nein, er wirkt eher in die Enge getrieben. Er scheint etwas sagen zu wollen, doch er bringt kein Wort heraus, als hätte er sich eine Pistole an die Schläfe gesetzt. Er sieht Ei flehentlich an. *Ich muss dir etwas sagen,* scheint sein Blick auszudrücken. *Ich muss dir die Wahrheit sagen.* Dann vibriert sein Handy, das auf dem Tisch liegt, seine Maske ist wieder intakt, und die Gelegenheit ist verstrichen.

Isaac sieht auf das Telefon. Ei runzelt seine gelbe Stirn, und Isaac zuckt mit den Augenlidern. Auf dem Display steht wieder der Name dieser Frau.

»Da muss ich rangehen«, sagt Isaac.

Isaac will schon hinausgehen, aber Ei bedeutet ihm mit wedelnden Händen, dass er bleiben soll. Eis Moment ist gekommen, auch wenn er sich Isaac gegenüber nichts anmerken lassen wird. Jetzt oder nie. Ei hüpft vom Stuhl, schnappt sich die Teller und stellt sie – indem er die Arme hoch über dem Kopf kreisen lässt – in die Spüle. Dann watschelt er ins Wohnzimmer. Weil er bemerkt, dass Isaac ihn beobachtet und wartet, bis er draußen ist, um das Gespräch beginnen zu können, schließt Ei die Tür mit großem Aufwand. Isaac fängt an zu reden. Weil sie jetzt eine Handbreit Holz trennt und der Saxofonspieler gerade eben angefangen hat, sich warm zu spielen, hört Ei auch bei diesem Gespräch nur Wortfetzen von dem, was Isaac zu der Person am anderen Ende der Leitung sagt, wer auch immer das ist.

lieber nein,

Notfall?

ist in Ordnung?

kompliziert?

satt warten

mal zu!

Es ist ein knapp gehaltenes Gespräch, und Isaacs Stimme hinter der Tür wird mit jedem Satz angespannter. Ei hört nicht mehr zu. Er konzentriert sich ganz auf die rechte Schublade des Unterschranks, die ihn vom anderen Ende des Zimmers aus zu sich ruft. Er schleicht über den Teppich, umrundet den Couchtisch und lässt, ein Auge auf die geschlossene Tür zur Küche gerichtet, seine länglichen Arme hinauf zur Schublade kriechen. Er öffnet sie. Draußen zieht eine Wolke über den Himmel und verschluckt das letzte Sonnenlicht, das noch durch die Schlitze in den Jalousien gedrungen war. Hinter der Tür entsteht ein Schweigen, vermutlich weil Isaac sich eine Antwort anhört, die er so nicht hören will. Selbst der Saxofonspieler macht eine Pause. Das Wohnzimmer, nein, das ganze Haus scheint den Atem anzuhalten. Dann taucht Eis Hand wieder aus der Schublade auf, einen Schlüsselbund zwischen den Fingern. Die Wolke verschwindet. Der Saxofonspieler spielt weiter. Und Isaac in der Küche spricht immer lauter.

»Ich versteh das nicht!«, sagt er. Mittlerweile schreit er. »Sie hatten gesagt, dass es besser aussieht. Sie hatten gesagt, dass alles gut wird.«

Vom Flur aus kann Ei Isaac besser verstehen. Er klingt verärgert. Ei hört das Scharren, mit dem Isaac den Stuhl vom Tisch zurückschiebt. Er hört das etwas sanftere Scharren von Isaacs Hausschuhen, während er auf dem Fliesenboden hin und her geht. Ei bekommt panische Angst, dass Isaac plötzlich wütend die Küchentür aufreißt und ihn ertappt, in den gelben Fingern einen Schlüsselbund, der dort nicht sein sollte. Daher hüpft er auf die unterste Treppenstufe und versteckt sich hinter dem Geländer. Wäre er ein Mensch, würde sein Herz jetzt rasen. Zumindest hat er, so wie ein Mensch, einen trockenen Mund. Obwohl er fast nichts wiegt, knarzt die unterste Treppenstufe unbehaglich unter seinem Gewicht, und er ist sich sicher, dass das Geländer zittert, als hätte es Angst. Die Wolken am Himmel ziehen rasch vorüber. Vielleicht geht auch gerade jetzt hinter einem der gegenüberliegenden Häuser die Sonne unter. Jedenfalls wird es im Flur duster, fast schon dunkel. Das wenige Licht, das noch durch die Milchglasscheibe in der Haustür dringt, wirkt unglücklich, aufgewühlt. Der ganze Himmel scheint besorgt, und Ei könnte schwören, dass auch die Wände des Hauses sich Sorgen machen. Über ihm, weiter oben, ruft ihm jede Treppenstufe knarzend eine Warnung entgegen. *Komm nicht hier herauf,* scheinen sie zu sagen. *Tu nicht, was du vorhast.* Aber in der Küche schreit Isaac jetzt noch lauter, und die Verzweiflung in seiner Stimme macht Ei Angst. Es erscheint ihm am klügsten, zwei Etagen zwischen seinen Gastgeber und sich zu bringen. Also schluckt er heftig, schließt die pummelige Faust noch fester um den Schlüsselbund und hangelt sich die Treppe hinauf, mit der Methode, die er im Lauf der Zeit entwickelt hat: Er schleudert die Arme wie Enterhaken nach oben und rollt sich dann am Geländer entlang wie eine Winde auf, Stufe um Stufe um Stufe.

Als er oben angekommen ist, kann er Isaac kaum noch verstehen. Das Saxofon scheint immer lauter zu werden, es jault, als wäre der Spieler in eine Sturmfront geraten und als wäre sein Spiel der letzte verzweifelte Versuch, Hilfe herbeizurufen, bevor er in den Tiefen des Ozeans versinkt. Das gesamte Haus fühlt sich an, als treibe es auf schwerer See. Die Stufen schwanken unter Eis geschwollenen Zehen, und er muss sich geradezu am Geländer festklammern, um unbeschadet den Treppenabsatz im ersten Stock zu erreichen. Hier oben ist es noch dunkler als unten, obwohl die letzten Strahlen des kühlen, gelben Sonnenlichts versuchen, durch das Fenster von Marys Arbeitszimmer zu dringen. Je dunkler es wird, desto tiefer sinkt die Stimmung des Hauses, und Ei ist sich sicher, den Wind tosen zu hören. Das ist eigenartig, denn zuvor war kein Mucks zu hören, und außerdem scheint der Wind nicht von draußen zu kommen. Ei wirft einen Blick in das Arbeitszimmer, wo verstreut auf dem Boden noch die Bücher liegen, und überlegt, wieder nach unten zu gehen. Dann atmet er tief durch, dreht sich um und betrachtet die zweite Treppe. Obwohl sie höchstens zehn Stufen lang ist, wird die verschlossene Tür an ihrem oberen Ende fast ganz vom Dunkel umhüllt. Die Wände, die die Tür umgeben, knarren, der Teppich unter Eis Füßen knistert, doch die Tür gibt nicht den geringsten Laut von sich, sie verschluckt jedes Geräusch, wie die Leere im Zentrum eines Mahlstroms. Und obwohl diese Stille Furcht einflößender ist als alles andere in diesem Haus, in dem es plötzlich spukt, scheint das Schlüsselloch unter dem Messingknauf die Schlüssel in Eis Hand magnetisch anzuziehen. Ei kann nicht anders. Er klettert die erste Stufe hinauf, dann die zweite, dann die dritte. Unten in der Küche hat Isaac zu schreien aufgehört.

Nur mit Mühe erreicht Ei das obere Ende der Treppe. Er erreicht die Tür. In der Dunkelheit stützt er sich mit fester Hand an der kalten Wand ab, als fürchte er, das ganze Haus könnte jeden Moment bersten. Zumindest ächzen die Wände nicht mehr, und auch der Teppichboden zittert nicht mehr.

Das Einzige, was noch zittert, ist Eis Hand, die sich bebend öffnet und den Schlüsselbund preisgibt, den sie so fest umschlossen hatte. Wenn Isaac abgehauen ist und sich für mehrere Tage weiß Gott wohin verzogen hat, hat Ei sich mit den Filmen vertraut gemacht, die Isaac ihm nie gezeigt hat, wenn sie zusammen waren. Mit den traurigen Filmen. Den Furcht einflößenden. Und dank dieser Furcht einflößenden Filme weiß Ei ganz genau, was verstörte Menschen hinter verschlossenen Türen verstecken. In *The Sixth Sense* ist es ein böswilliger Geist in der Dachkammer. In *Psycho* ist es die verwesende Mutter des Hoteliers im Keller. Ei macht sich auf das Schlimmste gefasst. Auch der Wind hat sich gefasst – er hat zu heulen aufgehört. So auch der Saxofonspieler – er hat zu spielen aufgehört. Das einzige Geräusch, das in der Dunkelheit oben in Isaacs Haus zu hören ist, ist das Klimpern der Schlüssel an dem Schlüsselbund, den Ei beklommen zu dem Schlüsselloch in der hohen, stillen Tür führt. Das Geräusch eines Schlüssels, der sich in ein Schlüsselloch schiebt, ein Schloss, das nicht aufgehen will. Das nervöse Herumfummeln an anderen Schlüsseln, bis sich endlich der passende im Schloss dreht. Das nervenzerreißende Ächzen eines Türknaufs aus Messing, der gedreht wird, und das grässliche Quietschen einer schwergängigen Tür, die sich langsam öffnet.

Als die Tür ganz offen ist, blickt Ei in das Zimmer oben im Haus und versucht, sich auf das, was er sieht, einen Reim zu machen. Im selben Moment setzt Isaac Addy den Fuß auf die unterste Treppenstufe.

Käme ein Außerirdischer auf die Erde, stieße er auf Tausende Alltagsgegenstände, die ihm ein Rätsel wären. Ein Mensch weiß selbstverständlich, wozu ein Löffel dient, ein Bügeleisen oder ein Satz Spielkarten. Doch für einen Außerirdischen, der noch nie einen Löffel, ein Bügeleisen oder einen Satz Spielkarten gesehen hat, würde es eine enorme kognitive Anstrengung bedeuten, den Zweck dieser Dinge zu erfassen. Welche Bedeutung hat ein Löffel? Was kann man mit einem Bügeleisen ausrichten? Wozu dienen Spielkarten – abgesehen davon, dass sie schön aussehen? So ergeht es auch Ei. Obwohl er schon so lange hier ist, stößt er noch immer jeden Tag auf Dinge, die er nicht so recht begreift. Gestern hat er zum ersten Mal ein Moped gesehen. Am Tag zuvor war es eine Yogamatte. Diese Dinge gehören zusammen mit Ananas, Schuhlöffel und dem Begriff des »Roséweins« zu den Sachen, die er allein in den letzten drei Wochen entdeckt hat. Es gibt noch so vieles auf dieser Welt, was Ei nicht kennt, und daher ist es verständlich, dass er etliche der Dinge in dem Zimmer oben im Haus nicht einmal ansatzweise versteht. Das Zeitungspapier auf dem Boden etwa oder die Farbeimer, die schon lange nicht mehr benutzt wurden und von denen die Farbe abblättert. Diese Dinge sind Ei ein Rätsel. Aber das Ding auf der anderen Seite, das wichtigste im ganzen Raum, dieses hölzerne, kistenförmige Ding, das der zentrale Gegenstand des Zimmers ist? Ei hat solche Gegenstände oft genug in Kinderfilmen und Zeichentrickfilmen gesehen. Er weiß, wozu so etwas dient.

Die Sonne ist jetzt ganz untergegangen, aber die Straßenlaternen auf der rechten Seite und der Mond auf der linken

Seite sorgen für ein gespenstisches Licht, in dem Ei alles deutlich erkennen kann. Das Zimmer ist ein umgestalteter Dachboden. Die frische Farbe und die unbenutzten Möbel deuten darauf hin, dass diese Umgestaltung erst vor Kurzem stattgefunden hat. Auf der einen Seite fällt die Decke schräg ab, und in den Wänden neben dieser Schräge befindet sich jeweils ein rundes Fenster; eines geht auf die Straße, das andere auf Isaacs Garten. Als Ei sich in dem Raum umsieht, entdeckt er eine Wand, die ebenfalls wie ein Fenster wirkt. Er hat noch nicht viele Gemälde gesehen, und ganz sicher noch keines, das so groß ist. Er versteht nicht, warum Zeitungspapier in Bögen auf dem cremefarbenen Teppichboden ausgebreitet ist. Er versteht nicht, was es mit den mehreren Eimern Farbe auf sich hat, mit denen *das hier* geschaffen wurde. »Das hier« ist ein Wandgemälde, aber das weiß Ei nicht. Es bedeckt die senkrechte Wand hinter dem einzigen Möbelstück im Raum. Und obwohl es in dem Raum dunkel ist und das Wandgemälde erst halb fertig, raubt es Ei dennoch den Atem. Es ist ein beeindruckendes Meisterwerk in Sachen Farbgebung und Perspektive; es beginnt am unteren Rand mit braunem Schlamm und grünem Gras und erweitert sich dann zu Mais- und Weizenfeldern, die sich bis in die Unendlichkeit zu erstrecken scheinen. Die Gegenstände im Vordergrund kennt Ei aus der Zeit, die er mit Isaac verbracht hat. Er erkennt den Traktor aus *Footloose*. Er erkennt die große rote Scheune, in der er auf dem Rückweg aus der Stadt so viel Tolles erlebt hat. Und er erkennt die Tiere aus *Fred baut einen Bauernhof*, obwohl die meisten von ihnen erst teilweise vollendet sind. Von einem Schwein sind erst der Kopf und der halbe Körper zu sehen. Eine Kuh ist schon fertig, nur die Flecken fehlen noch. Zwei kopflose Hühner laufen am unteren Ende des Gemäldes über die Wand, und von einem etwas weiter entfernt stehenden Pferd sind erst die Beine vorhanden. Isaac hat das Wandgemälde nicht vollendet. Aus irgendeinem Grund hat er den Pinsel zur Seite gelegt und das Bild ein für alle Mal weggesperrt. Vielleicht hat das etwas mit dem leeren Kinderbett in der Mitte des Raumes zu tun.

»Was machst du da oben?«

Die Stimme ist schwer und rau. Ei erschrickt zu Tode. Er schließt die Augen, hält sich am Türrahmen fest und dreht sich langsam um, in Erwartung seines Schicksals. Er öffnet die Augen. Er sieht auf. Obwohl Isaac ein paar Stufen weiter unten steht, ragt er hoch über ihm auf. Und auf der fensterlosen, dunklen Treppe gibt er eine furchterregende Gestalt ab. Wo früher seine Augen waren, ist jetzt nichts mehr. Nur zwei schwarze Löcher. Auf seinem Gesicht zeigt sich nicht die leiseste Regung, es hängt wie eine glatte Granitplatte über Ei in der Luft und droht mit jeder nur erdenklichen Form der Rache. Wie er so in der Dunkelheit über Ei aufragt, hat Isaac nur noch die Konturen eines menschlichen Wesens, ist nur noch ein Schatten seines früheren Selbst. Ei schaudert. Selbst in der Dunkelheit erkennt er, dass Isaac nicht lächelt.

»Du hast kein Recht, hier oben zu sein.«

Ja, was macht er hier eigentlich? Ei wird plötzlich klar, dass er darauf keine Antwort hat. Und hier in der Tür, gefangen zwischen Isaac und diesem brachliegenden Raum, bietet sich ihm auch kein Fluchtweg. Ei blickt zurück auf das Kinderbett und das Wandgemälde, und dann hinauf zu

Isaac. Isaac blickt hinauf zu dem Kinderbett und dem Wandgemälde, und dann hinunter zu Ei. Ein langes Schweigen entsteht, während Ei sich das Hirn darüber zermartert, was er sagen soll, doch er weiß, dass es schon zu spät ist. Er weiß, wohin Isaac gegangen ist, wenn er verschwunden ist. Er weiß, was Isaac ihm verheimlicht hat. Und während Isaacs ohrenbetäubendes Schweigen auf ihn herabstürzt, erkennt er zu spät, dass er all das nie hätte erfahren sollen.

»Raus hier«, sagt Isaac mit bebender Stimme und lauter als zuvor. Mit zitternder Hand deutet er hinter sich in die Dunkelheit, die Treppe hinab und in Richtung Haustür. »Raus aus meinem Haus.«

Ei steht wie versteinert da. Plötzlich steigt Isaac die letzten beiden Stufen hoch und fasst ihn grob an, packt ihn oben an einem seiner dürren, weißen Arme. Er schreit jetzt.

»Raus aus meinem …«

Ei verfällt in Panik. Weil er nicht weiß, was er sonst machen soll, lässt er noch ein letztes Mal seine magischen Kräfte wirken. Isaac hat kaum den Fuß auf die oberste Stufe gesetzt, als er spürt, wie ihm die Beine weggerissen werden. Er ist wieder in Eis Kopf. Vielleicht ist auch Ei in Isaacs Kopf. Wieder öffnet sich diese schwarze Weite, wo auch immer sie sich befindet. Obwohl er mit einer Hand noch immer Ei am Arm gepackt hat und mit der anderen die Tür am oberen Ende der Treppe, steigt Isaacs Magen kreiselnd in die oberen Schichten der Atmosphäre auf, bis seine Augen nicht mehr in seinem Haus sind, nicht einmal mehr auf seinem Planeten. Er schwebt und schaudert und ringt nach Atem. Er ist wütend, aber es gibt in dieser Dunkelheit nichts, worauf er seine Wut richten könnte. Er versucht, sich zu konzentrieren. Er versucht, seinen Atem zu beruhigen. Er versucht, irgendetwas zu erkennen. Erst sieht er nichts. Dann ist da wieder dieser winzige Punkt in weiter Ferne, der wie ein Stern leuchtet und näher und näher kommt. Isaac rechnet damit, wie beim letzten Mal wieder die Rettungskapsel zu sehen. Aber dieses Ding ist keine Rettungskapsel. Es ist eine Kugel. Nein, eher ein Bündel. Ein Bündel Stofffetzen, die zu einem kompakten, eiförmigen Gebilde zusammengewickelt sind. Es ist das Bündel, das letztes Mal in der Kapsel zu sehen war. Isaac nimmt an, dass das Ei ist. Aber dann kommt das Bündel näher, und er erkennt, dass es nicht Ei ist. Denn anders als die Rettungskapsel oder das Mutterschiff ist dieses Bündel kein merkwürdiger Fremdkörper, der durch die riesigen Weiten des Weltalls schwebt. Es ist ein Bündel aus Decken, und es wird von zwei menschlichen Armen getragen, die zu einem menschlichen Körper gehören, auf dem ein menschlicher Kopf sitzt, mit dem Gesicht und dem Lächeln eines Menschen, das hinab auf die Decken strahlt und dann hinauf zu Isaac. Der Mensch, der das Bündel auf dem Arm hält, lächelt. Mehr noch: Der Mensch, der das Bündel hält, ist Isaac selbst.

Isaac ringt nach Luft. Isaac lässt Eis Arm los. Und während Ei durch die offene Tür und die Treppe hinab die Flucht ergreift, muss Isaac würgen. Nur halb bewusst bekommt er mit, wie er wieder auf die Erde hinabstürzt und dann auf den Teppichboden in dem Zimmer oben im Haus. Er würgt. Er röchelt. Er windet sich auf dem Boden hin und her, die Arme um die Brust geschlungen. Er legt die Arme über den Magen, dann um den Kopf, dann über die Augen. Er kämpft gegen das kopfzersprengende Gefühl an, das ihn befällt, als all die Dinge wieder in sein Hirn zurückströmen, die zu vergessen er sich bemüht hat, und gleichzeitig die Lügen, die er vor sich selbst aufrechterhalten hat, in sich zusammenstürzen wie ein Unterstand aus Pappkarton in einem Hagelsturm. Während er auf dem Boden des Kinderzimmers kniet und versucht, nicht auf das halb fertige Wandgemälde zu blicken und auch nicht auf das Kinderbett, das er selbst gebaut hat, erweitert sich sein Verständnis der jüngsten Ereignisse wie ein 3-D-Bild, das man lange genug betrachtet hat. Er sieht die hoch aufragende Metallkonstruktion in der Dunkelheit, fünfzehn Meter hoch, überwältigend und einschüchternd. Das ist kein Mutterschiff. Es ist ein Krankenhaus. Er sieht den vereinzelten Glaskasten, der in der Leere leuchtet wie ein Signalfeuer. Das ist keine Rettungskapsel. Es ist ein kleines Bett, das auf allen Seiten von Glas eingefasst ist. Und er sieht das Bündel aus Decken, erst in seinen eigenen Armen, dann gefangen in ebendiesem Glaskasten. Das ist nicht Ei. Es ist nicht einmal *ein* Ei. Es ist sein Sohn.

NEUN

Isaac Addy könnte auch ein Geist sein. Während der letzten Monate ist er immer mehr verblasst, war anwesend, aber nie wirklich präsent. Wenn er seine rechte Hand hochhält, hoch, hoch, hoch gegen den Himmel, überrascht es ihn, dass er nicht geradewegs hindurchsehen kann. Er konzentriert sich auf die Hand. Er konzentriert sich auf den Himmel. Nicht auf den wirklichen Himmel, sondern auf den, den er einmal an die Wand eines Kinderzimmers gemalt hat, in dem nie jemand geschlafen hat. Er konzentriert sich auf das Kinderbett. Er hat diesen Raum gemieden. Kann man ihm das vorwerfen? In den Monaten, in denen er wie ein Gespenst durch sein Haus geschwebt ist, hat er sich nie stark genug gefühlt, um sich dem zu stellen, was hinter dieser Tür lag. Er hatte Angst. Er hat noch immer Angst. Er kann sich nicht daran erinnern, einmal keine Angst gehabt zu haben.

Bevor Isaac ein Geist wurde, war er ein Vater. Und schon lange, bevor er Vater wurde, hatte er Angst gehabt. Nicht, dass er keine Kinder gewollt hätte. Ganz im Gegenteil. Er malte Bilder, um sein Leben zu finanzieren. Seine Frau schrieb Kinderbücher. Das lief auf eigene Kinder hinaus. Nur dass Kinder zu bekommen ihm immer als etwas erschienen war, das im Leben anderer Menschen passierte, bei Menschen, die älter waren. Väter waren Männer, die das mit dem Leben hinkriegten. Isaac konnte noch immer nicht essen, ohne zu kleckern. Er hatte immer geglaubt, noch Zeit zu haben, Zeit, um sich über alles klar und erwachsen zu werden, bevor er selbst einem Kind dabei half, erwachsen zu werden. Doch als er auf seinen bevorstehenden dreißigsten Geburtstag blickte wie in den Lauf eines Gewehrs, erkannte er, dass er gleichsam schlafwandelnd in die Lebensphase gelangt war, in der er alt genug war, um Kinder zu bekommen. Er war selbst noch ein Kind und nicht fähig, selbst welche zu haben. Oder? Nein. Bevor er die Hand heben und sagen konnte: »Ich bin noch nicht so weit«, machte ihm ein positiver Test ein paar Wochen nach der Party zur Vorstellung ihres dritten Buches unmissverständlich klar, dass die Welt andere Pläne hatte. Am Rand von Isaacs Leben hatte immer das Versagen gekauert, die allgegenwärtige Angst, andere zu enttäuschen. Vater zu sein, barg die Möglichkeit des denkbar krachendsten Versagens. Vielleicht hatte er deshalb mehr Angst gehabt als je zuvor.

Alles wird gut werden, Isaac.

Er denkt daran zurück, wie sie auf der Brücke gestanden hatten, inmitten der schneebedeckten Landschaft, als Mary gerade mal im dritten Monat war und Isaac noch immer kaum über die Runden kam. Die Aufträge blieben aus. Er war in einer Spirale des Selbstzweifels gefangen. Das Baby war unterwegs, und sein dürftiger Beitrag zum Haushaltseinkommen war viel zu wenig, wenn sie demnächst zu dritt wären.

»Wenn wirklich alles gut wird, bräuchtest du mir nicht zu sagen, dass alles gut wird.«

Die Probleme existieren nur in deinem Kopf. Das mit dem Geld kriegen wir schon hin. Wir haben es noch immer hingekriegt. Also weshalb machst du dir Sorgen?

»Ich glaube, ich verbocke das alles.«

Dann verbocken wir es zusammen.

Nur eine kurze Auseinandersetzung, die ihn jedoch noch immer beschäftigt. Er hatte Sachen gesagt, die er nicht hätte sagen sollen. Auch damals wusste er, dass er allein nicht besser zurechtkäme. Marys kalter Atem bildete eine Dunstwolke über dem Wasser, die ihm noch immer im Kopf herumspukt.

Warum kannst du dich nicht ausnahmsweise mal wie ein Erwachsener benehmen?

Dann war sie davongestapft, unter ihren Füßen der knirschende Schnee. Auf der Fahrt zurück nach Süden war die Stimmung noch eisiger gewesen. Auch später, nachdem Isaac sich wieder beruhigt hatte, hatte er sich nie bei Mary entschuldigt. Er nahm an, sie wusste, dass ihm diese Sätze im Eifer des Gefechts herausgerutscht waren. Außerdem hatten sie sich am nächsten Morgen wieder versöhnt. Und letztlich behielt sie ja auch recht. Isaac bekam wieder Aufträge, das Geld ging ihm nicht aus. Es hatte den Anschein, als käme wirklich alles wieder in Ordnung.

Isaac blickt auf das Kinderbett. Er blickt auf das Wandgemälde. Er kniet auf dem Teppichboden im Kinderzimmer unter dem Dach und lässt die Erinnerung an all das zu, was danach passiert ist. Monatelang nervöse Aufregung. Wochenlang Sorgen. Dann war irgendwann keine Zeit mehr, Angst zu haben. *Es geht los,* hatte Mary gesagt, als sie ihn an einem feuchten Augustabend wach gerüttelt hatte. Nach einer panischen und halsbrecherischen Fahrt über die alte Brücke am Rand der Stadt schlitterte Isaac auf den Parkplatz des Krankenhauses und hielt dann während der zwölf Stunden langen, qualvollen Geburt ihre Hand. Es wurde viel geschrien. Manchmal war es Mary. Das meiste nahm er nur verschwommen wahr: Fingernägel, die sich in seine Handflächen gruben, kalte Handtücher, blutverschmierte Laken. Dann schlief Mary tief und fest. Die Hebammen lächelten. Es war vorbei. Und als Isaac auf das Bündel in seinen Armen hinabsah, hatte er keine Angst mehr.

Er steht auf. Er muss seine gesamte Kraft aufwenden, um nicht zusammenzubrechen und einen Fuß vor den anderen zu setzen. Er wendet sich von dem Wandbild ab, findet zur Tür, steigt zitternd und in fast völliger Dunkelheit die Stufen hinab. Er weiß nicht mehr, wie lange es her ist, dass die Tür zugeknallt wurde. Er weiß nicht mehr, warum das passiert ist. Er kann sich nur noch an all das andere erinnern, an all das, was er bislang aus seiner Erinnerung verbannt hat. Er tastet sich zum Treppenabsatz im ersten Stock hinab und steht in Marys Arbeitszimmer. Er reibt sich die Schläfen und sieht sich in der Dunkelheit um. Er sucht etwas. Ein Notizbuch. Ja, genau. Ein gelbes Notizbuch. Er entdeckt es auf Marys Schreibtisch, es scheint fast zu leuchten in der Dunkelheit. Allein sein Anblick lässt Isaacs Amygdala zucken. Blitzartig scheinen Dinge vor ihm auf, Dinge, die er seit Monaten nicht mehr gesehen hat, sie werden ihm präsentiert wie Familienfotos in einer altmodischen Diashow. Sein kleiner Sohn in einem Kinderstuhl während einer Schlacht mit zerquetschten Croissants und geriebenen Karotten. Ein Ausflug mit dem Kleinen zu dem Bauernhof am Rand der Stadt, wo er die Schweine füttert und die Gänse erschreckt. Sein erstes Weihnachten, der Silvesterabend, an dem die Eltern weit vor Mitternacht ins Koma fallen. Ihr letzter gemeinsamer Abend einige Tage später, den sie bei Bœuf bourguignon und einer Flasche Rotwein verbringen. Das gelbe Notizbuch. Sie hatten über das gelbe Notizbuch gesprochen und über Marys nächstes Buch. Sie hatte wieder zu schreiben angefangen. Er war so stolz auf sie gewesen. Er erinnert sich daran, wie er ihr gesagt hat, dass er stolz auf sie war. Stimmt das? Seine Erinnerung ist so vernebelt. Der nächste Morgen war gleichfalls vernebelt. Er erinnert sich daran, wie der Kleine in seinem Kindersitz zappelt. Er erinnert sich daran, wie Mary ihm sagt, er soll daran denken, den Christbaum zu entsorgen und die Weihnachtskarten wegzuwerfen. Er erinnert sich daran, wie er ihr durch das offene Autofenster einen raschen Abschiedskuss gibt.

»Dann sehen wir uns in ein paar Tagen wieder.«

Nicht, wenn ich nachkomme.

Isaac legt die zitternden Finger seiner schwachen rechten Hand auf den Einband des Notizbuchs. Er atmet aus, ungleichmäßig. Er versucht, das Notizbuch zu ergreifen, aber seine Hand ignoriert die Anweisungen seines Kopfes. Er hat das Gefühl, in die Tiefe zu stürzen, *jetzt gleich*, und hält sich mit der anderen Hand am Schreibtisch fest, um das zu vermeiden. Dann ergreift er mit der linken Hand das Notizbuch und schiebt mit der rechten in einer unsicheren Bewegung die Computermaus über den Schreibtisch. Die Finsternis wird durch grelles Licht in zwei Hälften gespaltet, durch das Leuchten eines Computerbildschirms, der zum Leben erwacht. Isaac hört auf zu zittern. Er blickt auf den Bildschirm. Er sieht eine Brücke. Marys Brücke. Er denkt an den weißen Winter zurück, an Mary, die im Schnee steht und ihm sagt, dass alles gut werden wird. Er denkt an die lilafarbenen Sommer zurück, an Mary, die die Beine ausstreckt, um die Zehen ins Wasser zu tauchen. Aber der perverse kleine Dämon in Isaacs Kopf, den er schon abgeschüttelt zu haben glaubte, lässt nicht zu, dass er an solche Dinge denkt. *Denk an die andere Brücke,* sagt er und rüttelt an den Stäben seines Käfigs. *Diese andere Brücke war viel wichtiger für Mary.*

Jetzt sieht er sie vor sich, in einer verstörenden Klarheit, die so hell ist wie das grelle Licht des Bildschirms. Er sieht die Brücke in der Nähe ihres Hauses. Darauf seine Frau und sein Sohn. Und er sieht, was passiert ist. Er lässt die Erinnerung zu. Mary war über das Wochenende weggefahren. Nach Hause. Der Kleine war fast sechs Monate alt, und sie wollte, dass er Schottland sieht, zum ersten Mal. Ein nachgeholtes Neujahrsfest, hatte sie gesagt. Isaac wäre mitgekommen, aber er musste einen Auftrag erledigen – den ersten großen seit der Geburt –, den er vor lauter Schlafmangel schon seit Monaten vor sich hergeschoben hatte. Außerdem freute er sich auf ein bisschen Ruhe. Wie egoistisch das jetzt in der Rückschau wirkt. Aber Mary hatte ihm gesagt, er solle zu Hause bleiben. *Es ist nur ein Wochenende,* hatte sie gesagt. Und wie hatte er dieses Wochenende dann verbracht? Zweiundsiebzig leere Stunden hatten sich vor ihm aufgetan, doch er kann sich nicht daran erinnern, sie mit etwas Bestimmtem verbracht zu haben. Natürlich muss er viel gezeichnet haben. Und auch gegessen. Er muss geschlafen haben. Er glaubt, dass er sich am Freitagabend *Ist das Leben nicht schön?* angesehen hat und am Samstagabend *E. T.* Er hat ein wenig an dem Wandgemälde im Kinderzimmer gearbeitet, von dem er schon seit Monaten behauptet hatte, er würde es abschließen. Das war eindeutig eine schönere Aussicht, als den halb toten Weihnachtsbaum durch die Haustür zu bugsieren oder sich weiter mit dem »kinderleicht aufzubauenden« Kinderbett abzumühen, das ihm einen persönlichen Rekord im Leise-vor-sich-hin-Fluchen beschert hatte. Der Kleine hatte bislang bei ihnen im Bett geschlafen. Sich an Termine zu halten, war nie Isaacs Stärke gewesen. Er erinnert sich daran, wie er mit Mary telefoniert hat, bevor sie an jenem Sonntag zurück nach Süden aufbrach, im Hintergrund das Glucksen des Kleinen.

»Ohne dich fühlt sich das Haus so leer an.«

Ich glaube, das ist eher wegen ihm als wegen mir.

»Wieso denn? Du bist es doch, die die ganze Nacht weint.«

Das sagt der Richtige. Ich weiß, dass du dich ohne uns in den Schlaf weinst.

Er erinnert sich daran, wie er ihr gesagt hat, was er zum Abendessen machen will. Lammköfte. Er erinnert sich daran, wie er ihr gesagt hat, sie soll ihm schreiben, wenn sie losfährt. Er erinnert sich an ihre Nachrichten.

Fahre jetzt los. Laut Google Maps knapp acht Stunden, wahrsch. aber bisschen länger wg Windeln wechseln. Bis nachher x

Musst du unterwegs deine Windeln wechseln?

Halts Maul

Lol. Fahr vorsichtig. Schick mir deinen Standort xx

Alles klar, Stalker x

Das Letzte, was sie je zu ihm gesagt hatte. Seitdem hat er die Nachricht eine Million Mal gelesen. Isaac ist sich sicher: Wenn sie gewusst hätte, was ihr bevorstand, hätte sie das Ganze nicht mit *Alles klar, Stalker* beendet. Wenn sie es gewusst hätte, wenn einer von ihnen es gewusst hätte, hätte Isaac ihr mit einem Sonett aus tausend Wörtern geantwortet. Vielleicht hätte er ihr auch nur wenige Worte geschrieben, sorgsam gewählt und in Großbuchstaben: NIMM NICHT DAS AUTO oder FAHR MIT DEM ZUG oder PASS AUF, ES IST GLATT. In Wirklichkeit hat er nicht geantwortet.

Mary schickte ihm ihren Standort. Ein kleiner Kreis erschien und versprach, in den nächsten zwölf Stunden anzuzeigen, wo sie sich befand. Wenn Isaac seine Nachrichten an Mary noch einmal durchliest, wird noch immer ihr letzter Standort angezeigt. Er hat überlegt, ihn zu löschen, fürchtet aber, dass dadurch alles noch schlimmer wird. Also steht da dieses Kästchen, rechteckig, grau und endgültig. Wie ein Grabstein.

Live-Standort beendet

In dem Kreis ein Bild von Mary. Und dieser Kreis wird für immer über der letzten Stelle schweben, an der sie je war. Er weiß nicht mehr, was er getan hat, als Mary losgefahren ist, aber er weiß noch, dass er sich aufgerafft und die Bettwäsche in den Trockner gestopft hat, als er einmal nachgesehen und festgestellt hatte, dass sie kurz hinter Glasgow war. Als er Frühstück machte – Eier vielleicht, oder Toast mit Bohnen –, sah er, dass Mary in der Nähe von Carlisle haltgemacht hatte. Schuldbewusst checkte er etwas später wieder ihren Standort, nachdem er gemerkt hatte, dass die Bettwäsche beim Trocknen eingegangen war. Teuer, aus Leinen. Mary wäre nicht sehr erfreut. Aber seine Vorfreude überwog seinen Ärger. Sie waren kaum je voneinander getrennt gewesen. Jetzt kam auch noch der Kleine dazu, sodass Isaac während dieser letzten Stunden immer mit einem Auge auf den Chat blickte, auf die Karte und den sich langsam vorwärtsschiebenden Kreis. Er sah nach, wo Mary war, und holte dann das Hackfleisch aus dem Kühlschrank. Er sah nach, wo Mary war, und hackte dann Koriander. Und als er einmal nachsah, wo sie war, und feststellte, dass sie nicht mehr weit entfernt war, lächelte er, wählte seine Playlist

»Italo-Kochsongs« aus und fing an, Zwiebeln zu schneiden. *O bella ciao, bella ciao, bella ciao, ciao, ciao.* Erst nachdem er sich die Hände gewaschen und an der Schürze abgetrocknet hatte und wieder auf sein Handy sah, bemerkte er, dass Mary sich nicht mehr bewegte. Das war merkwürdig, denn in dieser Gegend gab es keine Stelle, an der man anhalten konnte, und es gab dafür auch keinen Grund, so kurz vor zu Hause. Aber das Netz war in der Gegend oft mies, die nächsten Häuser waren in jede Richtung mehrere Meilen entfernt. Vielleicht rätselte er kurz, doch er dachte nicht weiter darüber nach. Er zuckte mit den Schultern und wandte sich wieder dem Kochen zu. Erst als er fünf Minuten später wieder nachsah und Mary sich noch immer nicht bewegt hatte, fing sein Magen an zu kribbeln. Nach weiteren fünf Minuten noch immer keine Bewegung, in Isaacs Mund der Geschmack von Batteriesäure. Wieder fünf Minuten später. Keine Bewegung. Sein Herz schlug etwas schneller, aber er redete sich ein, dass das lächerlich war. Vielleicht war das Zeitlimit überschritten, oder der Akku von Marys Handy war leer, nachdem sie die ganze Zeit während der Fahrt Musik gehört hatte. Isaac steckte die Köftespieße zusammen und glaubte, das würde den schweren Klumpen auflösen, zu dem sich die Panik in seinem Magen zusammengeballt hatte. Nach weiteren fünf Minuten klingelte sein Telefon. Mary muss eine Panne haben, dachte er, und selbst eine solche Vorstellung beruhigte ihn. Er wusch sich die Hände. Er trocknete sie wieder an der Schürze ab. Er lächelte schwach, als er überlegte, wie er sich melden sollte, doch als er den Namen auf dem Display sah, erstarrte seine Miene.

»Sitzt du?«

Wenn das hier eine Kindergeschichte wäre, wäre Marys Kreis nach Hause in ihr Schloss geschwebt, und sie hätten glücklich und zufrieden gelebt und so weiter. Doch stattdessen blieb der Kreis abrupt stehen, fünfzehn Minuten entfernt von dort, wo Isaac jetzt ist. Noch fünfzehn Minuten, und er hätte sie beide wieder in die Arme schließen können. Kann man sich etwas Grausameres vorstellen? Seitdem hat Isaac sich immer gefragt, ob ein Fluch auf ihm liegt, auf Mary oder auf ihnen dreien. Er denkt an den schwarzen Punkt aus *Die Schatzinsel*, den Tintenfleck, der Piraten ihren baldigen Tod ankündigt. Auch die Polizei hatte die Stelle so genannt. Ein schwarzer Punkt. Ein Straßenabschnitt, auf dem sich häufig Unfälle ereigneten. Vielleicht war es diesmal Glatteis gewesen oder Wild, das die Straße überquert hatte, oder ein Defekt am Auto, den nicht einmal die Polizei feststellen konnte. Aus welchem Grund auch immer, Mary war ins Schleudern geraten und gegen die wuchtige steinerne Brüstung der Brücke geprallt, die nur fünfzehn Minuten von ihrem Haus entfernt liegt. Jedes Mal, wenn Isaac sich die beiden dort vorstellt, reglos in dem zerknautschten Auto am Ende einer totenstillen, dunklen Brücke, sackt sein Magen ab, und seine Beine fangen an zu schlottern. Dem Kreis nach zu urteilen, war sie mindestens zwanzig Minuten lang dort, bevor die Polizei und der Krankenwagen eintrafen. Sie überflogen das Verzeichnis in Marys zersplittertem Handy, riefen »Mum« an, die daraufhin »Isaac« informierte, da dieser nicht unter »Ehemann« abgespeichert war. Er ging ran.

»Sitzt du?«

Das war alles, was Marys Mutter sagte. Isaacs Mutter hatte zwar immer gesagt, nur Idioten fragten sich ernsthaft *Was wäre, wenn?*, aber was, wenn er das Gespräch nicht angenommen hätte? Wenn die Polizei und der Krankenwagen Mary nie gefunden hätten? Wenn es an dem Abend ein wenig wärmer gewesen wäre, wenn es ein wenig heller gewesen wäre oder wenn ihr Haus auf der anderen Seite der Brücke gestanden hätte? Was, wenn Isaac mit ihr im Auto gewesen wäre? Wenn er nicht so bereitwillig einem freien Wochenende zugestimmt hätte? Dann wäre es vielleicht nicht passiert. Dann wäre Mary vielleicht noch hier. Dann wäre vielleicht auch sein Sohn noch hier. Aber es hat keinen Sinn, sich zu fragen *Was wäre, wenn?*. Isaac ist nicht mitgefahren. Mary ist nicht zurückgekehrt. Und ihr Sohn ist nicht nach Hause gekommen. Er wurde bewusstlos in einem Kindersitz auf der Rückbank eines rauchenden Autos gefunden, und jetzt liegt er, noch immer bewusstlos und künstlich beatmet, in einem Krankenhaus auf der anderen Seite dieser Brücke. Und der Gedanke führt Isaac zu weiteren Was-wäre-wenn-Fragen. Wie etwa: Was, wenn die Ärztin am Telefon recht hatte? Was, wenn es bei der Operation Komplikationen gab? Was, wenn sein Sohn nicht mehr aufwacht?

Isaac sitzt wie ein Geist in Marys ehemaligem Arbeitszimmer. Das Leuchten des Computerbildschirms nimmt ab, erlischt. Isaac sieht hinab auf das gelbe Notizbuch, das er jetzt in beiden Händen hält. Sein rasselnder Atem erfüllt das ganze Haus. Er stellt sich vor, wie der Atem eine eigene Wolke bildet. Er sieht zum Fenster hinaus, die Jalousien sind noch hochgezogen, im Licht der Laternen wirkt die Straße auf schaurige Weise still und leer. Irgendwo dahinter liegt die Brücke. Und irgendwo hinter der Brücke das Krankenhaus. Ein Teil von Isaac ist dortgeblieben. Als wäre er eine Glasscheibe und als wäre das Krankenhaus an jenem Abend ein Hammer gewesen. Es hat ihn zu Scherben zertrümmert, und seitdem ist es ihm nicht gelungen, sich wieder zusammenzusetzen.

Isaac hatte Erinnerungslücken. Aber jetzt, da alles wieder an die Oberfläche kommt, kann er so klar denken wie schon seit Monaten nicht mehr. Isaac erinnert sich. Er erinnert sich an alles. Er erinnert sich daran, wie er am Empfang ankam, völlig aufgelöst, und Marys Namen brüllte. Er erinnert sich an die Lampen, deren Licht in den Augen schmerzte, an das morbide Piepen der Maschinen, an die ernsten Gesichter der Krankenschwestern, an ihre Klemmbretter, die wie Grabsteine aussahen. Er erinnert sich an die Chirurgen, die seine Fragen nicht beantworteten. *Was machen Sie mit ihr, Herr Doktor?* Er erinnert sich daran, dass er sich vorkam, als sähe er sich selbst im Fernsehen. Er sieht alles vor sich, in Bildern mit ausfransenden Rändern, wie Szenen aus einer Klamotte von Charlie Chaplin oder einem Slapstick-Zeichentrickfilm mit einem entsetzlichen Tollpatsch in der Hauptrolle. *Was ist los, Doc?* Im Hintergrund die herumeiernden tiefen Töne einer Trompete. Das Publikum lacht. Sie können jetzt nicht zu Ihrer Frau. Aber Sie können zu Ihrem Sohn.

Isaac erinnert sich daran, wie er das kleine Krankenbett zum ersten Mal gesehen hat, das mit seinen durchsichtigen hohen Seitenteilen wie eine gläserne Kiste wirkte, in der man Platzangst bekommen musste, darin die zerbrechlich wirkende Gestalt, die an alle möglichen Schläuche und Kabel angeschlossen war. Er erinnert sich daran, dass er dachte, dass das Bett wie eine Rettungskapsel aussah. Er erinnert sich auch daran, dass er dachte, dass es wie ein offener Sarg aussah. Noch dazu bewegte sein Sohn sich nicht. Isaac wollte das Plexiglas zerschlagen, sich einen Weg bahnen und seinen Sohn in die Arme nehmen, aber seine Arme waren so schwach wie Papiertaschentücher. Er erinnert sich daran, wie stattdessen eine Schwester den Arm um ihn legte und er in ihren Kittel weinte. Er erinnert sich daran, wie er »Es tut mir so leid« sagte, aber er kann sich nicht daran erinnern, zu wem er das gesagt hat. Er erinnert sich daran, wie man ihm von Mary erzählte. Er erinnert sich daran, wie man ihn zu ihrem Leichnam führte. Er erinnert sich daran, wie er dachte, das ist nicht meine Mary. Nicht wegen der Haut, die noch bleicher war als sonst, oder wegen des leeren Gesichtsausdrucks. Nein, nein. Meine Mary hat immer nur auf dem Bauch geschlafen.

Wie ging es anschließend weiter? Seine Erinnerung verschwimmt. Er kann sich vage daran erinnern, dass er die folgenden Wochen schlaflos verbrachte, zusammengekauert auf einem unbequemen Holzstuhl neben dem Krankenhausbett, und darauf wartete, dass sich im Gesicht seines Sohnes irgendein Lebenszeichen zeigte. Er erinnert sich daran, wie er im Bestattungsinstitut ohnmächtig zu Boden sank, als ihm ein Sarg von der Größe eines Kindes ins Auge fiel. Er erinnert sich daran, wie er betrunken bei den Ärzten auftauchte und sich blamierte, obwohl er Joy versprochen hatte, nur so viel zu trinken, dass er noch fahren konnte. Er erinnert sich an ein anderes Mal, als er wieder trank, eine Woche nach der Beerdigung, diesmal, um sich Mut anzutrinken. Ein Pint nach dem anderen, in dem Pub gleich neben dem Krematorium, noch immer in dem Traueranzug, den er seit einer Woche trug. Er hatte es noch nicht geschafft, ihn auszuziehen. Er erinnert sich daran, wie er die Asche abholte und in eine leere Walkers-Shortbread-Dose umfüllte und dann tief erschüttert und allein in den frühen Morgenstunden auf der Brücke stand, auf der Mary umgekommen war. Die folgenden Monate verschwimmen in seiner Erinnerung. Da sind die Dinge, die er ausprobiert hat: die Therapie oder die Liste, die ihm helfen sollte, besser zurechtzukommen. Dann sind da die Splitter, die er verdrängt hat. Die von Schuldgefühlen getränkten Panikattacken. Die tränenreichen Telefonate mit Dr. Park, der behandelnden Ärztin seines Sohnes. Die zahllosen Tage, an denen er es nicht über sich brachte, nach Hause zu gehen, und daher auf der Kinderintensivstation schlief, eingehüllt in Decken, die die Krankenschwestern ihm brachten. Während Isaac Addy früher von Angst beherrscht war, überlagern seit dem Unfall Schuldgefühle alles andere. Jedes Mal, wenn er aus dem Haus ging, um seinen Sohn zu besuchen, troff ihm die Schuld aus allen Poren. Er macht die Schuldgefühle dafür verantwortlich, dass sein Gehirn zerrüttet ist, und die Schuldgefühle machen ihn für alles andere verantwortlich.

Obwohl Isaac und Mary an den Wochenenden am liebsten Wohlfühlfilme geguckt haben, hatte Mary *Titanic* immer besonders gemocht. Sie hatte eine Schwäche für rührselige Liebesgeschichten. Mit Ei hat Isaac *Titanic* nie angesehen, weil er fürchtete, es würde ihn zu sehr an früher erinnern. Er erinnert sich daran, wie ihm der Film wieder einfiel, wenige Tage nach Marys Tod, als er seinen Sohn betrachtete, der sich am Leben festklammerte, in einem Krankenhausbett, das nicht einmal halb so groß war wie die Tür, auf der Rose im Eismeer treibt. Er wünschte, er wäre mit ihnen im Auto gewesen und wie ein Kapitän mit seinem Schiff zugrunde gegangen. Stattdessen fühlt er sich, als hätte er sich in ein Rettungsboot gezwängt und den Frauen und Kindern hinter ihm den Platz weggenommen. Isaac Addy hätte auf dem Schiff sein sollen. Stattdessen hat er aus sicherer Entfernung zugesehen, wie seine Frau und sein Kind ertrunken sind. Isaac Addy hätte in dem Auto sitzen sollen. Stattdessen ist er zu Hause geblieben und ertrinkt jetzt in seinen Schuldgefühlen. Isaac Addy ist ein Mann, der viele Masken trägt, doch er hat nie geglaubt, einmal diese tragen zu müssen. Witwer. Und wenn er einmal die Maske eines alleinerziehenden Vaters tragen muss, dann wird er dabei garantiert ebenfalls versagen. Hier steht Isaac nun, im Arbeitszimmer seiner verstorbenen Frau, und starrt hinaus auf die Straße, die im Licht der Laternen auf schaurige Weise still und leer wirkt. Dahinter das Krankenhaus. Zwischen dort und hier die Brücke. Isaac sieht hinauf zum Mond und zu den Sternen, und sein Gehirn kommt allmählich wieder zurück auf die Erde. Er sieht wieder auf das Notizbuch. Er sieht auf die Bücher, die auf dem Boden liegen. Dann murmelt er leise und mit ruhiger Stimme etwas vor sich hin.

»Ei«, sagt er.

Ei kommt ihm wieder in den Sinn, und mit dem Gedanken an Ei überrollt ihn eine neue Woge von Schuldgefühlen. Isaac sieht die Dinge jetzt aus Eis Sicht. Und er erkennt, dass in der Geschichte von Isaac und dem Ei *er* der Böse ist. Natürlich war Ei neugierig. Natürlich wollte Ei wissen, was sich in dem Zimmer unter dem Dach verbirgt. Und Isaac hat ihn ja auch angelogen, hat ihm fortwährend Dinge verheimlicht. Ei hat seine Lügen durchschaut, und Isaac hat sich an ihm gerächt, indem er ihn aus seinem Haus verbannt hat. Isaac sieht zum Fenster hinaus. Auf der Straße ist niemand zu sehen. Sein Auto steht noch an seinem Platz. Außerdem kann Ei gar nicht fahren. Wie weit kommt ein Ei, wenn es in einer Nacht wie dieser zu Fuß unterwegs ist? Wie weit kommt *Ei*? Isaacs Herz schlägt schneller. Seine Nackenmuskeln spannen sich an. Er schüttelt den Kopf und verlässt das Arbeitszimmer und nimmt dabei, ohne sich dessen so recht bewusst zu sein, das gelbe Notizbuch mit. Noch bevor er das untere Ende der Treppe erreicht hat, schlägt ihm eine Rauchwolke entgegen. Hat er den Ofen angelassen? Nein, er hat den Ofen ja gar nicht benutzt. Außerdem riecht der Rauch nach nichts. Ei ist schon lange weg. Und die Haustür ist zu, also kommt der Rauch nicht von draußen. Isaac steht auf der untersten Stufe, hält sich mit einer Hand am Geländer fest und schützt mit der anderen seine Augen. Er kneift die Augen zusammen, um irgendwo in diesem Nebel dessen Ursache zu entdecken. Als ihm klar wird, dass er aus dem Wohnzimmer kommt, reißt er die Augen auf.

»Mary«, sagt er.

Im Wohnzimmer bietet sich ihm ein postapokalyptisches Szenario. In der Luft schweben Aschepartikel wie nach einem Reaktorunfall; der Boden ist von einer dünnen Schicht einer Substanz bedeckt, die wie Mondstaub aussieht. Der Kaminsims war bestenfalls nur eine halbwegs brauchbare Ruhestätte, und durch das Zuschlagen der Haustür ist die Walkers-Shortbread-Blechdose offenbar endgültig aus ihrer Position gerutscht und klappernd zu Boden gestürzt. Durch den Aufprall ist der Deckel weggeflogen, und eine pilzförmige Wolke aus Mary hat den Raum erfüllt. Hustend und würgend und mit dem Schienbein gegen den Couchtisch stoßend, schlurft Isaac zu Mary. Er legt das Notizbuch auf das Tischchen, stellt die Dose auf dem Teppichboden wieder richtig hin und sammelt dann hastig so viel von Mary ein, wie er kann. Ein sinnloses Unterfangen. Grummelnd und fauchend und leise fluchend, klopft er Kissen und Decken über der Dose aus. Er wischt den Staub von der Tischplatte, so wie man Krümel von der Arbeitsfläche in der Küche wischt. Er versucht sogar, Mary aus dem Teppich herauszudrücken. Das bringt rein gar nichts. Isaac kniet auf dem Boden, keucht panisch, starrt hinauf zur Decke und heult los. Die Tränen graben Spuren durch die Asche auf seinem Gesicht. Auch sein T-Shirt ist mit Asche bedeckt, seine Unterarme, und auch sein Morgenmantel ist verkrustet. Er schnieft, reibt sich mit zwei kreideweißen Fingern die kreideweiße Nase und blickt hinab auf den ruinierten Teppich und seine ruinierte Kleidung. Er blickt auf die Keksdose mit den Ascheresten und hebt sie auf. Weinend kniet er auf dem Wohnzimmerboden vor dem Kaminsimsaltar, im Arm eine Keksdose mit Mary drin, wie eine Pietà auf der falschen Seite. Mary fände das wahrscheinlich komisch, denkt er. Sie würde über die Absurdität der Situation lachen. Wie er so vor dem Kamin kniet, die Dose fest an die Brust gedrückt und von Kopf bis Fuß mit Marys Asche bestäubt, hat Isaac das Gefühl, sie umarmt ihn. Er lässt noch einmal zu, dass sein Hirn ihn austrickst und ihm einredet, dass sie wirklich da ist, dass sie hören kann, was er ihr sagen will. Er stellt sich vor, wie sie ihm antwortet.

»Ich weiß nicht, was ich tun soll«, sagt Isaac unter Tränen zu Mary. »Ich dachte, ich sei auf dem Weg der Besserung, aber so ist es nicht. Und jetzt bin ich auch noch ganz allein.«

Hör auf zu heulen, du Waschlappen, sagt Mary. *Geh ihm nach und such ihn. Es wird Zeit, dass er nach Hause kommt.*

Isaac schnieft. Er wischt sich die Augen trocken. Er blickt in die Dose mit der Asche, die wie eine Mondlandschaft aussieht, zerklüftet und mit kreisrunden Kratern, die vereinzelte Tränen geschlagen haben. Isaac sieht hoch zum Fenster, wo durch die Jalousien das Mondlicht hereinfällt. Es erhellt den aschebedeckten Bildschirm des Fernsehers, auf dem, wie am Tatort eines Verbrechens, Fingerabdrücke von Eis kleinen, pummeligen Händen zu sehen sind. Trotz allem gelingt es Isaac zu lächeln.

»Du hast recht«, sagt er zu der Dose in seinen Händen. Er sieht auf die Uhr auf dem Kaminsims. »Du hast recht. Ich habe es ihm versprochen. Ich werde ihm helfen, dorthin zurückzukehren, wo er hingehört.«

Er überlegt, ob er Mary um Erlaubnis bitten soll, sie gehen zu lassen. Dann überlegt er, sie mitzunehmen, als eine Art Komplizin. Auch ihre Reaktion darauf kann er sich ausmalen.

Da wäre ich dir wohl keine große Hilfe, oder? Wo du mich in diese dämliche Keksdose verbannt hast.

Isaac schnieft und lächelt. Er lacht über sich selbst. Dann rappelt er sich unbeholfen auf, wischt sich noch einmal die Augen trocken und putzt sich die Nase. Er hebt Marys Überreste auf und setzt den Deckel wieder auf die Dose. Er hält sie sich an die Stirn und spürt das kühle Blech auf seiner Haut.

»Danke«, sagt er. »Ich liebe dich.«

Sie braucht diese Worte nicht zu sagen. Isaac weiß, dass sie ihn geliebt hat. Er küsst die Dose und stellt sie zurück auf ihren Platz auf dem Kaminsims. Er klopft die Asche von seinem Morgenmantel und nimmt die Autoschlüssel aus der Schublade des Unterschranks. Er geht in Richtung Tür, bleibt dann aber stehen. Irgendetwas zieht ihn zurück. Nicht Mary, die jetzt ruhig auf dem Kaminsims liegt, sondern etwas anderes. Etwas auf dem Couchtisch. Etwas Gelbes, etwas Weißes. Mit einem Seufzen ergreift Isaac das Notizbuch. Er wischt die Asche vom Umschlag und dreht es hin und her. Er weiß, was er da in der Hand hält. Und er weiß, dass er es lesen muss, bevor er zurück in den Wald geht, zurück ins Krankenhaus. Er muss sich dem stellen, was darin steht. Isaac weiß das. Er weiß, dass die Wirklichkeit zerbrechlich ist. Er weiß, dass ein sanftes Klopfen genügt, damit ihre Schale zerspringt. Und doch, und doch – er weiß, dass er das jetzt tun muss. Er schluckt mühsam und schlägt das Notizbuch auf. Er fängt an zu lesen. Noch einmal lässt er zu, dass die Erinnerung ihn einholt.

Seine Augen sind schwarz

Sein Fell ist weiß

Sein Gesicht ist gelb

Sein Name ist Ei

»Was wird das?«

Isaac hatte das Notizbuch bemerkt, kaum dass er die Küche betreten hatte. Es war ja auch schwer zu übersehen, hellgelb und nagelneu, wie es war. Der Eintopf, der auf dem Herd vor sich hin köchelte, hatte den Raum aufgeheizt, und die Fenster waren angelaufen. Mary hatte sich die Haare zusammengebunden und trug ihre Brille. Sie wirkte abwesend. Sie schrieb etwas in ihr Notizbuch. Entweder hatte sie Isaacs Frage nicht gehört, oder sie tat so, als habe sie sie nicht gehört. Jedenfalls reagierte sie mit einer Gegenfrage.

Schläft der Kleine?

Sie hatten ihn immer nur den »Kleinen« genannt. Natürlich stand auf seiner Geburtsurkunde ein Vorname, doch den hatten sie nie verwendet. »Der Kleine« schien einfach passender für so ein unförmiges kleines Ding, das noch nicht einmal krabbeln konnte.

»Wie ein Stein«, sagte Isaac, ging schnurstracks zum Weinregal und nahm eine Flasche Burgunder heraus. »Zumindest bis auf Weiteres.«

Er ging zum Schrank und holte zwei Gläser. Er öffnete die Flasche, roch prüfend am Korken und schenkte ein. Mary schloss ihr Notizbuch, lehnte sich zurück und sah ihm zu.

Du bist echt ein Naturtalent, sagte sie.

»Als was? Als Sommelier?«

Nein. Als Papa.

»Nenn mich nicht ›Papa‹. Das ist gruselig.«

Mary verdrehte die Augen.

»Als Papa ein Naturtalent.« Isaac hielt beim Einschenken inne und schob die Worte im Mund hin und her, als koste er den Wein. Dann grinste er. »Nein. Leider nicht. Trotzdem, netter Versuch.«

Doch, das bist du, sagte Mary, mit Betonung auf *bist*, und sah ihn herausfordernd an. *Echt. Bei mir schläft er nie so schnell ein.*

Isaac schüttelte den Kopf. Er schenkte weiter ein. »Vielleicht findet er mich einfach nur langweilig«, sagte er. »Vorgelesen hab ich ihm allerdings eines von *deinen* Büchern.«

Mary sah ihn verärgert an. Isaac lächelte noch immer angesichts seines kleinen Erfolges, doch insgeheim bereitete er sich schon auf den unumgänglichen Weinkrampf vor, mit dem in einer halben Stunde zu rechnen war und von dem das Quäken des Babyfons künden würde, das auf der Theke neben der Tür stand. Außerdem dachte er daran, wie es immer schiefging, wenn er den Kleinen badete und sie beide Seife in die Augen bekamen, und ihn quälte der Gedanke ans Wickeln, das bei ihm regelmäßig in einer Sauerei endete. Er dachte nie weiter als bis zum nächsten Tag. Wenn er mal wieder mit den Nerven fertig war und seinen Rappel bekam, weil er so träge war und in egoistischer Manier nur an sich selbst dachte, kam er zu dem Schluss, dass er im Grunde selbst noch ein Kind war. Das tat ihm leid für Mary, die sich um gleich zwei Kinder kümmern musste. Er sah sie an. Übernächtigt, aber immer noch schön, saß sie am Küchentisch, mit beschlagenen Brillengläsern, die Hände auf ihr gelbes Notizbuch gelegt. Bei ihr wirkte alles wie ein Kinderspiel. Isaac spürte das Verlangen, sie aufzurichten und zu küssen, so wie früher, aber er war noch erschöpfter als sie. In den Tagen vor dem großen Wochenende hatte hauptsächlich er sich um das Baby gekümmert. Hätte er jetzt versucht, sie zu tragen, dann hätte er sie fallen gelassen, und das konnte keiner von ihnen gebrauchen.

»Wann fährst du morgen?«, hatte er stattdessen gefragt.

So früh wie möglich, sagte Mary. *Wahrscheinlich so gegen acht. Ist ja eine lange Fahrt.*

Isaac ging zu ihr und reichte ihr ein Glas. Sie stießen an, und Mary nahm einen Schluck. Sie seufzte zufrieden.

»Bist du sicher, dass ich nicht mitkommen soll?«, fragte Isaac, nicht so nachdrücklich, wie er es wohl hätte tun sollen. »Es ist eine weite Strecke. Wir könnten uns beim Fahren abwechseln.«

Unsinn, sagte Mary. *Es ist meine Familie. Und du musst Geld für uns verdienen.*

Das Wort »Geld« verdeutlichte sie wie ein Gangster in einem Zeichentrickfilm, indem sie Daumen und Zeigefinger aneinanderrieb. Isaac musste lachen.

Außerdem brauchst du deinen Schönheitsschlaf, fügte sie hinzu.

Isaac beugte sich zu ihr hinab und gab ihr einen Kuss. »Ihr werdet mir fehlen«, sagte er.

Es sind doch nur drei Tage, sagte Mary. *Außerdem wirst du so in deiner eigenen Welt versunken sein, dass du gar nicht merkst, dass dir irgendjemand fehlt. Oder du liegst in der Waagerechten und schnarchst.*

Isaac grinste. »Eins zu null für dich«, sagte er. Er nahm einen Schluck Wein. »Wenn du zurück bist, kannst du eine Woche durchschlafen. Versprochen.«

Das Babyfon knisterte. Beide zuckten zusammen. Sie hörten, wie der Kleine vor sich hin murmelte und sich umdrehte, aber – zum Glück – kein Weinen.

Versprich nichts, was du nicht halten kannst, sagte Mary und prostete ihm zu.

Darüber lächelten sie beide. Dann schwiegen sie eine Weile. Stille, selbst wenn sie vom Blubbern des Bœuf bourguignon und dem weißen Rauschen des Lautsprechers auf der Küchentheke untermalt wurde, war ein rares Gut geworden. Isaac fühlte sich, als hätte sich zwischen seinen Schulterblättern ein Ventil geöffnet und als entweiche nun aller Stress aus ihm und schlage sich auf den Scheiben des Küchenfensters nieder. Er schloss die Augen und atmete aus. Dann zeigte er auf das Notizbuch und legte Mary eine Hand auf die Schulter.

»Ein neues Buchprojekt?«, fragte er und deutete mit der Hand, in der er das Weinglas hielt, erneut auf das Notizbuch. »Du hast mir vorhin nicht geantwortet. Glaub nicht, das hätte ich nicht gemerkt.«

Nein, sagte Mary, ein wenig zu abweisend. Wieder legte sie die Hände auf den gelben Einband. *Es ist … nichts.*

»Sieht aber nicht wie nichts aus«, sagte Isaac, nahm die Hand von ihrer Schulter und griff nach dem Notizbuch. Mary seufzte, ließ ihn aber gewähren.

Okay, es ist nicht nichts, sagte sie. *Aber es ist noch weit davon entfernt,* etwas *zu sein.*

Isaac schlug das Notizbuch auf. Im selben Moment lächelte er. »Du schreibst wieder?«

Ich versuch's, sagte sie zurückhaltend, was ganz gegen ihre Art war. *Ich kann nämlich auch Geld für uns verdienen, weißt du.*

»Wow«, sagte Isaac. »Ich bin echt stolz auf dich. Wie lange hast du jetzt Pause gemacht?«

Nur ein paar Minuten, sagte Mary und lächelte. Sie deutete nach oben. *Ich hatte ein bisschen was anderes zu tun.*

Darüber lachten sie beide. Dann fiel Isaacs Blick auf eine bestimmte Seite. Er betrachtete die schlichte Zeichnung eine Zeit lang, lächelte wieder, hielt sie Mary hin und deutete auf das Bild.

»Wer ist das Kerlchen?«

Selbst Marys gelungenere Zeichnungen sahen aus wie Strichmännchen, die jemand während eines Erdbebens hingekritzelt hat. Davon ließ sie sich jedoch nicht abhalten, am allerwenigsten, wenn sie eine Idee zu Papier bringen wollte. Ihre Skizzen dienten Isaac in der Regel als Grundlage, von der er ausging und aus der er etwas Besseres entwickelte. Oder etwas, das zumindest ein bisschen ausgefeilter war. So hatte noch jedes ihrer Bücher seinen Anfang genommen. Mary war das Hirn. Isaac war die ruhige Hand mit den Zeichenstiften. Jetzt deutete Isaac auf Marys jüngste Erfindung, einen Protagonisten mit großen, schwarzen Augen, einem ovalen Körper und Armen, die noch nicht mehr waren als lange Schnörkel. Er sah aus wie Mister Kitzel, der in eine Waschmaschine geraten war.

Man muss die Geschichte dazu kennen, sagte Mary und errötete. Wie ein offenes Buch. *Sonst versteht man es nicht.*

Isaac zog einen Stuhl heran und setzte sich. »Ich bin ganz Ohr«, sagte er.

Also erzählte sie sie ihm. Die Geschichte dazu. Eine Geschichte, die Isaac mittlerweile mehr als vertraut ist – seit vielen Monaten erzählt er sie sich selbst immer wieder. Die Geschichte von einem Jungen, der im Wald ein außerirdisches Ei findet und alles tut, was in seiner Macht steht, um dem Außerirdischen zu helfen, zurück nach Hause zu gelangen. Die Wirklichkeit ist brüchig, schon vergessen? Schon ein sanftes Klopfen kann ihre Schale aufbrechen lassen. Und weil Isaacs eigene Schale irreparabel zerbrochen ist, ist alles, was er erlebt hat, auf das zähflüssige Zeug zurückzuführen, das zwischen den Sprüngen hervordringt. Jetzt rast Isaac mit seinem Auto zu der Stelle, an der seine Frau ums Leben gekommen ist, zu der Brücke, auf der er sich vor so langer Zeit so plötzlich wiedergefunden hat. In dem Wald hinter dieser Brücke tritt ein Ei, das Isaac sich möglicherweise nur eingebildet hat, eine Reise an, die es möglicherweise nach Hause führt. In einem Krankenhaus hinter diesem Wald wird Isaacs Sohn gerade einer Operation unterzogen, von der er möglicherweise nicht wieder aufwacht. Isaac wird das hinkriegen. Er braucht nur Zeit. Im Moment weiß er nur, dass er Ei – ob der nun wirklich ist oder nicht – versprochen hat, ihm zu helfen, zu seiner Familie zurückzukehren. Und er weiß, dass er es nicht verkraften wird, wenn er noch einmal ein Versprechen bricht.

»Du hast meine Frage nicht beantwortet«, hatte er gesagt, damals, als Mary mit der Geschichte fertig war.

Welche Frage?

»Wer ist das?« Isaac deutete auf die Zeichnung von dem Ei. »Wie heißt er?«

Mary betrachtete das Ei. *Das steht hier,* sagte sie und blätterte eine Seite zurück.

»Ei? Das soll sein Name sein?«

Ja, klar. Du weißt doch: Man muss die Dinge beim Namen nennen.

»Das ist doch lächerlich«, sagte Isaac und schüttelte den Kopf. »Und der Junge? Der ihn findet.«

Das weiß ich noch nicht, sagte Mary. Dann lächelte sie. *Wie würdest du ihn denn nennen, Isaac?*

ZEHN

Isaac jagt über eine leere Straße in Richtung einer alten Brücke am Stadtrand und ist felsenfest davon überzeugt, dass er alle Sinne beisammen hat. Schließlich denkt er praktisch. Er weiß, dass sein Sohn in diesem Moment operiert wird. Er weiß, dass er nicht zu ihm darf. Er kennt die Namen sämtlicher Ärzte und weiß, dass sie, falls Komplikationen auftreten, nicht auch noch den Vater in der Nähe brauchen. Isaac weiß, dass er in etwa einer Stunde informiert wird; Dr. Park hat gesagt, dass sie ihn gleich nach der OP anrufen wird, und er fürchtet, dass sie keine guten Nachrichten für ihn haben wird. Aber so hat er wenigstens eine Stunde seliger Unwissenheit, gerade genug, um Ei zu finden, sich bei ihm zu entschuldigen und sich von ihm zu verabschieden. Vorausgesetzt, er ist überhaupt noch auf der Erde. Ach ja, und falls es ihn überhaupt gibt. Das praktische Denken, das Isaac sich verordnet hat, hat auch seine Grenzen, denn er ist sich nicht ganz sicher, ob sein neuer bester Freund nicht das Produkt eines besonders fiesen psychotischen Schubes ist. Aber immerhin stellt er sich diese Frage. Und er stellt sich noch weitere Fragen.

Ist Ei wirklich?

Wenn nicht, was ist noch irreal?

Wenn nicht, wohin fahre ich dann überhaupt?

Wenn nicht, was habe ich mir sonst noch ausgedacht?

Moment mal – ist Ei nicht eine Erfindung Marys?

Ich habe es doch in ihrem Notizbuch gesehen. Oder etwa nicht?

Hat sie Ei kennengelernt? Hat er etwa auch Mary besucht?

Wie konnte sie mir das denn verheimlichen?

Und warum hat Ei mir nichts davon erzählt?

Was hat sich Mary sonst noch ausgedacht?

Aber Ei sah so echt aus.

Oder? Oder nicht?

Oder doch? Ist er echt?

Ist er echt? Ist er echt?

Er ist doch

echt?

Isaacs Denken ist abgeschweift, und auch sein Auto ist aus der Spur geraten. Er spürt, wie seine Gedanken sich entwirren, so wie Eis Arme, wenn sie sich von seinem Körper weg entrollen. Erst zwei Scheinwerfer, die ihm entgegenschießen, und das Dröhnen einer Hupe holen ihn zurück in die Wirklichkeit. Sein Blick fällt auf die glatte, schwarze Straße, die grellen Lichtbündel und die zu beiden Seiten hoch aufragenden Bäume. Die Zeichnung ihrer Rinde verrät ihre Fassungslosigkeit. Wie ein Ertrinkender ringt Isaac nach Luft. Du Idiot, denkt er. Was bist du nur für ein verdammter Idiot. Dann steuert er den Wagen zurück auf seine Seite der Straße, und sein Magen schlingert mit ihm. Nicht weil er gerade knapp am Tod vorbeigerauscht ist, sondern weil sein Gehirn einer viel schlimmeren Gefahr ausgesetzt ist. Er hat sich in etwas verbohrt. Er ist in einer tödlichen Spirale gefangen. Er glaubt immer mehr, dass auch Mary ein Produkt seiner Fantasie ist. Ist das möglich? Ganz bestimmt nicht. Er kann sich an alles glaskar erinnern. Ihre kalten Hände. Ihr warmes Lachen. Ihre smaragdgrün gesprenkelten Augen. Doch seitdem sie tot ist, driftet alles, woran er sich zu erinnern glaubt, jeden Tag ein Stück weiter ins Reich der Fiktion. Jeden Tag fantasiert er sich eine Mary zusammen, die wieder ein bisschen anders ist als Mary, wie sie wirklich war. Wie wird seine Mary in einem Jahr aussehen? In zwei Jahren? In zehn? Wird diese Mary, Isaacs Mary, dann noch irgendetwas mit der Mary zu tun haben, die wirklich gelebt hat? Schlimmer noch: Wird sein Sohn den Unterschied überhaupt erkennen? O Gott, sein Sohn. Er weiß nicht einmal, ob sein Sohn überleben wird und er ihm von seiner Mutter wird erzählen können. Am Telefon war Dr. Park zuversichtlich, doch als sie den Eingriff das letzte Mal erwähnt hatte, hatte sie von »Erfolgsquoten« gesprochen, von Überlebenschancen. Isaac bekommt einen Kloß im Hals, als er sich fragt, ob er sich seinen Sohn vielleicht auch nur ausgedacht hat. Ist irgendetwas in seinem Leben noch wirklich? Ist er tatsächlich allein? Er hämmert auf das Lenkrad ein, reißt am Sicherheitsgurt wie ein Rottweiler an der Leine. Er schreit aus Leibeskräften. O Gott, o Gott, o Gott.

Isaac hat sein Ziel erreicht. Er ist sogar daran vorbeigefahren und merkt erst im letzten Moment, dass er geradewegs über die Brücke gerauscht ist, und tritt deshalb jetzt mit voller Wucht auf die Bremse. Das Auto schlittert und kommt auf der trockenen Erde ruckartig zum Stehen, nur eine Handbreit von einer dichten Baumgruppe entfernt. Kein Glatteis heute. Der Abend ist überraschend warm, die Luft leicht feucht, als braue sich ein Gewitter zusammen. Isaac weiß nicht, ob wirklich eines kommt. Auf der Straße, die den Wald durchschneidet, ist es dunkel. Nur die Scheinwerfer von Isaacs Auto spenden Licht und lassen ein paar Meter Fahrbahn erkennen, die Schatten der Bäume, die direkt an der Fahrbahn stehen, und dahinter undeutlich einen Wald. Isaac lässt das Auto zurück und stolpert über die Straße und zurück zur Brücke. Er hat die Tür offen gelassen, und das *ding ding ding* spielt ein Duett mit dem gedämpften Geräusch des Flusses in der Ferne. Als Isaac die Brücke erreicht, achtet er darauf, nicht auf die Plastikumhüllungen der Blumensträuße zu treten. Die Blumen darin sind schon längst verrottet.

Isaac legt die Hände auf die eckige Kante der Brüstung. Die Steine sind alt und wuchtig, aber auf dieser Seite der Brücke auch schartig und beschädigt. Er ertastet mit den Fingerspitzen den Abdruck einer Motorhaube, stellt sich vor, wie er sich in die Mauer eingegraben hat, so wie die Konturen eines Pechvogels in einem Zeichentrickfilm. Er löst ein lockeres Stückchen aus dem Stein und hält es zwischen den Fingern. Dann legt er eine flache Hand auf die Brüstung, neigt den Kopf und schließt die Augen. Er ist sicher, in den Bäumen hinter sich, durch das *ding ding ding* seines in der Nähe abgestellten Autos hindurch, ein ganz leichtes Rascheln zu hören. Seit Monaten hat er sich Mary nicht mehr so nahe gefühlt.

»Ich werde ihn retten«, sagt er zur Brücke, zu Mary. Er könnte nicht sagen, wen er mit »ihn« meint.

Er öffnet die Augen, nimmt die Hand von der Brüstung und wischt sich den Staub an der Jogginghose ab. Der Staub hinterlässt keine Flecken auf der weißen Asche, Marys Asche, die die Vorderseite seiner Hose und sein ganzes, ohnehin schon schmutziges T-Shirt bedeckt. Vielleicht fühlt er sich ihr deshalb so nahe. Wenn sie hier wäre, würde sie sich über sein Aussehen lustig machen. Okay, er trägt noch immer seine alten, vor Dreck starrenden Hausschlappen, aber immerhin hat er den Morgenmantel zu Hause gelassen. Seine Haare, die er sich gestern hat schneiden lassen, sind jetzt ungewaschen und ungekämmt. In seinem Gesicht bahnen sich die ersten Stoppeln ihren Weg durch die Haut. Seine Wangen jucken, als wären sie mit Ameisen übersät. Er fühlt sich wie … er sieht aus wie … er fühlt sich, als würde er aussehen, als hätte er den Verstand verloren. Kein Wunder. Alles andere hat er schon verloren. Isaac blickt zur Seite, zum nächstgelegenen Baum, in den finsteren, stillen Wald dahinter, dorthin, wo er vor vielen Wochen das gefunden hat, was er dann als Letztes verloren hat. Er spielt mit dem Gedanken, in den Wald zu gehen, aber eine Stimme der Vernunft, die der Wind herbeiträgt, hält ihn davon ab. Ei existiert nicht wirklich, vergiss das nicht. Der Wind hat recht. Wenn Isaac versucht, sich zu vergegenwärtigen, wie sich Eis Fell zwischen seinen Fingern angefühlt hat, spürt er nichts. Erst jetzt wird ihm klar, dass er erwartet hat, dass sich die Geschichte auflöst, indem ein Mutterschiff im Wald landet, weil in *E. T.* genau das passiert. Er überlegt, sich beim Wind zu bedanken und dann nach Hause zu fahren. Oder nein, ins Krankenhaus. Dann hört er wieder ein Geräusch. Nicht vom Wind, nicht vom Fluss, nicht das *ding ding ding* seines abgestellten Autos. Einen Schrei. Das kann doch nicht sein. Ihm fällt die Lichtung wieder ein, auf der er Ei gefunden hat, und der Schrei, der ihn zu ihm geführt hat. Er stellt sich vor, wie das Mutterschiff auf die Lichtung herabrauscht, Bäume umknickt und Ei in seinen Bauch hinaufbeamt. Aus irgendeinem Grund sieht er Tausende Gestalten vor sich, die alle wie Ei aussehen und wie Ewoks aus dem Wald strömen, brabbelnd und watschelnd, und ihn, den Nichtsnutz, unter ihrer Flut begraben. Isaac schüttelt den Kopf, konzentriert sich wieder auf den Schrei, steigt dann über die verrotteten Blumen hinweg und geht zu den Bäumen neben der Brücke. Kurz darauf steht er auf dem morastigen Boden, der zum Wald hin abfällt, und ist schon dabei, die Böschung hinabzusteigen, hinab ins Unterholz und in die Finsternis dahinter. Doch bevor er den ersten Schritt machen kann, hört er erneut den Schrei.

Der Schrei kommt nicht aus dem Wald. Er kommt von der Brücke. Isaac dreht sich um, kneift die Augen zusammen, versucht, auf die Entfernung etwas zu erkennen. Obwohl seine Augen sich allmählich an die Dunkelheit gewöhnen, kann er noch immer kaum etwas von der Straße oder der Brücke erkennen, neben der das Licht der Scheinwerfer schimmert. Aber er weiß, woher der Schrei gekommen ist, und er weiß, wonach er sich angehört hat. Es war ein Schrei, der einem das Blut in den Adern gefrieren lässt, einen Schauer über die Haut jagt und den Magen umdreht. Weder der Schrei eines Menschen noch der eines Tieres, und auch nichts irgendwo dazwischen. Isaac kennt diesen Schrei gut. Es ist ein Schrei der Hoffnungslosigkeit. Der Hilflosigkeit. Ein Schrei, der einmal *»Hallo«* bedeutet hat. Isaac folgt ihm. Er tritt von der Böschung zurück und stapft ins Dunkel hinein – nicht hinab in den Wald, sondern wieder hinauf auf die Straße. Allmählich kann er mehr erkennen. Er geht am Anfang der breiten Brüstung vorbei, an den zerknautschten Blumen und den Spuren des Autos im Stein. Wieder legt er die Hand auf die Brüstung, spürt wieder den rauen Stein unter den Fingern. Er tastet sich vorwärts, nicht weil ihm die Dunkelheit die Sicht nimmt, sondern weil ihn die Stille unter der Brücke verunsichert. Kein Tosen ist zu hören. Dort war noch nie ein Tosen zu hören. Unter ihm strömt der Fluss gemächlich über das Wehr; die Bäume, die sich früher bedrohlich über die Brücke zu neigen schienen, wirken jetzt schwächlich und weit entfernt. Als er die Mitte der Brücke erreicht hat, wagt Isaac einen Blick in die Tiefe. Das letzte Mal hat er mit dem Gedanken gespielt, sich über die Brüstung hinab in den Abgrund zu stürzen. Jetzt erkennt er, was dieser gähnende Schlund wirklich ist: eine kleine Senke mit einem flachen

Fluss. Mit etwas Glück hätte Isaac sich höchstens ein Bein gebrochen.

Er reibt sich die Schläfen und fährt sich mit den Händen durch das ungekämmte Haar. Nichts ist mehr so, wie es einmal schien. Auch die Erinnerungen, die er sich bewahrt hat, spielen ihm einen Streich. Er stöhnt auf, und der friedliche Fluss, in dem auf kleinen Felsen und an vereinzelten Zweigen weißer Schaum aufwirbelt, stöhnt zurück. Tote Hunde und Baummarder. Auch das hatte er falsch in Erinnerung. »Die Brücke der lebensmüden Hunde«, das war auch so eine Geschichte, die er sich selbst ausgedacht hatte. Noch eine Geschichte von Mary Moray, die er geklaut hatte. Sie stammte aus einem Artikel in der Lokalzeitung, die ihre Eltern lasen. Er handelte von einer Brücke in der Nähe ihres Heimathofes, an der sie aber überhaupt nie gewesen waren. Offenkundig spukte es dort. Hunde zeigten eine merkwürdige Neigung, sich von der Brücke hinabzustürzen. Natürlich war das nicht Marys Brücke, und garantiert war es nicht diese Brücke hier. So weit im Süden gibt es keine Baummarder, und ein Hund, der aus dieser Höhe ins Wasser springen würde, bekäme nur einen kurzen Schrecken und würde dann fröhlich vor sich hin planschen. Warum war ihm dann diese Brücke wieder in den Sinn gekommen? Warum hast du dich eingeschlichen, Mary? Isaac schließt die Augen, atmet gleichmäßig aus und fragt sich, ob es in seinem Kopf jemals etwas geben wird, das nicht von Mary stammt. Er denkt wieder an Ei, der entweder vollkommen frei erfunden ist oder hier draußen vollkommen allein, ebenso verwirrt wie er selbst. Isaac öffnet die Augen. Er sieht auf das eine Flussufer, dann auf das andere, auf dem er Ei gefunden hat. Sein Blick wandert die Konturen der Bäume hinab zu den knotigen Wurzeln, weiter zu der steilen Böschung, auf der herabgefallene Äste liegen sowie weggeworfener Müll, der die Wasserlinie markiert. Er sucht nach etwas Weißem, etwas Gelbem, doch er sieht nur schwarzes Wasser, das sprudelt wie in einem Topf auf dem Herd. Plastikflaschen werden an die Oberfläche gewirbelt, Altmetall und weggeworfene Kleidungsstücke unbekannter Herkunft. Isaac späht hinab auf das Wehr, auf die schäumende Gischt und den Müll, der darin treibt. Er entdeckt noch etwas anderes. Etwas, das ihn die Augen aufreißen lässt und ihm den Atem raubt.

Dort ist etwas im Wasser. Aber nicht irgendetwas, sondern etwas Weißes, etwas Gelbes, etwas Regloses. Isaac reißt die Hände von der Brüstung, als wäre sie ein Elektrozaun. Er macht einen Schritt zurück auf die Fahrbahn, noch immer mit erhobenen Händen. Ein Zittern packt ihn, ein Schauder, der durch seinen ganzen Körper läuft, von den Fingern bis hinab in die Knie, die buchstäblich aneinanderschlagen. Er flüstert »Nein, nein, nein«, bittet einen Gott, an den er eigentlich nicht glaubt, ihn zumindest *damit* zu verschonen, tritt wieder an die Brüstung und sieht wieder hinab in die Tiefe. Gott hört ihm nicht zu. Dort unten ist Ei. Er ist allem Anschein nach bewusstlos. Isaac stößt ein Jaulen aus, einen unmenschlichen Schrei der Marter. Dann klettert er, noch bevor die ersten Tränen kommen, über die Brüstung. Erst ein Bein, dann das andere. Er könnte nicht sagen, warum er das macht. Vielleicht klettert er über die Brüstung, weil er ins Wasser springen und Ei retten will. Vielleich klettert er darüber, weil er – wie in den ganzen zurückliegenden

Monaten – hofft, dass die Folgen des Sturzes fataler sein werden, als zu vermuten ist. Er hat Ei im Wasser unterhalb des Wehrs treiben sehen, mit dem Gesicht nach unten. Diesmal versucht der Dämon in seinem Kopf nicht, ihn zurückzuhalten. Er ist zu sehr damit beschäftigt, »Humpty Dumpty« zu singen. *Isaac Addy saß auf der Mauer, Isaac Addy fiel runter – aua!*

Hier oben auf der Brüstung ist der Wind stärker. Auch zieht es vom Wasser her kalt herauf. Isaac sitzt auf der Brüstung und lässt Wind und Kälte über sich ergehen. Er atmet langsam und starrt geradeaus, ohne zu zwinkern, trotz des Windes. Das Geräusch des Flusses beunruhigt ihn nicht mehr. Er zwingt sich, auf das Wehr hinabzusehen. Sein Körper gehorcht. Isaac neigt den Kopf ein wenig und blickt hinab. Über seine Jogginghose hinweg, über die Brüstung, auf der er sitzt, über die Leere, die über dem schwarzen Wasser liegt. Dann bleibt sein Blick an dem weißen Schaum hängen, an der blubbernden Strömung. Vielleicht lässt ihn der Wind, der ihm ins Gesicht bläst, klarer sehen, denn jetzt erkennt er, was das reglose Ei wirklich ist. Ein gelber Kreis auf gelbem Plastik. Eine Einkaufstüte.

»Verdammt!«, ruft er.

Was zum Teufel macht er hier oben? Er sollte im Krankenhaus sein. Wieder schreit er auf und umklammert den Stein unter sich so fest, dass seine Handflächen bluten und seine Fingerknöchel weiß werden. Jetzt wird ihm klar – jedoch zu spät –, dass es alles andere als ein Glück wäre, wenn er sich ein Bein bräche. Er rutscht ab, nur ein paar Zentimeter, doch weit genug, dass ein paar Steinbröckchen ins Wasser hinabschießen. Er erstarrt am ganzen Leib und kann nicht einmal daran denken, die Füße zurück über die Brüstung zu heben und sich auf der Fahrbahn dahinter in Sicherheit zu bringen. Er versucht, über die Schulter zurückzuschauen, doch er fürchtet, dass schon die geringste Bewegung seine ohnehin schon prekäre Lage noch weiter verschlimmern würde. Er fühlt sich wie Mary auf dem Kaminsims und hat Angst, dass auch er zerspringt, wenn er stürzt und im flachen Flussbett aufschlägt. Er verspürt den Impuls zu weinen, doch seine Tränen sind in den Tränenkanälen erstarrt. Er hat keine Ahnung, wie er aus dieser Lage lebend herauskommen soll. Er will das seinem Sohn nicht antun, falls dieser entgegen aller Wahrscheinlichkeit aus seiner eigenen Lage lebend herauskommt. Er versteht nicht, wie er so blind sein konnte. Er … er weiß nicht, was das für ein Geräusch ist. Plötzlich legt sich die Panik. Ganz leicht lockert er den Griff seiner Hände. Er sitzt noch immer auf dem Rand der Brücke, wendet den Kopf zur Seite und runzelt die Stirn. Was ist das? Ein tiefes Grollen, lauter als der Fluss und auf einer Frequenz, die weit unter der des Wassers im Wehr liegt. Ein bassartiges Geräusch, das Isaacs ganzen Körper erfasst, vielleicht, weil es sogar die Brüstung, auf der er sitzt, zum Vibrieren bringt. Er nimmt die Hände vom Stein. Er sieht hinab auf die Stelle, wo sie lagen, auf die winzigen Steinsplitter, die hüpfen und tanzen wie Wassertropfen auf dem Fell einer Trommel. Dann blickt er wieder auf, sieht erst auf den Fluss und dann auf den dunklen Wald, der sich dahinter auf ganzer Breite erstreckt. Woher kommt das Geräusch? Es wird jetzt lauter, auch seine Frequenz steigt, und sein Dröhnen durchdringt schon bald die gesamte Umgebung. Es scheint von überallher zu kommen. Isaac kommt sich vor wie in einer Werbung für ein Surroundsystem. Er späht wieder durch die Baumkronen, und jetzt sieht er etwas. Lichter. Ein schwaches Leuchten in der Ferne, das jedoch schnell näher kommt. Noch bevor irgendetwas passiert, weiß er, was passieren wird.

Das Mutterschiff erscheint wie aus dem Nichts. Innerhalb von Sekunden übertönt das Geräusch von jenseits des Flusses das Rauschen des Wassers, und Isaac schrumpft geradezu unter dem Dröhnen und dem Wind des Metallungeheuers, das sich über ihm herabsenkt. Hinter den Bäumen erstrahlen Scheinwerfer und sind im nächsten Moment auf ihn gerichtet. Ihr Licht und das Dröhnen lassen Isaac erstarren. Es fühlt sich an, als würde er in einen Tornado aus Licht und Lärm gezogen. Natürlich blenden ihn die Scheinwerfer, aber er hält die Hand schützend vor die Augen und kann erkennen, dass es mehrere sind, manche blinken rot, andere strahlen weiß. Die weißen sind auf ihn gerichtet, und er fragt sich, ob sie ihn gleich hinaufbeamen werden. Ihr Licht ist so grell, dass er sich abwenden muss. Als er zur Seite blickt und das Schiff noch immer über ihm in der Luft steht, kann er kurz durchatmen und sich einen Moment lang auf das Geräusch konzentrieren. Es ist nicht, wie er zunächst dachte, ein durchgehendes, widerhallendes Brummen. Jetzt, wo es direkt über ihm ist, erkennt er, dass es pulsiert. *Wump wump wump wump*, und mit jedem *wump* schlägt ihm ein neuer Windstoß entgegen. Kurz bevor ihm selbst klar wird, was dort oben wirklich in der Luft ist, bestätigt eine Stimme aus einem Lautsprecher seine Vermutung.

»Nicht springen!«, ruft die Stimme. Sie ist verzerrt und von Knistern überlagert, aber sie klingt zu sehr nach Isaacs eigener Stimme, als dass sie die eines Außerirdischen sein könnte. »Sie haben so vieles, wofür es sich zu leben lohnt!«

Die Rotorblätter des Hubschraubers peitschen Isaac weiter die Luft ins Gesicht. Der Scheinwerfer blendet ihn so sehr, dass er nicht erkennen kann, ob es der Pilot ist, der durch den Lautsprecher spricht, oder jemand anderes. Woher wissen die, wo er ist? Und seit wann schickt die Polizei in dieser Gegend Hubschrauber? So ein Ding kann einen ebenso gut nach vorne pusten wie zurückwerfen. Und wie soll das überhaupt möglich sein, dass hier ein Hubschrauber in der Luft steht, über einer gedrungenen Brücke, die über einen schmalen Fluss führt, der auf beiden Ufern dicht mit Bäumen bestanden ist? All diese Fragen ereilen Isaac in einer Nanosekunde. Und es scheint, als könne die Besatzung des Hubschraubers seine Gedanken lesen, denn kaum hat die Stimme gesprochen, dreht sich das gewaltige Fluggerät um die eigene Achse und verschwindet. Auch der Scheinwerfer wendet sich ab und verliert sich zwischen den Bäumen. Das dröhnende Geräusch dröhnt nicht mehr. Der Wind kommt zum Erliegen, bis auf eine letzte Bö, die Isaacs Arm nach oben schleudert. Er verliert das Gleichgewicht. Sein Körperschwerpunkt rutscht nach vorne. Dann fällt er, unfähig, sich an der Brüstung festzuhalten, und starrt wieder einmal in den schwarzen Abgrund. Das Wasser saust ihm entgegen. Er schließt die Augen und bereitet sich auf das Schlimmste vor.

Doch das Schlimmste tritt nicht ein. Isaac macht die Augen wieder auf. Auch sein Mund öffnet sich, und vor lauter Nervosität tropft ihm ein wenig Speichel von den Lippen und trudelt hinab ins Wasser, kaum mehr als ein, zwei Meter von seinem Gesicht entfernt. Im dahinwogenden Wasser kann er sein ermattetes Spiegelbild erkennen. Er betrachtet es ungläubig und zwinkert sich selbst zu, was zu einer grotesken Verwirrung führt. Er streckt die Hände aus, die sich ebenfalls im Wasser spiegeln. Er schwebt. Er steht gleichsam in der Luft, über dem Wasser. Für einen Moment glaubt er, er hätte übernatürliche Kräfte. Dann spürt er, wie sich etwas um seine Brust schnürt, und denkt, dass er wohl vergessen hat, dass er einen Fallschirm trägt oder an einem Bungeeseil hängt. Er kann es in seinem Spiegelbild sehen, fest um sein T-Shirt geschnallt. Er tastet nach einem Geschirr und findet es in Form von zwei Händen mit rauen, pummeligen Fingern, die ihn am Oberkörper festhalten, und zwei weichen, pelzigen Armen, die ihn von beiden Seiten umschlingen. Wie über eine Seilrolle auf einem Schiff wird Isaac wieder hinauf auf die Brücke gehievt, obwohl die Schwerkraft ihr Bestes gibt, ihn nach unten zu ziehen. Die Schwerkraft verliert. Mit ruppigen Bewegungen wird Isaac über die Brüstung gezogen und landet kopfüber auf dem harten Pflaster, von dem er gekommen ist. Während er auf dem Rücken liegend wieder zu Sinnen kommt, sieht er auf zu seinem Retter. Mit seinen riesigen schwarzen Augen, die noch immer ganze Universen enthalten, erwidert Ei seinen Blick.

»Ich hatte geglaubt, ich hätte mir dich nur eingebildet«, sagt Isaac. Der Hubschrauber erscheint ihm jetzt viel absurder als Ei.

Ei schiebt die Unterlippe vor und denkt darüber nach. Von Nahem betrachtet ist sein Gesicht ein verzerrter gelber

Brei aus Pockennarben und Runzeln. Allerdings ohne Sorgenfalten. Nur mit Yoda-mäßigen Scharten, die von tiefem Nachsinnen zeugen. Nach einer Weile zuckt Ei schlicht mit den Schultern.

»*Wab wob*«, sagt er.

Isaac versteht noch immer nicht, was das heißen soll. Aber das ist auch egal. Er nimmt die kleine gelbe Hand, die Ei ihm hinhält und die erstaunlich kräftig ist, und lässt sich in eine sitzende Position aufhelfen.

»Keine Ahnung, wie ich darauf gekommen bin«, bringt er hervor.

Während sein Atem sich allmählich wieder beruhigt, fällt ihm auf, wie still es um ihn herum geworden ist. Kein tosendes Wasser mehr, kein Rauschen in den Bäumen am Flussufer. Nur er selbst und Ei, die zu zweit auf einer Brücke sitzen. Ei hat die Zehen wieder in den Körper zurückgezogen, aber die Arme in vollem Umfang ausgefahren. Sie liegen in Bündeln links und rechts von ihm auf dem Boden, bilden Haufen auf dem Pflaster, wie die Haare eines alten Mannes auf dem Boden eines Friseursalons. Selbst in der Dunkelheit leuchtet sein Fell erstaunlich hell. *Vor allem* in der Dunkelheit. Dieses Fell wird niemals schmutzig. Und es glüht tatsächlich, wenn auch nur ganz leicht.

»Ich hätte dich nicht rauswerfen sollen«, sagt Isaac. »Ich war sauer. Aber ich glaube, inzwischen sehe ich die Dinge klarer.«

Ei lacht. Es ist das erste Mal, dass er lacht, und es ist ein ausgesprochen affenartiges Geräusch, ein kaum zu hörendes *hu hu hu*, das tief aus seinem Bauch kommt. Wobei, eigentlich besteht er ja nur aus Bauch. Als das Lachen verklungen ist, hebt er einen Arm, wie eine Puppe, und legt Isaac eine seiner dreifingrigen Hände auf die Schulter.

»Weimahbe weumeha mimibei wesawa.«

Isaac braucht einen Moment, um zu verstehen. *Ein Mann, der Freunde hat, ist nie ein Versager.* Das passt nur teilweise auf die aktuelle Situation, aber Isaac weiß Eis Anteilnahme dennoch zu schätzen. Er legt Ei gleichfalls eine Hand auf die Schulter. Beziehungsweise legt er sie flach auf die Stelle an Eis Flanke, an der entweder seine Schulter oder sein Ohr wäre. Dann kann er sich nicht länger zurückhalten und kniet sich hin, schlingt die Arme um Ei und umarmt ihn so fest, wie er kann. Seine Hand tut nicht mehr weh. Sie zittert nicht einmal mehr. Isaac denkt wieder an eine flauschige Wärmflasche und stellt sich vor, Ei könnte durch die Umarmung platzen. Ei platzt nicht. Er lässt es geschehen, obwohl er erst irritiert wirkt und ein kaum hörbares *»bleh«* von sich gibt. Er erwidert die Umarmung sogar und windet seine Arme um Isaac herum und herum und herum, wie ein Oktopus seine Tentakel. Isaac hat nicht gewusst, wie sehr ihm diese Umarmung gefehlt hat, und er hat nicht gewusst, wie sehr es ihm gefehlt hat, dass es einfach nur eine Umarmung ist. Kein Strudel, keine leere Weite. Eis Fell duftet ein wenig nach warmem Hafer, und in Isaacs Gesicht fühlt es sich so weich an wie eine Schmusedecke. Isaacs Brust zieht sich zusammen, und er hält den Atem an, um nicht loszuschluchzen.

»Danke, Ei«, sagt er stattdessen.

Die Umarmung dauert noch einen Moment. Dann, gerade als es peinlich zu werden droht, löst Ei die Arme wieder. Wie eine Ente watschelt er ein paar Schritte rückwärts und sieht Isaac mit seinen wulstigen Augen an.

»Blamenou«, sagt er.

Dann dreht er sich um und geht von der Brücke in Richtung Straße. In der sich ausbreitenden Stille hört Isaac das *fnap fnap fnap* seiner Schritte auf dem Asphalt. Das Knirschen des Schnees unter Marys Füßen kommt ihm in den Sinn. Er rappelt sich auf, bis er steht, und will Ei nachgehen. Diesmal wird er die Entschuldigung nicht versemmeln.

»Ich weiß, dass ich mich grauenvoll benommen habe!«, ruft er Ei nach. »Es tut mir leid.«

Ei bleibt stehen. Auf einen Außenstehenden könnten die beiden wie ein betrunkenes Liebespaar wirken, das gerade Krach hat. Oder wie zwei Schauspieler in einer dramatischen Schlussszene auf einer alten Brücke über einem rauschenden Fluss. Isaac denkt an Keanu Reeves und Patrick Swayze in *Gefährliche Brandung*. Er selbst sieht zwar kein bisschen wie Keanu Reeves aus, findet aber, Ei hat die Frisur von Patrick Swayze. Ei dreht sich um. Er steht da und sieht Isaac an, inmitten der Szenerie aus Brücke, Wald und dem Auto am Straßenrand. Wie klein er vor all dem wirkt.

»D'ei«, quiekt Ei mit einer Stimme, die kaum größer als er selbst ist. *»Gla ge nau.«*

Er bringt das Wort nur undeutlich und mit Mühe hervor, aber Isaac versteht, was er meint. Ei hat sich schon wieder umgedreht. Er setzt seinen Marsch fort, geht aber nicht in den Wald und zu seinem Mutterschiff, sondern zu Isaacs Auto.

»Krankenhaus«, sagt Isaac und schiebt das Wort gleichsam im Mund hin und her. »Aber wie kommst du dann nach Hause?«

»Wawuuu!«, ruft Ei, ohne sich umzudrehen.

Wawuuu. Zuhause. Familie. Isaac scheint, er spricht allmählich Eis Sprache. Und auch wenn *»Wawuuu«* nicht exakt dasselbe bedeutet wie »Trautes Heim, Glück allein«, kommt es dieser menschlichen Vorstellung doch wohl am nächsten. Isaac lächelt und läuft Ei hinterher. Als er ihn an seinem Auto einholt, klettert Ei schon auf den Fahrersitz. Ein strenger Blick von Isaac, der noch ganz außer Atem ist, bewegt ihn dazu, auf den Beifahrersitz zu rutschen. Bevor Isaac einsteigt, sieht er noch ein letztes Mal zur Brücke zurück, zu der bröckelnden Brüstung, zu den Überresten der Blumen an ihrem Fuß. Dann steigt er ein, schließt unter dem *ding ding ding* und dem Lärm des dahinrauschenden Flusses die Tür und wendet sich an seinen Beifahrer. Ei hat sich angeschnallt und sieht Isaac entschlossen an. Isaac nickt, Ei nickt zurück, als wisse er schon, was Isaac gleich sagen wird. Isaac blickt auf die Straße. Er packt das Lenkrad. Er lässt den Motor aufheulen.

»Jetzt retten wir meinen Sohn.«

Jede gute Geschichte endet mit einer Verfolgungsjagd. So auch die Geschichte von Isaac und Ei. Und obwohl Isaac es eigentlich schöner fände, wenn er mit Ei im Lenkerkorb durch den Himmel in eine glückliche Zukunft radeln würde, ist ein Auto für ihre gegenwärtige Lage doch besser geeignet. Also rasen sie jetzt über eine Schnellstraße zu einem Krankenhaus, in dem gerade ein Kind einer Operation unterzogen wird, die ihm möglicherweise das Leben rettet. Aus dem Radio dröhnt »Raindrops Keep Fallin' on My Head«, und Isaac wechselt in einem fort die Fahrspuren, als wären Ei und er Banditen, denen Auftragskiller im Nacken sitzen. Wie bei einer Verfolgungsjagd in einem Agentenfilm gibt Ei blökend Richtungsangaben von sich, als trüge er ein Headset und hätte einen Monitor vor sich. In Wirklichkeit sind seine Anweisungen Nonsens. Aber Isaac ist froh, dass Ei bei ihm ist. Sie sind ein gutes Team. Und nie hat er so dringend Beistand gebraucht wie jetzt.

»Binks!«, ruft Ei.

Nach links führt keine Abzweigung, die Straße verläuft schnurstracks geradeaus, also fährt Isaac weiter. Der kleine Ford Fiesta saust mit einem *dunk dunk dunk* über die Rüttelstreifen, und die Lichter der Straßenlaternen zischen als helle Streifen vorüber wie Sterne im Hyperraum. Die Fahrt ist ein klassisches Rennen gegen die Zeit. Isaac stellt sich vor, dass sie in einem Zwei-Mann-Raumschiff sitzen und vor Bösewichten in einem Asteroidenfeld oder vor einem besonders gefräßigen schwarzen Loch davonfliegen. Nein – sie fliegen *zu* etwas *hin*. Zu einem neuen Zuhause für Ei, zu einem Neuanfang für Isaac. Und dann erscheint auf der anderen Seite der Straße unverhofft das Mutterschiff. Eine Metallkonstruktion, rund fünfzehn Meter hoch, die in der Dunkelheit unter dem Sternenzelt aufragt. Wohlwollende Betrachter würden es wohl als »postmodern« bezeichnen, wie so viele Gebäude, die vor fünfzig Jahren aus Betonblöcken und gebogenen Stahlelementen zusammengezimmert wurden. Das Barbican Centre, ganz Milton Keynes, dieses Krankenhaus hier irgendwo im Nordwesten des Landes – all diese Gebäude wirken wie Raumschiffe aus alten Folgen von *Doctor Who*. Es ist nachvollziehbar, dass dieser Anblick Isaac verwirrt hat. Auf dem Dach des Krankenhauses blinken Lichter, über dem Parkplatz flackern Bündel von Lampen. Über dem Eingang befindet sich eine Glaspyramide. Der Empfang, nicht das Cockpit. Darüber und dahinter erhebt sich der massige Körper der Bestie, ein gewaltiger Kubus aus Glas und Stahl, auf dem überall Lichter blitzen. Hinter einem dieser Fenster liegt Isaacs Sohn. Was, wenn er zu früh dran ist? Er kann nicht einfach hineinstürmen und die Ärzte stören. Was, wenn er zu spät dran ist? Das wüsste er. Er hätte es gespürt, wie damals bei ihr. Und selbst wenn er falschliegt, kann er sich nicht erlauben, so zu denken. Er ist auf einer intergalaktischen Mission und kann es sich nicht leisten zu versagen.

»Reißen Sie sich zusammen, Captain!«, ruft Isaac, wie ein Kommandant der Sternenflotte, und umklammert das Steuer mit beiden Händen. Spucke fliegt ihm von den Lippen. »Sie haben jetzt keine Zeit, um den Kopf zu verlieren!«

»Wechts!«, ruft Ei.

Isaac biegt links ab, rast wie eine Kugel im Roulettekessel um den Kreisverkehr und schlittert auf eine freie Stelle auf dem Krankenhausparkplatz. Keine Zeit, um einen Parkschein zu holen. Der Parkplatz ist zum Glück kaum besetzt, sodass Isaac das Auto quer über zwei Stellplätzen stehen lassen kann, die Fahrertür weit offen. Er sieht zu Ei. Ei erwidert seinen Blick. Zwischen ihnen ist so viel Unausgesprochenes, so vieles, das ausgesprochen werden *müsste*, aber beide wissen, dass jetzt die Zeit des Handelns ist. Ei streckt eine Hand aus und packt Isaac mit festem Griff am Unterarm. Er ist zwar klein, aber er hat Kraft. Isaac sieht hinab auf das kleine Ei, auf sein entschlossenes gelbes Gesicht, auf sein weißes Fell, das unter dem Nachthimmel leuchtet. Ei sagt nichts, aber die Sterne in seinen Augen sagen genau das, was Isaac jetzt braucht: *Geh,* sagen sie. Isaac dreht sich um und rennt los. Und in diesem Moment hat er das Gefühl, sich in zwei Teile zu spalten. Vielleicht sind sie tatsächlich durch ein schwarzes Loch geflogen. Vielleicht ist er in eine Zeitschleife geraten und wurde dadurch in zwei Hälften gerissen. Vielleicht hat er auch nur ein Déjà-vu. Er kann sich an jedes Detail jenes Abends erinnern: an die schmerzlich grellen Lichter, das morbide Piepen der Maschinen, die geschäftigen Ärzte und die Krankenschwestern, die ihn auffingen, damit er nicht zu Boden stürzte. Er weiß nicht, ob er es schafft, sich all dem noch einmal zu stellen.

Isaac stürmt zum Empfang. Im Warteraum ist es still, bis auf das Summen der Klimaanlage und die Stimmen des Krankenhauspersonals, und Isaacs Auftritt erregt ziemliches Aufsehen. Von den Bänken blicken mehrere Augenpaare zu ihm auf. Er überfliegt die Gesichter, überlegt, ob er ein paar dramatische Worte in den Raum rufen soll, lässt es dann aber bleiben. Zielstrebig geht er zum Empfang und legt beide Hände entschlossen auf die weiße Theke. Seine Stimme ist gefestigt, als er sagt:

»Mein Sohn. Ich will zu meinem Sohn.«

Eine Krankenschwester führt ihn einen etwas zu hell erleuchteten Korridor entlang. Sie nennt Isaac schon beim Vornamen. Er muss ein bisschen grübeln, aber dann fällt ihm auch ihr Name wieder ein. Am Ende des Korridors gelangen sie zu einem Aufzug.

»Sie kennen ja den Weg«, sagt sie.

Isaac schafft es nicht, den Knopf zu drücken. Er hat das Gefühl, dass er reingelegt wird, dass er, wenn er durch die Tür geht, in den Aufzugschacht stürzt. Aber er braucht den Knopf gar nicht zu drücken. Die Tür geht von selbst auf. Dahinter erwartet ihn nicht sein Schicksal, sondern ein alter Mann mit offenem Morgenmantel. Isaac lässt ihn vorbeischlurfen und betritt den Aufzug. Er wartet. Er ist allein in der Kabine, nur sein Spiegelbild ist noch da, in unendlich vielen Reflexionen auf allen vier Seiten. Über der Tür zeigt ein Display die Etagen an, eins bis fünf. Isaac sieht hinauf zu der Anzeige und klopft dabei unablässig mit dem Fuß auf den Metallboden. Er atmet schwer aus. Er ballt die Fäuste, und die Finger seiner rechten Hand kribbeln nur noch schwach. Er sieht auf eine der Wände der Kabine, aber nicht auf sein Spiegelbild, sondern auf die Tür. Durch die Tür. Hinauf in die fünfte Etage, zu seinem Ziel. Auf der Anzeige steht »3«. Dann »4«. Der Aufzug wackelt leicht. Bleib jetzt nicht stehen. Isaac hält sich an der Metallstange neben sich fest. Dann steht »5« auf der Anzeige, und die Tür geht ruckelnd auf.

Isaac schließt die Augen. Er atmet tief ein und langsam wieder aus. Er öffnet die Augen und verlässt den Aufzug. Obwohl der Korridor, den er betritt, nicht heller erleuchtet ist als die Kabine, die er gerade verlassen hat, fühlt es sich an, als müssten sich seine Pupillen anpassen. Und das tun sie auch. Jetzt kann er alles erkennen. Den gewachsten Linoleumboden und die summenden Neonröhren an der Decke, und er weiß, dass er auf der pädiatrischen Intensivstation ist. Rechts von sich sieht er die geschwungene Empfangstheke, das blaue Klemmbrett aus Plastik, und er weiß auch: »Sir, Besucher müssen sich erst registrieren.« Er sieht die Ärzte und die Schwestern, die auf dem Korridor stehen, und er kennt jedes einzelne Gesicht, als wären sie allesamt alte Freunde. Sie werfen ihm mitfühlende Blicke zu. Er seinerseits sieht sie verzweifelt an, mit einem Blick, der um Hilfe bittet.

»Schalten Sie das Beatmungsgerät nicht ab!«, schreit er. »Bitte geben Sie noch nicht auf«, fleht er sie an.

Niemand hat gesagt, man wolle das Beatmungsgerät abschalten. Niemand hat erkennen lassen, dass man aufgibt. Isaac weiß nicht einmal, ob die Operation wie geplant durchgeführt wurde. Am Telefon hatte Dr. Park besorgt geklungen. Oder? Isaac blickt zur vierten Tür auf der linken Seite des Korridors. Die Tür steht offen. Das Licht im Zimmer ist an. Er weiß nicht, ob das ein gutes oder ein schlechtes Zeichen ist. Draußen, hinter dem Fenster am Ende des Korridors, liegt ruhig und dunkel die Nacht. Auf der Station ist es still, bis auf das Quietschen der Arztschuhe auf dem gummiartigen Boden und das entfernte Piepen von Herzschlag-Überwachungsgeräten hinter anderen, geschlossenen Türen. Ist er zu früh dran? Zu spät? Er weiß nicht, an wen er sich mit diesen Fragen wenden soll. Vielleicht an die Frau in dem grünen Kleid und mit der schwarzen Handtasche, die am Empfang steht und sich jetzt zu ihm umdreht. Er sieht ihren erschöpften Blick, ihre Ohrringe in lebhaftem Lindgrün, ihren Bauch einer Schwangeren im siebten Monat. Er weiß, dass seine Schwester vor ihm steht.

»Joy?«, sagt er. »Was machst du denn hier?«

»Isaac«, erwidert sie. »Wo hast du gesteckt? Ich hab die ganze Zeit versucht, dich zu erreichen.«

Isaac sieht sie stirnrunzelnd an. In den letzten Monaten hat er sich angewöhnt, alles und jedem mit einem Stirnrunzeln zu begegnen. Als wolle er ihr das Gegenteil beweisen, fischt er mit unsicherem Griff sein Handy aus der Hosentasche. Sie hat recht. Achtundzwanzig verpasste Anrufe, achtzehn Textnachrichten, dreizehn Nachrichten über Facebook und neun Sprachnachrichten. Isaac schüttelt den Kopf, steckt das Handy wieder ein und sieht Joy an, ebenfalls mit diesem flehenden Blick. Er rechnet mit schlechten Nachrichten, schafft es aber nicht, sich ihnen zu stellen. Er will sie nicht hören.

»Was ist passiert?«, fragt er. Mehr bringt er nicht hervor.

Aber Joy erzählt ihm nicht, was passiert ist. Stattdessen tut sie etwas sehr Merkwürdiges. Es beginnt mit einem leichten Zucken auf ihren Wangen, als hätte sie den Mund voll Mundwasser und würde es Isaac gleich ins Gesicht spucken. Dann schieben sich die zitternden Lippen auf einer Seite nach hinten. Dann auf der anderen. Faucht sie ihn gleich an, wie ein tollwütiges Tier? Nein, sie hat keinen Schaum vorm Mund. Ihre Lippen dehnen sich weiter, die Mundwinkel strecken sich nach oben, und die Lippen lösen sich voneinander, sodass die Zähne zu sehen sind. Vielleicht liegt es daran, dass er es noch nie gesehen hat, aber Isaac macht instinktiv einen Schritt zurück und beißt sich auf die Lippe, als Joy dieses merkwürdige Schauspiel aufführt. Tränen steigen ihr in die Augen, aber die Form der Augen passt überhaupt nicht dazu. Die Augenbrauen sollten sich zueinander neigen, sind aber nach oben gezogen. Trotz allem sind das Tränen der Freude. Und Joy lächelt. Nein, sie lächelt nicht. Sie grinst. Sie strahlt. Joy vergeht vor Freude.

»Die OP war erfolgreich«, sagt sie, wobei sie die Worte nur mit Mühe hervorbringt. »Er ist aufgewacht.«

Wer ist aufgewacht? Ach so. *Er* ist aufgewacht. Moment mal. Er ist aufgewacht? Er ist aufgewacht!? Isaac reißt die Augen auf. Eines seiner Lider fängt an zu flattern. Er packt Joy am Ellbogen, teils weil ihm die Worte fehlen, teils weil er glaubt, umzukippen und auf den Linoleumboden zu knallen. Jedes Geräuschempfinden ist aus seinem Trommelfell herausgehämmert worden, als wäre er in ein Vakuum gesaugt worden. Er hört nur noch seinen eigenen Herzschlag. Er kann Joy nicht ansehen, wendet den Blick von ihr ab und sieht über ihre Schulter hinweg den Korridor hinab, zur vierten Tür auf der linken Seite. Auf halbem Weg steht Dr. Park. Sie hatte sich Sorgen um ihn gemacht, hatte Joy gesagt. Dr. Park lächelt jetzt auch. Isaac lässt Joy los. Vorsichtig setzt er einen Schritt an ihr vorbei, dann noch einen. Er geht wie ein Kleinkind, das zum ersten Mal auf den Beinen steht. Er geht wie ein Mann, der gerade auf dem Mond gelandet ist, quälend langsam, als bewege er sich auf unbekanntem Terrain. Jemand klatscht. Jemand anders schüttelt ihm die Hand. Er fühlt sich wie unter Wasser, und *Titanic* kommt ihm wieder in den Sinn. Die letzte Szene, im Leben danach, mit allen Mitwirkenden, die ihm anerkennend applaudieren, während er durch das Treppenhaus schreitet. Obwohl, nein. Das hier ist doch das Mutterschiff, oder? Isaac watet den Korridor hinab, als wäre die Luftschleuse defekt, als hätte das sich ausbreitende Vakuum die Schwerkraft aufgesogen. Oben ist unten, unten ist oben, und Zimmer Nummer vier wird er nur erreichen, wenn er sich an den Türgriffen und den Stangen an den Wänden festhält. Vielleicht ist die Schwerkraft aber auch *zu stark*. Seine Beine sind schwer. Seine Füße scheinen am Boden zu kleben. Je mehr er sich Zimmer Nummer vier nähert, desto weiter ist es weg. Zumindest fühlt es sich so an. Doch er ist in einem Krankenhaus und nicht in einem Mutterschiff, also hat er das Zimmer im Handumdrehen erreicht.

Isaac glaubt, er fällt in Ohnmacht. Er hält sich fest. Gedanklich am Zimmer und konkret an der Tür. Als er durch die Tür tritt und ein schwarzer Rand sein Sichtfeld umschließt, steigt eine Flut von Erinnerungen in ihm auf. Das Gefühl, aus dem eigenen Körper gesogen und irgendwo im Nichts zurückgelassen zu werden, etwas zu sehen, das sehr weit entfernt scheint. Die Leere und die blinkenden Lichter. Das Krankenbett mit den durchsichtigen Seitenteilen wirkt so winzig vor der unermesslichen Weite des Raumes, der es umgibt. Allein der Anblick löst ein Ziehen in Isaacs Brust aus. Er verdrängt das Gefühl und betritt das Zimmer. Er blickt durch das Plexiglas des Bettes. Und jetzt, wo er ganz nahe davorsteht, erkennt er, dass es ganz anders aussieht als in seiner Erinnerung. Die Schläuche sind weg, die meisten Kabel sind entfernt, und wo zuvor Totenstille herrschte, liegt jetzt ein lebendes, atmendes Menschenbaby. Es hat flaumiges Haar, das in alle Richtungen absteht, und ein zerknautschtes Gesicht, das aussieht, als wäre es aus Kaugummi. Es hat die Augen geöffnet, und Isaac hat das Gefühl, in diesen riesigen, insektenartigen Augen liegt ein ganzes Universum. Das Baby ist wach. Das Baby erkennt ihn. Das Baby ist sein Sohn.

Plötzlich verschwindet die Schwärze. Der Nebel hebt sich. Isaac ist wieder zurück auf der Erde. Übrig ist ein kahles Krankenhauszimmer, in dessen Mitte ein kleines Krankenbett steht, darin ein Baby, daneben ein Vater, der auf das Baby hinabsieht. Das Baby sieht zu ihm auf, gibt ein rülpsendes Geräusch von sich und gluckst, weil es ihn erkennt. Er ist gewachsen, obwohl er die ganze Zeit in dieser Kiste war. Er wirkt so voller Lebenskraft. Eine der Krankenschwestern – Isaac bekommt nicht mit, welche – nimmt ein paar Kabel ab. Sie nickt ihm zu und sagt, er soll vorsichtig sein. Und mit Armen, die, bedenkt man die Umstände, erstaunlich ruhig sind, greift er nach unten und nimmt zum ersten Mal seit Monaten seinen Sohn in die Arme. Er wiegt ihn hin und her, und es fühlt sich an, als wäre ein Schlüssel im Schloss umgedreht worden. Alles ergibt wieder Sinn. Isaac seufzt und steht da, wahrscheinlich minutenlang, mit geschlossenen Augen, und der warme Kleine kuschelt sich an seine Brust. Er verspürt eine Empfindung, die er lange Zeit nicht mehr hatte. Er glaubt, diese Empfindung ist ein Gefühl der Erfüllung. Er glaubt, es ist das, was sein Freund *wawuuu* nennen würde.

Ei. Isaac öffnet die Augen. Er sieht hinab auf seinen Sohn. Dann sieht er hinüber zur Tür. Der Kleine schläft jetzt fest in seinen Armen, und Isaac geht mit sanften, behutsamen Schritten quer durchs Zimmer und wiegt ihn weiter, damit er nicht aufwacht. Isaac sieht jetzt scharf, sein Geist ist voll konzentriert. Er versucht, sich zu erinnern, wann er Ei das letzte Mal gesehen hat. Am Empfang? Auf dem Parkplatz? Im Auto? Er weiß es nicht mehr. Als er die Tür erreicht hat, drückt er sie mit einem Fuß auf und streckt den Kopf hinaus. Er sucht den Korridor nach seinem Gefährten ab, doch der Gang ist voller Leute. Sie alle strahlen ihn an, weinen oder klatschen, aber Isaac nimmt keine Notiz von ihnen. Er späht über ihre Schultern hinweg, zwischen ihren Beinen hindurch. Am Ende des Korridors steht Joy und lächelt ihn an, und mit tränenerfüllten Augen lächelt er zurück. Dann sieht er aus den Augenwinkeln etwas, hinter Joy, und er schaut auf die Stelle hinter ihrem rechten Bein.

Die Tür des Aufzugs steht offen. Aus der Kabine quellen Nebelschwaden. Isaac könnte schwören, dass das Trockeneis ist. Vielleicht ist es das Heulen der Krankenhausapparate, aber Isaac ist sich sicher, einen anschwellenden Klang aus Synthesizern und E-Gitarren zu hören. Vielleicht sind es die Leuchtstoffröhren an der Decke, aber der ganze Korridor scheint in Neonlicht getaucht zu sein. Isaac zwinkert, und alle Menschen um ihn herum verschwinden. Inmitten dieses jenseitigen Lichtscheins, umgeben von drei verspiegelten Wänden, steht nur noch eine einzige Gestalt. Sie ist etwa einen halben Meter groß, und ihr strahlend weißes Fell sträubt sich in alle Richtungen. Ihr Bauch hängt herab, und ihre Arme – die viel zu lang für ihren Körper sind – liegen in Haufen zu beiden Seiten ihrer pummeligen gelben Zehen. Auch ihre Hände sind gelb, so wie auch ihr Gesicht mit den dünnen Nasenlöchern und dem herabhängenden Mund, das im oberen Drittel des Rumpfes sitzt. Mit ihren Augen, riesengroßen Augen, die wie polierter Marmor glänzen, sieht sie Isaac aus der leeren Aufzugkabine heraus an.

Die Musik wird lauter, der Nebel breitet sich aus. Die Mundwinkel wandern ein klein wenig nach oben. Und Isaac, der seinen schlafenden Sohn in den Armen wiegt, spürt wieder einmal, wie seine Augen vor Tränen überquellen.

»Danke«, sagt er.

»*Wawuuu*«, sagt das Ei.

Dann schließt sich die Aufzugtür, und er ist weg.

TO DO

~~Küche putzen~~

~~Kühlschrank ausräumen~~

~~Post sortieren~~

~~Marys Computer aufräumen~~

~~Haus putzen~~

~~Rasen mähen~~

~~Mum anrufen~~

~~Blumen pflanzen~~

~~Marys Kleiderschrank ausmisten~~

~~Kleidung spenden~~

~~Zum Friseur gehen~~

~~Marys Arbeitszimmer aufräumen~~

~~Oberes Zimmer aufräumen~~

EINIGE ZEIT SPÄTER

Isaac Addy steht auf einer Brücke und ist sich sicher, jetzt und hier am richtigen Ort zu sein. Er legt die Hand auf den warmen Stein der flachen Brüstung. Sein Blick verliert sich in einer Landschaft, die sich bis ins Unendliche zu erstrecken scheint. Die Gegend ist weitläufig und wird durch nichts gestört, lila Heidekraut bedeckt die Hügel, die dadurch etwas Unwirkliches bekommen. Der Wind kräuselt die Wasseroberfläche, bringt die Blätter des Baumes am Ende der Brücke zum Rauschen. Darunter liegt ein Border Collie, der sich im Schlaf bewegt. Neben Isaac steht Esther Moray und hält ihren Enkel auf dem Arm. Er brabbelt und strampelt, Esthers Mann und ihre Söhne betrachten die beiden mit verzückter Miene. Isaac lächelt seiner zweiten Familie zu. Auch den Kleinen lächelt er an. So wie der Kleine hat auch Isaac im Gesicht ein wenig zugelegt. *Babyspeck,* würde Mary jetzt sagen und ihn in die Wange kneifen. Isaac sieht, noch immer lächelnd, auf die Walkers-Shortbread-Dose in seinem Arm hinab.

»Da wären wir«, sagt er. »Willkommen zu Hause.«

Zu Hause. Zu Hause ist da, wo das Herz ist, wie ein alter Freund zu sagen pflegte. Oder da, wo man sich niederlässt. Neulich ist Isaac aufgefallen, dass er nie erfahren hat, was genau *wawuuu* bedeutet. Doch jetzt und hier, im Kreise seiner zweiten Familie, glaubt er, das Wesen dieses Ausdrucks erfasst zu haben. *Alles wird gut werden,* hatte Mary zu ihm gesagt, als sie das letzte Mal gemeinsam auf dieser Brücke gestanden hatten. Und auch wenn Isaac vielleicht nie wieder vollkommen geheilt sein wird, so ist er doch ohne jeden Zweifel auf dem Weg der Besserung. Ei hat er nie wiedergesehen. Damit hat er auch nicht gerechnet. Er stellt sich vor, dass er jetzt Lichtjahre entfernt ist, irgendwo zusammen mit Tausenden anderen Eiern, die alle so sind wie er. Da, wo er hingehört. Und Isaac ist natürlich kein Außerirdischer. Ebenso wenig ein Roboter. Er ist ein Mensch, umgeben von anderen Menschen, die sich um ihn sorgen. Von seiner Familie. Ihrer Familie. Ihren Freunden. Von anspruchsvollen Kunden, fürsorglichen Nachbarn, einem manchmal arg redseligen Friseur, einer erstklassigen Therapeutin, die nicht zulässt, dass er aufgibt. Und von seinem Sohn, der sein Lächeln geradewegs aus dem Gesicht seiner Mutter gestohlen hat.

Der Hund bellt. Einer der Zwillinge putzt sich die Nase. Isaac blickt über den Fluss hinweg, über die sanft wogenden, lilafarbenen Hügel, über den Spätsommerhimmel. Marys liebste Aussicht. Die Luft ist ruhig. Und auch wenn er sich das möglicherweise wieder nur einbildet, spürt er ganz deutlich, wie die Blechdose in seinen Händen leicht vibriert. Mary hätte auf keinen Fall ein Begräbnis gewollt, mit Grab und Grabstein und einem Sarg zwei Meter tief in der Erde. Viel zu morbide. Viel zu endgültig. *Das ist so abgeschmackt,* hört Isaac sie sagen. *Wirf mich in die Stürme über dem Ozean oder verbrenn mich auf dem Scheiterhaufen wie bei den alten Wikingern.* Sie hier zu verstreuen, kommt dem noch am nächsten.

»Bist du sicher, dass du das tun willst?«, fragt Esther.

Isaac reißt den Blick von der Landschaft los. Er hat seine Entscheidung längst getroffen. Außerdem hat er Esther nichts davon gesagt, dass ein beträchtlicher Teil von Mary sich noch immer festgetreten im Teppich seines Wohnzimmers befindet. Ein anderer Teil von ihr ist im Staubsaugerbeutel gelandet, und damit hat Isaac die Dahlien in dem Beet neben der Terrasse hinter dem Haus gedüngt. Daher bringt er dem Kleinen bei, dass diese Blumen »Mum« heißen.

»Sie hätte es so gewollt«, sagt Isaac.

Esther wendet sich dem weinenden Baby auf ihrem Arm zu und versucht, es zu beruhigen. Duncan, Dennis und Esthers Mann weinen jetzt ebenfalls, während Clyde, der Collie, wieder eingeschlafen ist. Isaac steht allein am Rand der Brücke und nimmt den Deckel von der Keksdose. Er löst sich mit einem *pop*, und durch den leichten Luftzug wird die Asche in der Dose aufgewirbelt. Isaac lässt den Blick noch einmal über die Felder und die Hügel schweifen, über die Schafe, in der Ferne hingetupfte weiße Punkte, und stellt ihn sich vor, nur einen Augenblick lang. Den Bauernhof. Natürlich hätte er die Schafe geschoren, und Mary hätte im Hühnerstall die Eier eingesammelt und die Tröge mit Futter gefüllt. Sie wären glücklich gewesen, so zu zweit. Später irgendwann zu mehreren. Der Kleine, seine jüngeren Geschwister. Fünf Kühe, vierzig Hühner und ein oder zwei Border Collies. Sie hatten gern im großen Maßstab geträumt. Isaac tut das noch immer.

Wenn Mary überlebt hätte, hätte Isaac ihr als Erstes gesagt, dass ihm zu Hause zugleich nichts und alles bedeutet. Dass sein Zuhause dort ist, wo sie ist. Und dass das vielleicht auch hier sein könnte. Na ja, nicht direkt *hier*, aber an einem Ort, der so ähnlich ist, ohne überteuerten italienischen Feinkostladen und direkte Zugverbindung nach London. Wenn Mary überlebt hätte, hätte Isaac keine Witze mehr gerissen. Und er hätte nicht mehr über die ferne Zukunft geredet, wie er es immer getan hatte. Er hätte an jenem Abend einen Bauernhof gefunden. Er wäre am nächsten Tag ans Ende der Welt gezogen. Wenn Mary überlebt hätte, hätte er sich mit dem Erwachsenwerden nicht so viel Zeit gelassen. Er wäre kopfüber hineingesprungen, hätte sich jauchzend und jubelnd in den Rest ihres gemeinsamen Lebens gestürzt, wie ein Nacktschwimmer, der ins Meer hüpft. Das ist es, Mary, hätte er gesagt. Das ist der erste Tag vom Rest unseres Lebens. Und was für ein Leben das geworden wäre. Wenn Mary überlebt hätte, hätten die Tantiemen für ihr Buch über einen eiförmigen Außerirdischen, der sich im Wald verirrt hat, locker für ein Haus gereicht, vielleicht noch dazu für einen Traktor, einen Mähdrescher, ein paar Kühe, eine Handvoll Schafe und einen Schwung Hühner. Isaac ist sich nicht sicher, welche Art von Bauernhof es geworden wäre, und ihm ist auch noch nicht ganz klar, wie genau die Arbeit auf einem solchen Hof abläuft. Wenn Mary überlebt hätte, hätte sie ihm geholfen, auch das noch zu lernen.

Wenn ein Haustier stirbt, erzählt man den Kindern, dass es jetzt auf einem Bauernhof ist. Vielleicht wird Isaac dem Kleinen bezüglich seiner Mutter erst einmal dasselbe erzählen. Die Vorstellung gefällt ihm: Mary, die irgendwo anders auf einem Bauernhof auf sie beide wartet. Wir sehen uns dort, denkt Isaac. Und hin und wieder sieht er sie tatsächlich. Er begegnet ihr mitten in der Nacht, in Träumen, die wie aus dem Nichts auftauchen. Eines bleibt in diesen Träumen immer gleich: Isaac sieht Mary darin nie inmitten anderer Menschen. Er sieht sie immer hier, an dem Ort, der sie glücklich gemacht hat, auf genau dieser Brücke, die über genau diesen Fluss führt. Mary, die einzige imaginäre Freundin, die er je brauchen wird. Mary, die Einzige, die er sehen will, wenn er die Augen schließt. In diesen Träumen sitzen sie nebeneinander auf der Brüstung und lassen die Beine über dem Wasser baumeln, und es fühlt sich an, als wäre kein einziger Tag vergangen. Sie lachen über all das, was sie gemeinsam gemacht haben, und denken wehmütig an die Dinge, die sie nicht gemacht haben. Meistens sprechen sie über ihren Sohn, darüber, wie schnell er wächst und wie stolz Mary auf ihn ist. Manchmal sitzen sie nur schweigend da, halten sich an den Händen und betrachten die Landschaft. Und ab und zu, wenn die Realität es wieder einmal nicht gut mit Isaac meint, weint er sich an ihrer Schulter aus, und sie nimmt ihn in den Arm. Dann sagt er ihr, wie sehr sie ihm fehlt und dass er es ohne sie nicht schafft. Daraufhin lächelt sie, lacht und knufft ihn in den Arm.

Ich fehle dir?, sagt sie. *Aber ich bin doch bei dir, du* eejit.

Der Wind, der vom Fluss aufsteigt, zerzaust Isaac das Haar und holt ihn zurück in die Wirklichkeit. Die Zeichnung auf der Wasseroberfläche bewegt sich unmerklich, als fordere der Fluss Isaac auf, die Beine über die Brüstung zu schwingen und die Zehen Richtung Wasser zu strecken. Über ihm tanzt ein Vogel in der Luft, wie ein Drachen an einer Schnur, und von dem Baum am Ende der Brücke fällt eine Kastanie. Mit einem dumpfen Aufschlag landet sie neben dem schlafenden Hund im Gras.

»Alles Gute zum Geburtstag, Mary«, sagt Isaac.

Dann greift er in die Dose, nimmt eine Handvoll Asche und lässt los.

DANKSAGUNG

Ohne die Hilfe zahlreicher Leute wäre dieses Buch nie zustande gekommen. Zwei davon will ich zuerst nennen. Ein Dankeschön geht an meine Agentin Millie Hoskins, die vor langer Zeit auf meinen seltsamen Erstling gesetzt hat, mich seitdem unterstützt und den Text scharfsinnig lektoriert und mir geholfen hat, das passende Zuhause für *Isaac und das Ei* zu finden, als das Buch noch ein schlecht formatiertes Google-Dokument war. Außerdem geht mein Dank an meine Lektorin Frankie Edwards, die mir dieses Zuhause gewährt. Schon bei unserem ersten Gespräch wusste ich, dass wir auf derselben Wellenlänge waren und das Ei bei dir in sicheren Händen sein würde. Mit dir daran zu arbeiten, diese Geschichte so gut wie irgend möglich zu machen, hat mir unvergleichliche Freude bereitet.

Für ihren unermüdlichen Einsatz für dieses Buch danke ich dem Team von Headline – Fergus Edmundson, Alara Delfosse, Bea Grabowska, Hannah Cawse und Jessie Goetzinger-Hall – sowie den Leuten von United Agents: Amy Mitchell, Jennifer Thomas, Lucy Joyce, Alex Stephens und Jane Willis. Ein Dank geht auch an Patrick Insole, den leitenden Art-Direktor bei Headline, der für Isaac, Mary und

Ei eine Welt erschaffen hat, von der ich nur träumen konnte. Dass dieses Buch so toll aussieht, ist sein Verdienst.

Zu den ersten Leserinnen gehörte meine Mutter Ann – es ist nicht übertrieben, wenn ich sage, dass ich ohne dich kein Schriftsteller geworden wäre. Danke, dass du in mir die Liebe fürs Lesen entzündet und dann auch den Preis dafür bezahlt hast, indem du jede einzelne Seite lesen musstest, die ich in den etwas mehr als zwanzig Jahren geschrieben habe, die seitdem vergangen sind. Ein Dankeschön geht auch an meinen Vater Mike für seine unermüdliche Unterstützung und dafür, dass er dieses Buch verschlungen hat, obwohl darin weit und breit kein grauhaariger skandinavischer Detektiv zu sehen ist.

Katie Brown gebührt mein Dank dafür, dass sie mir als naivem und ambitioniertem Autor so manch wertvollen Rat gegeben hat. Danke auch an Flo Lindeman, Becky Jones und die ganze Familie Griffith – Lindy, Jeremy und Matt –, die das Buch schon in einem frühen Stadium gelesen, mir unschätzbare Hinweise gegeben und akribisch jeden Tippfehler entdeckt haben, und an meinen Bruder Alex, der normalerweise nur Autobiografien von Fußballspielern liest, bei diesem Buch jedoch in der Badewanne geweint hat. Ein Dank geht auch an Matts Katze Mish, die während der Arbeit an dem Buch die meiste Zeit bei uns war und ohne deren Eigenheiten Ei niemals das Licht der Welt erblickt hätte.

Habe ich noch jemanden vergessen? Ohne dich, Nina, gäbe es dieses Buch nicht – *könnte* es dieses Buch gar nicht geben. Nicht nur, weil ein bisschen etwas (vielleicht zu viel) von uns beiden in Isaac und Mary steckt, sondern weil du mir geholfen hast, damit anzufangen, es ertragen hast, dass ich drangeblieben bin, und dafür gesorgt hast, dass ich es zu Ende bringe, und weil die witzigen Details – seien wir ehrlich – allesamt von dir stammen. Dass Ei jedes Mal schreit, wenn er einen Raum betritt? Genial. Du solltest eigentlich auch auf dem Titel stehen, aber stattdessen sage ich einfach nur: Danke. Und ich kann es kaum erwarten, bis auch wir unseren eigenen Bauernhof haben.

Jonathan Carroll

Das Land des Lachens

Der große Klassiker der amerikanischen Fantastik endlich wieder auf Deutsch – Mit einem Nachwort von Denis Scheck

978-3-453-32104-5

Leseprobe unter **www.heyne.de**

HEYNE